蒼穹變
3 九極神教
龍人◎著

目錄

第一章　驚世修為

戰傳說、爻意二人氣質不凡，早已成了眾人矚目的核心。聽「美女」此言後，都一迭聲地催促戰傳說。

戰傳說身上並無銀兩，只有劫域哀將的那把苦悲劍，雖然他亦知此劍邪惡，但如此不凡之劍輕易棄去又未免太可惜了，所以一直帶在身邊。

他想了想，取出了那把苦悲劍，向「美女」道：「姑娘，我願以這把劍押注，不過此劍對我有不同尋常的意義，所以在勝負未分之前，請姑娘切莫打開看它，亦勿將它損壞，明日過後，我會來取回這把劍！」

「美女」本是漫不經心的神情此時微微一變，眼中有了亮光，她道：「如此說來，你是有必贏的把握？」

戰傳說含笑點頭，心道：「我戰傳說豈會那麼輕易死去？不管冒充我者有著什麼樣的陰謀詭計，我都會讓它最終暴露於光天化日之下！」

靈使追殺「戰傳說」之事，一直在樂土傳得沸沸揚揚，那麼當戰傳說設法讓世人知道真相時，必然是萬眾大嘩！縱然要做到這一點決不容易，但戰傳說已決心為自己的榮譽而奮鬥不息！想到這一點，他心中不由豪情滿懷。

「美女」身後立即有人提醒道：「大龍頭，問一問他這把劍值多少銀兩？」言下之意自是要她防備一旦這把劍有了什麼差錯，戰傳說會大耍無賴，漫天要價。

戰傳說當然明白這一點，但他對此並不在意，而是淡然道：「我這把劍就算半兩銀子吧。」

此言一出，眾皆大感意外。即使再普通的劍，也不會比半兩銀子廉價更多。

「美女」似乎對戰傳說有了興趣，她將身子坐正了，正視著他，道了一聲：「請！」

戰傳說舉起包裹著的苦悲劍，自信一笑，隨後在眾多目光的注視下，將劍輕輕地放在了「生」字上！

「轟……」周圍立時如炸開了鍋般一片混亂，眾皆大感意外，你一言我一語議論紛紛。

「美女」的眼中亦閃過一抹異色，她緩緩地自木椅上站了起來，上上下下打量了戰傳說一番，方開口道：「你覺得靈使無法誅殺戰傳說？」

戰傳說沒有說話，因爲對方的問題本就不需要他回答。

「美女」一直顯得漫不經心的臉上顯現出少有的凝重，她沉默了片刻，忽哈哈一笑道：「朋友能否告訴我爲何押生而不押死呢？難道你不知道不二法門言出必行、行之必果嗎？」

戰傳說神秘一笑，「賭局中賭的本就是運氣，並不需要什麼理由！我若輸了，這把劍便歸妳，若是我僥倖贏了，除了取回此劍之外，再得半兩銀子，至於其他的，並不重要。」

「美女」又是一怔，隨後撫掌道：「有道理，有道理。」

返回南尉府的途中，爻意終於忍不住問道：「這露天賭局荒誕古怪，你爲何也要插手？」

戰傳說沉吟片刻，「在樂土人看來，沒有不二法門無法實現的承諾！而這種信任並非因爲盲目迷信，而是源於無數的事實，連我也相信這一點。只不過我知道，這一次靈使縱然成功了，所殺的也是假的戰傳說而已。奇怪的是那……那美女竟敢設這樣的賭局！在常人看來，這是昭如明月的事，設局者必輸無疑！難道，她也知道被靈使追殺的並非真正的戰傳說？」

說到「美女」二字時，戰傳說不覺好笑，他繼續道：「再說，若所有的人都押在『死』這一方，太不吉利，我這麼做，也是爲自己討個彩頭。」言罷，連他自己也不由笑了。

爻意道：「看樣子，此人雖然年輕而且行跡古怪，但倒頗有威信，而且他人對她都頗爲信服，不怕她將銀兩財物一股腦兒捲走，遠走高飛。」

戰傳說頷首認同，心中暗道：「此人也算是絕世無雙，獨一無二了。」

戰傳說與爻意離去時，那設下露天賭局的「美女」一直望著他們的背影。直到他們的背影消失於拐角處，她才緩緩地吐了一口氣，向仍圍在四周的人一拱手道：「時辰不早，就此打烊散局，兩日後再見分曉。」

言罷，她自顧負手離去。

站在她身後如鐵塔般的漢子變戲法似地自門板上掏出一個布袋，將銀兩、兵器、雜物以及那隻瘦瘦的黃貓全一古腦兒裝入布袋中，再往肩上一扛，便緊隨那年輕女子而去了。看他動作如此嫻熟，做這事定非一日兩日了。

眾人這時亦一哄而散。

那年輕女子似有心思，目不斜視，徑直前行。

壯漢趕上她後，一聲不響地緊隨她身後。走了好一陣子，壯漢終於忍不住打破沉默道：「小姐……」

「住口！忘了我的吩咐了嗎？」少女喝止了他的話。

壯漢忙道：「是，大……大龍頭，這些賭資當如何處置？」

「老規矩，全都換成碎銀，讓人散發給城內缺衣少食者。」少女看都不看壯漢一眼。

「是，不過……這一次恐怕未必能……能贏太多吧……」壯漢吞吞吐吐，欲言又止，似乎對這古怪少女頗爲忌憚。

「你是想說恐怕我這一次會輸，是也不是？」那少女道。

「不敢！」壯漢立即道，依舊一步不離地跟在少女的身後。

「有何不敢？不瞞你說，我也感到那戰傳說十有八九會被靈使在明日前除去！不過，既然世人都這麼認爲，我就偏偏要賭『戰傳說』能活過明日！即使最終我輸了，嘿嘿，難道你還怕我爹不能爲我賠出這些銀兩嗎？」

壯漢陪著笑臉道：「小的豈敢這麼想？」

「諒你也不敢！」說到這兒，她忽然似記起了什麼，「你說方才那人爲何要與眾不同地押『戰傳說』能活過明日？」

「這……小的就不得而知了。」壯漢老老實實地回答道。

少女自言自語地道：「難道，他也是與我一樣的心思，不肯與太多的人作出相同的選擇？可這不太可能……那又會是什麼原因？難道他是『戰傳說』的朋友？抑或他只是隨意之舉，全無深意？奇怪，奇怪……」

她索性止住腳步，在原處來回踱了幾次，苦思冥想，卻終一無所獲，抬頭望了望天空，月已當頭。

壯漢不失時機地道：「小……大龍頭，回去吧，時辰不早了。」

少女忽然想到了什麼，嘴角浮現出一絲笑意，她道：「本來我也希望那作惡多端的『戰傳說』早一日被擒殺，那人把劍押在『生』位上時好不自信！若是他人全都贏了，唯獨他一人輸了，看他還有沒有這般自信！」

她猛地記起一事，急忙道：「對了，把那柄值半兩銀子的劍留下，不要將它折換成銀兩。畢竟最終極可能唯有他一人能收回賭本，我可不希望到時交不出此劍，美女大龍頭絕非不守信之人。」

「小姐，到了。」鐵塔般的壯漢一不留神，稱謂又說錯了。

這次，少女倒沒有責備他。他們已來到一座極爲恢弘壯觀的殿閣前，圓拱形的屋頂上高高矗立著一根高達十丈的鐵旗杆，旗杆頂端有一閃閃發亮之物，狀如怒沖雲霄的雄鷹，正是坐忘城的城徽！

這座殿閣，當然就是坐忘城城主的殿閣！

戰傳說回到南尉府後，石敢當幾人仍未就寢。戰傳說在沒有第三人的情況下，將自己在街上的一番巧遇告訴了石敢當。

石敢當捻鬚沉吟道：「連不二法門都不知『戰傳說』的真假，他人更不可能知道真相，甚至當你說出真相時，恐怕也有不少人不會相信。由此看來，這人不會是因爲知道靈使要追殺的人不是真正的戰傳說，才會設下賭局。同時，由她的言行來看，似乎也不可能是爲了贏取銀兩。依我之見，這只有兩種可能：一是此人生性詼諧，家資甚厚，此舉實屬戲鬧之舉；另一種可能則是，她要借這種方式讓更多的人對靈使追殺假戰傳說一事予以關注。」頓了頓，他又善解人意地接道：「我們是否在坐忘城多逗留一日，後天再起程？」

戰傳說明白他的意思，「不必了，其實也許這件事本無關緊要，我也只是一時興起，才摻雜其中，大可不必爲此事耽誤了行程。」

「既然如此，我們便早些歇息吧，連日奔波，總算能睡個安穩覺。」石敢當道。

坐忘城城主所居住的殿閣名爲「乘風宮」，既然是一城之主居住之地，自是戒備森嚴。五步一崗，十步一哨，更有高手在黑暗處遊弋巡視。

那自稱「美女大龍頭」的少女旁若無人地逕自直入乘風宮中，一路走來非但沒有人阻攔，反而不時有人上前向她恭然施禮。少女只是隨意點頭示意，自顧抱著戰傳說押下的那把劍向乘風宮縱深處而行。

直到她走到一座相對獨立且掩於高大樹木枝葉中的樓閣時，終於有人自暗處閃身而出，立於少女一丈之外，聲音低沉地道：「小姐請止步，城主正在批閱卷宗。」

此人身材高頎，衣飾平常，卻收拾得乾乾淨淨，五官透出一股英氣，整體予人一種精幹俐落的感覺。他的腰間佩有一柄刀，刀無鞘，顏色暗淡，與他樸素的衣飾相仿，因此顯得似乎與他整個人完全融作一體了。

少女微微一驚，這才止住，她的神情告訴對方，方才她一直是在沉思之中，直到此刻才回過神來。

少女回過神來後，立即道：「我才不是去見我爹！他不讓我見他，我就謝天謝地了，免得又被他教訓。」一邊說著，一邊已折向另一條通道。

「站住！」她的身後傳來一個威嚴而略顯蒼老的聲音。

少女非但沒有停下來，反而加快了步子，邊走邊道：「奇怪，好像有人叫我站住，大概是聽錯了。」

「小夭，妳給爹站住！」聲音並未加大，卻更顯威嚴。

被稱做「小夭」的少女腳步戛然而止，轉過身之前，她悄悄地吐了吐舌頭，扮了個鬼臉。待轉過身來之後，已換做一臉無辜與茫然。

小夭陪著笑臉道：「原來真的是爹喚小夭，小夭還道是聽錯了。」

獨成一體的樓閣本是掩著的門已開啓，有一高大的人影立於門前，光線由他身後屋內射出，被他的身軀遮擱大半，頓時襯出此人的非凡風采與強者霸氣。

借著燈光，可見此人鬚髮皆白，但看年紀卻應是在四旬至五旬之間，氣度沉穩，目光深邃。

此人正是坐忘城第一人：坐忘城城主殞驚天！

殞驚天一沉臉，「休得與我裝瘋賣傻，妳這模樣哪裡還有半點像女孩子家？」

小夭笑道：「整個坐忘城的人，除了爹身邊的人之外，都稱小夭爲美女。」

殞驚天道：「油嘴滑舌，成何體統？」頓了頓，向她招手道：「妳過來。」

小夭陪笑道：「天色不早了，爹日夜操勞，應早些休息才是。」

「妳能讓爹少操心，爹就不會操勞了，過來！」殞驚天道。

小夭一步三磨蹭地向殞驚天那邊走去，邊走邊道：「爹，你不會是又要與小夭『談心』吧？其實爹的心意小夭早已領會，談得再多，也是浪費時間，小夭寧可再學爹的一套武學。」

「哐噹」一聲，殞驚天連拖帶拉將小夭扯入屋內，反手將門掩上了。

小夭喪氣地一屁股坐在一張椅子上，懷抱著那把劍，耷拉著腦袋，在「露天賭局」中一呼百應、意氣風發的神情已蕩然無存。

此地是坐忘城城主殞驚天日常審批宗卷、決斷城中大小事務之所，亦是坐忘城權力樞紐所在。屋內北向橫置一張長案，案上擺滿了四大尉將呈上的宗卷，長案後面是一張酸木交椅，覆以白色虎皮。

殞驚天在這張酸木椅上穩穩落座，在他的身後牆上高懸著數十件兵器，眾多兵器呈環狀如眾星捧月般指向最中間的一件兵器——這是一杆長達一丈四尺的槍！槍身通體幽黑，唯有一點槍尖卻是銀光炫目，讓人難以正視，足見此兵器絕非尋常。

殞驚天輕咳一聲，「小夭，今天乘風宮內整天不見妳的人影，是不是又有了什麼驚人之舉？」

小夭嘟著嘴道：「爹一定是早已讓人查清了我一天所做的所有事，卻有意試探我說不說實話。」

殞驚天一笑，並不否認道：「別忘了妳的身分是城主的女兒，一言一行都應鄭重謹慎，免得讓坐忘城平添不安氣氛。不二法門靈使追殺戰傳說一事，與妳這小丫頭有何關係？何必去招惹事端？昨日貝總管向爹稟告，說上個月庫房有兩百多兩銀子的賬目對不上號，想必又是妳做仗義疏財的『大龍頭』所花費的吧？」

小夭見父親雖然神色凝重，卻並無怒意，便放下心來，轉換話題道：「若是要爹爹下注，是會賭戰傳說『生』，還是戰傳說『死』？」

殞驚天苦笑著搖了搖頭，「爲父沒有少管教妳，爲何妳卻比一個小子還要頑劣？爲父乃一城之主，又怎能理會這等兒戲？」

小夭道：「正因爲爹是一城之主，才應博聞天下之事，豈可對這樣的頭等大事也不聞不問？」

殞驚天輕哼一聲，「這算得了什麼大事？而且也是毫無懸念可言，妳設下這種賭局，不知又要讓爹賠上多少。」

「如此說來，爹也是認定明日戰傳說必死無疑？」小夭爲自己在神不知鬼不覺中把話題引開而暗自得意。

「只要不是白癡，就不會把賭注押在戰傳說能活過明天！此人雖是戰曲之子，但與戰曲捍衛樂土，力戰千異的壯舉相比，卻是相去太遠。此人先是殘殺六道門的人，在不二法門靈使已揚言要將他除去之後，竟仍敢潛入九歌城，連殺數人，且傷了蕭九歌唯一的兒子蕭戒，堪稱冒天下之大不韙。單是不二法門的力量，已足以讓他無路逃遁，何況還有九歌城、六道門的勢力？他是插翅難飛啊！」

小夭道：「幾乎每個人都是如爹爹這麼想的，不過……」

她有意頓了頓，以引起父親的注意。果然，殞驚天眉頭一擰，臉現意外之色。

小夭這才接著往下說道：「不過，至少有一個人不是這麼認爲的，他賭戰傳說能活過明日！」

殞驚天「哦」了一聲，愕然道：「竟有此事？」

小夭不由有些得意。

殞驚天沉吟片刻，忽而笑道：「也許此人只是尋個開心而已，反正妳的露天賭局也是猶如兒戲。」

小夭心道：「爹說得也許不錯，但那人說，他的劍只值半兩銀子，而僅值半兩銀子的劍豈非等同於廢鐵？不過我若說實話，爹一定更瞧不起我的露天賭局，我便把這把劍說得名貴一點。」想到這兒，她有意壓低了聲音，「恐怕不會這麼簡單，此人押的賭注是一把劍，我將他的劍折價爲三千兩銀子。」

殞驚天眉頭一挑，沉聲道：「三千兩銀子？」

小夭只有硬著頭皮繼續往下說道：「不錯，這可是一柄不同凡響的劍，折算三千兩銀子決不過分！」

越往後說，她越感到自己實是不該把話說得這麼大，若說三十兩銀子，也許父親就不再過問，但說成三千兩銀子，父親一定會擔心自己上當受騙，要查看自己手中這把劍，那豈不是立即會露出了馬腳？

果然，殞驚天神色凝重地道：「讓爲父看看，究竟是什麼劍能值三千兩銀子！」

「這……」小夭呆住了，怔了怔神，她忙站起身來道，「女兒答應此人在輸贏未定之前，既不看此劍，也不將它損壞。君子一言，駟馬難追，就算此劍值三千兩銀子，但與爹的『神虛槍』相比，也是不值一哂，就不必看了吧。」

殞驚天的目光已落在她手中那柄用布捲裹著的劍上，將手一伸，不容拒絕地道：「拿來！」

小夭恨不能自掌一個嘴巴，無奈之下，她只有苦笑道：「這劍模樣乍一看頗爲尋常，必須是行家方能看出它其中的神韻所在。」

殞驚天瞪了她一眼，「難道說妳的眼力還強過爲父不成？」

小夭啞口無言，唯有把劍遞上。

殞驚天將劍放在長案上，緩緩展開。

劍，終於出現在父女二人面前！只看了一眼，兩人便同時倒吸了一口冷氣，神色齊變！

但見此劍通體泛著不同尋常的幽幽黑芒，在幽黑的深處，赫然有十三顆骷髏形的暗印清晰可見，一股邪氣籠罩著劍身，讓人頓生一種透不過氣來的感覺。

殞驚天喃喃自語般低聲道：「原來如此……原來如此……我道爲何忽然心神不寧。」

小夭見父親神色極爲古怪，竟顯得有些蒼白，心中隱隱感到不妙，但她仍強提勇氣，「此劍……該……該值三千兩銀子吧？」

殞驚天以異樣的眼神看了她一眼，聲音低沉地道：「也許，它值三萬兩黃金；也許，它值無數條性命！」

小夭從未見過父親有如此不安的神色，不由暗感忐忑，而父親最後那句話更使她心頭一震，一時說不出話來。

屋內出現讓人呼吸不暢的沉寂！

半晌，小夭方輕聲打破沉寂道：「莫非，爹知道此劍有非比尋常的來歷？」

殞驚天並未回答她所問的，反而問道：「小夭，妳知不知道將此劍交與妳的人現在在什麼地方？」

小夭搖頭道：「小夭沒有向他打聽這一點。」

殞驚天顯得有些焦躁地道：「那麼妳應記得此人體貌有什麼特徵吧？」

小夭回憶著不久前的情形，邊想邊道：「此人年約十八歲左右，身材高大，很是……英武。」她搔了搔頭，接道：「對了，與他在一起的年輕女子異常美麗，整個坐忘城也決不會有比她更美的女人！」

殞驚天相信小夭這次一定沒有說謊，她應已知道此事非同小可，而且，要讓一個年輕女子承認另一個女人的美貌並不是一件容易的事，小夭也不例外。她之所以能做到這一點，定是因爲那女子的美貌確實已無可挑剔，不可否認！

而這一點，顯然是一條極好的線索。

殞驚天鄭重其事地將「苦悲劍」重新以布包裹得嚴嚴實實，這才轉向小夭道：「從現在起，妳不得向任何人透露關於這把劍的事，無論此人是誰！更不得離開乘風宮半步，爲父會派人對妳嚴加保護，若有違抗，爹決不輕饒！至於這劍，暫時放在爲父這兒。」

他一字一字地道：「妳，可記住了？」

小夭由父親的目光中感受到了前所未有的壓力，她不由自主地點了點頭，殞驚天這才重新緩緩落座。

他的身軀在酸木椅中挺得筆直，如同他那杆懸於身後牆上的「神虛槍」。他的目光又投注在那已包於布中的苦悲劍上，眼中閃動著深不可測的光芒！

小夭連大氣也不敢出，父親並未責備她，反而使她更清楚此事非同小可。

足足過了一刻鐘，殞驚天才移開眼神，輕輕擊了兩掌。

很快，方才曾阻攔小夭的人便推門而入了，向殞驚天施禮道：「城主有何吩咐？」

殞驚天道：「自此刻起，你選幾個人時刻守在小姐附近，不得讓她踏出乘風宮半步！還有，我要靜休，任何人不得入內驚擾，違者格殺勿論！」

領命者是殞驚天最得力的心腹昆吾，對殞驚天忠心耿耿。領命後，他肅然應「是」，隨後對小夭道：「小姐是否即刻回房休息？」

小夭破天荒地在知道自己要被嚴加看管的情況下沒有百般拖延，而是向父親施禮道：「小夭告退了，爹不要過於操勞。」

殞驚天身子微微一震，勉強露出一個笑容，點了點頭。

夜色越來越深，夜色籠罩著整個坐忘城，賦予了這座城池以無邊無際的沉重感。

那高懸於夜空中的星月不知什麼時候已消隱不見，整個蒼穹顯現出一種凝重無比的深灰色，灰色濃得化不開。

唯有虛空的中央有一處亮光，雖然只是淡淡的亮光，但在周圍無邊無際的深灰色的相襯下，卻是顯得格外引人注目，彷彿那就是一個有著魔力的由光線組成的陷阱，讓每個人的目光都不由自主地投到它的身上。

坐忘城的燈火越來越稀少，整座城與濃濃的夜色融作一體。

四周的山巒起伏不定，在天與地之間勾勒出抽象而富有玄機的曲線。山巒沉默，唯有繞過坐忘城的江水在一刻不停地奔流，江水奔騰的聲音低沉而有力，如同一個巨人壓抑著的怒吼。

乘風宮上空的城徽如劍一般，直刺向無限蒼穹！那怒沖雲霄的雄鷹正好與虛空中唯一明亮處遙相呼應，讓人不由萌生一種錯覺，錯誤地感到是如劍般高聳的城徽刺破沉沉夜幕！

坐忘城出奇的寂靜，城中每個人都隱隱感到莫名的不安，感到有異常的氣息在夜色中瀰漫開來，且越來越濃；但，這一夜坐忘城卻一直在出奇的靜寂中度過。

時間一點一點地流逝，在黎明前最黑暗的那段時間過去後，天邊開始泛現了魚肚白，坐忘城的輪廓也漸漸地顯現出來了。

不少一夜難眠者這時終於鬆了一口氣，睡意頓生。

「呼……」「呼……」尖銳的傳警哨聲竟在這時候驀然將寧靜切割得支離破碎。此起彼伏，相呼相應的傳警聲，頓時在極短時間內將坐忘城提前由夢中完全驚醒！

這是一個驚愕不安的清晨！訓練有素的四城戍將立即難分先後地將剛剛開啓的城門緊閉，且以重兵部署於各主要街口。

一時間，坐忘城殺氣騰騰，烏雲密佈。緊接著，密如暴風驟雨般的馬蹄聲響起，如風一般穿掠於坐忘城的大街之間！那馬蹄聲就如同敲擊於每個人的心坎上一般！

只聽得馬上騎士振聲高呼：「城主大小姐昨夜被擄，坐忘城即刻封城搜查逆賊！城內人不得隨意走動，不可出城，違者殺無赦！」

呼聲不啻於陣陣驚雷，驚得城中所有人目瞪口呆！城主的女兒竟然被擄?!

連續幾天的奔波使戰傳說等人十分疲憊，所以在伯頌南尉府中留宿的這一夜，他們都睡得格外沉。直到尖銳刺耳的警哨聲驀然響起，才將他們一下子驚醒過來。隨即，便聽到了那飛馳來去的馬蹄聲，以及重複了一次又一次的城主的命令。

戰傳說一下子自睡夢中清醒過來，翻身坐起，第一個反應，就是想到也許今日不能按原計劃動身前往天機峰了。

雖然外面一片肅殺的緊張，但事不關己，戰傳說仍是按部就班地穿裝好全身，再以南尉僕從備好的溫水洗漱後，這才推門而出。

門外長廊上已站了好幾個人，其中包括歌舒長空、爻意、石敢當、青衣、尹歡等人，以及南尉府的人。

戰傳說一見石敢當便道：「石前輩，恐怕今日難以成行了，也不知是什麼人為何要擄走城主的女兒？」

石敢當道：「待我去問一問伯頌老兄弟。」

旁側幾個南尉府的人道：「南尉將軍一定早已去督查南城門了。」

石敢當恍然道：「不錯，他是南尉將軍，城中出了這等大事，他豈能置之事外？」

正說話間，長廊所正對著的花園中有幾人匆匆而來，為首的兩人是伯頌長子伯簡子、次子伯貢子。

二子匆匆趕到這邊，先向石敢當施禮問安，隨後向尹歡、戰傳說等人一一招呼問候。

伯貢子昨夜與戰傳說有些不快，但這時他卻像是根本沒有發生過此事般並未回避戰傳說，從這一點可看出此子並非只知莽撞。

未待石敢當相問，伯簡子已道：「家父已去督查防務了，昨夜城主之女被擄，全城封閉，要搜查逆賊。石伯父與諸位只好先在南尉府中，等待此事平息後再行趕路。」

爻意奇道：「城主的女兒為何會被擄走？是否因為她……長得十分美麗？」

伯貢子見是爻意發問，微微一笑，「並非在下在背後惡語傷人，城主的女兒無論如何也算不得美女！容貌尋常倒是其次，更兼她性情古怪，衣著隨便，自稱什麼『美女大龍頭』，常有驚人之舉……擄走她的人，一定是另有緣故，決不會是看中了她的姿色。何況，若只是尋常採花賊，如何能闖入城主的乘風宮，在神不知鬼不覺中將她帶走？」

面對爻意，他已有些忘乎所以，不惜直言在坐忘城中地位尊崇無比的城主女兒的缺點。伯簡子見狀不由暗暗皺了皺眉，不過他亦知自己這個弟弟所說的大多也是事實，當下也沒有多說什麼。

石敢當、尹歡、青衣聽完這一番話倒沒什麼，而戰傳說與爻意卻是大吃一驚，失聲道：「城主的女兒是一個……自稱『美女大龍頭』的人？」

伯貢子誤會了他們的意思，笑道：「正是，此大小姐的言行舉止不可以常理論之。」

戰傳說與爻意相視一眼，心中吃驚無比。戰傳說暗忖道：「沒想到那言行古怪的少女竟然是城主的女兒！難怪眾人對她十分信任，不會擔心她捲走了賭資逃之夭夭。不過，以她城主女兒的身分，倒也絲毫沒有高人一等的感覺。」

伯貢子道：「雖是全城搜查，不過諸位在南尉府中應不會有事。」

話音剛落，忽聞外面有人高聲呼道：「城主駕臨！」眾人面面相覷。

「城主萬安！」「城主萬安！」一迭聲的問安聲由遠而近傳來，顯然是坐忘城城主逕自進入南尉府。

少頃，一隊人馬出現於眾人面前，走在最前面的赫然是坐忘城城主殞驚天與南尉將伯頌！此時，伯頌已身著戰甲，顯得威武凜然，高手氣息若隱若現，與昨夜簡直判若兩人。

而殞驚天更是神色凝重，目光如炬，眼神深處有一團驚人的烈焰在熊熊燃燒，讓人心生難以正視之感。在他們身後是二十餘名乘風宮精銳人馬，亦是面無表情。

身爲一城之主，女兒卻在自己的勢力範圍內失蹤，無怪乎殞驚天會如此憤怒！

縱是如此，此刻他仍是強捺怒焰，對伯頌道：「伯頌，我率先領人在四大尉將府中搜查，並非信不過你們，而是希望借此告訴全城，本城主決不允許有任何人以任何理由回避搜查！」

伯頌道：「屬下明白城主之意，更決不會有什麼想法。請城主放心，小姐平時豪爽開朗，甚是俠義，吉人自有天相，不會有事的。只要逆賊未出坐忘城，必將束手就擒！」

殞驚天微微頷首，輕嘆一聲，「但願如此。」

言罷，他向後揮了揮手，身後的人馬立即分作幾組，開始在南尉府搜查；而殞驚天則在伯頌相陪下，向戰傳說等人這邊走來。伯簡子、伯貢子兄弟二人以及南尉府的幾人，趕緊上前拜見城主殞驚天。

殞驚天的目光卻掃向了戰傳說等人這邊。

當他的目光落在戰傳說和爻意身上時，眼中驀然閃過一抹奇異的光芒，卻一閃即逝，決不容捕捉。以他的修為，立即看出這六人當中，有好幾個都是絕世高手！

他的臉上自然地顯露出驚訝神色，向伯頌道：「沒想到南尉府中竟有如此眾多的高人。」

石敢當向殞驚天遙遙一拱手，「老朽道宗石敢當，幸會城主了。」

殞驚天心頭一震，心中駭然忖道：竟然是昔日道宗宗主！二十年前，殞驚天年方三旬，尚不是坐忘城城主，故雖然天機峰與坐忘城相去不遠，而且彼此關係還算融洽，但當年殞驚天卻並未有緣得見當時已是樂土有數幾大絕世高手之一的石敢當，甚至可以說在昔日殞驚天的眼中，石敢當已是一位備受尊崇的前輩高手。

後來，他也聽說石敢當忽然銷聲匿跡之事，故此刻乍聞此言，他也不由心頭一震，當下向石敢當還禮道：「原來是石老宗主，二十年了，沒想到石老宗主的宗師風範不減當年，能與石老宗主在此邂逅，實是殞驚天之幸。」

這一番話，殞驚天沒有半點作偽，而是由衷之言。

隨後他又看了看戰傳說諸人，「這幾位是？」

石敢當道：「是老朽的朋友。」

正好這時他的隨從已將南尉府搜查了一遍——事實上在眾人看來，搜查四大尉將的府宅，的確只是一種形式。

殞驚天在坐忘城威望如日中天，四大尉將對他無不是忠心耿耿，絕無二心，又怎會與劫擄城主女兒的事有牽連？所以奉命搜查者也只是草草了事，而對於這一點，顯然已得到了殞驚天默許。由此也可見城主殞驚天與他的部屬之間的默契。

當下殞驚天向石敢當告辭後，便離開了南尉府。離去時讓伯頌留了下來，說是自己無暇抽身陪石宗主，要伯頌代之。

殞驚天離去之後，伯頌長長嘆息一聲，神情憂鬱，似在爲殞驚天擔憂。

果不出戰傳說所料，坐忘城整日封城，直到夜幕再度悄然降臨，仍是未查出蛛絲馬跡。

晚宴中，伯頌道：「看來，劫走城主愛女的人定在封城前就已逃出坐忘城了。城主也必會想到這一點，所以明日他一定會重開城門。」

晚宴中他一直少語寡言，氣氛有些沉悶。

伯簡子忽然道：「奇怪的是，竟未聽說劫擄城主女兒的人留下什麼字據書簡向城主勒索什麼，這於情於理頗有些離譜。此人若是坐忘城的仇家，那麼既然他可以擄走城主女兒，自然就能傷害她，這豈不比將她帶出去更容易？而若是報仇，這種方式顯然更爲解恨；若是爲了……劫色，更不可能，因爲小姐本身的武功就頗爲不錯，加上她實是算不上絕世姿色，所以應沒有人會冒這個風險，而在尋常美貌女子身上得手的機會當然比如此做大得多。由此看來，小姐暫時應該不會有什麼危險。另外，劫走小姐之人的用意恐怕是超出常人所能想像的。」

伯頌虎著臉沉聲道：「這兒有你這麼多長輩，哪有你胡言亂語的份？」

其實，伯頌亦覺得其子伯簡子這一番話言之有理，不過，他又怎能讓自己之子在大庭廣眾之下對此事評頭論足？對城主而言，這畢竟不是一件光彩的事，何況小姐小夭還是一個年方二八的少女，語言間更不能有唐突之處。

而戰傳說此刻所想的卻是：到了今夜子時，靈使「十日之約」的期限就要到了，不知冒充我的人是否真的會在子夜前被殺？

坐忘城城主的大小姐小夭的確還活著。

非但活著，而且全身上下沒有受到一絲傷害。

雖未受傷害，但她也決不好受。此時她的穴道被制，並被反剪雙臂縛在了一張固定的床上，也許並不是床，但至少是可以躺臥之物。雙眼也被一塊厚厚的黑布包裹得嚴嚴實實。

自從被劫持之後，她就一直在罵，可惜她已封了啞穴，根本罵不出聲，只能以她所能想出的所有狠毒的言語將劫持她的人罵上千萬次。

但後來她漸漸地累了——她驚訝地發現，就算只是在心中罵他人一連罵上整整一天，竟也會累。

讓她不得不平靜下來的還有劫擄了她的人將她捆住之後，就離去了，再也沒有出現過。小夭目不能視物，只能憑聽覺判斷出自己是身在一個十分靜寂的空間裏。而一個空間若能在整整一天都十分靜寂，那麼多半是一間暗室或地下室。

原來，昆吾奉城主殞驚天之命，選了六名乘風宮精銳佈置於小夭所居處四周後不久，小夭就忍不住要試著躲過他們的看護逃出去。如果殞驚天不派人將她看護得十分嚴密，她反而不會有如此強烈的要逃出去的願望。

不甘心被監視的性格已深入她的靈魂，她的骨髓，就如同她生命中的野草，即使斬去了，也隨時會重新萌發，但她的行動沒有成功！

昆吾不愧是殞驚天十分倚重的一員心腹幹將，他佈置的人手十分巧妙，雖然不過六人，卻已將她看護得十分嚴密，根本沒有任何可乘之機。

小夭試了幾次，最後都沒有成功，只好作罷。沒想到就在她放棄這一念頭時，卻有人神不知鬼不覺地制伏了外面的六人——也許是殺了，因爲小夭沒有聽到任何異響聲。

當她聽到房門「吱呀」一聲開啓時，正待回頭，忽地有一股冷風襲至，她竟沒能及時避開，頓時暈眩過去，當她醒過來之時，就是現在這種情形了。

小夭心中一遍遍地思索，卻沒能找出自己在什麼時候結下過如此厲害的仇家，那麼對方十有八九是父親的仇人了。

想到父親，剛平靜了一些的小夭又一下子緊張起來，激靈靈地打了一個寒戰：「這惡賊會怎樣對付爹？爹的武功高強，這惡賊當然不是爹的對手，但他一定會用我要脅爹，爹爲了救我，無論什麼條件都是會答應的，那……那豈不是十分危險？哎呀，不好！爹有危險。」

她的頸部忽然一涼，最後一句話竟不是在她心中大喊，而是真真切切地喊出聲了——「不好！爹有危險……」

有人解了她的啞穴！

叫聲「嗡嗡」迴響，果然很可能是在一個暗室中。小夭一怔，迅即回過神來，閃念道：「好可怕的修爲，此人接近時我根本沒有察覺！」

她卻忘了被困縛一天，已又餓又累，加上心亂如麻，所以辨別力早已下降不少。

略一怔神後，小夭立即高聲喊道：「用這種手段算什麼英雄？快放開本小姐，否則我爹一怒之下，將踏平你這賊窩，將你碎屍萬段！」

「呵呵呵，妳以爲大聲叫喊就可以引起外人注意嗎？就算妳喊破了嗓子，也不會有人聽見。」一個十分奇特、如金屬般鏗鏘的聲音響起。

小夭見自己的想法被對方識破，不由大感洩氣，口氣轉軟道：「只要你放我回坐忘城，我爹一定不會怪罪於你；否則，傾坐忘城之力量，天下間有幾人可以匹敵？本小姐一言九鼎，舉世皆知！」

「該放妳的時候我自會放妳，休得囉唆。妳爹雖然厲害，但卻未必能奈我何。」那奇異的聲音道。

小夭心念一轉，冷笑道：「我明白了，你一定是愧對我們父女二人，否則不會不敢讓我見到你的真面目，可笑！可笑！你竟連我這樣的弱女子也不敢面對，又怎配與我爹相提並論？實是滑天下之大稽。」

那人似乎笑了一聲，「妳這模樣也自稱弱女子？今天就算妳口吐蓮花，也是枉然，還是聽天由命吧。這是妳的晚飯，半炷香後，妳的穴道即可自動解開，那時妳就自己掙脫繩索。至於吃不吃飯，隨妳自便。」

小夭吸了吸鼻子，果然聞到了飯菜的香味。她已一天沒有進食，香味頓時將她的食欲勾引，不由咽了一口口水，心道：「此人倒還有一點人性。」

香味撲鼻的飯菜就在不遠處，可自己的穴道還有半炷香的時間才能自動解開，想到這一點，小夭更覺饑腸轆轆，迫不及待，她不由又用力地吸了吸飄過來的香味。忽地，她的心中猛地一震，呆住了。

這時，由腳步聲可以聽出那人正在離去。

小夭怔神少頃，嘴角處忽然浮現出一抹笑意，隨即便聽她大聲道：「等等！我已知道你是誰了。」

腳步聲停住了。

少頃，那奇異的聲音道：「妳又要耍什麼花樣？」

小夭咯咯一笑，一字一字地道：

「你——是——爹——爹！」

隨即便是久久的沉默。

小夭的笑意卻越來越自信。

「唉……」一聲嘆息，滋味百般的一聲嘆息。腳步聲又響起，不過卻不再是向室外走去，而是向小夭這邊走來。

小夭眼前的黑布被解開了。最初的黑暗與不適之後，一個高大的身影在小夭的眼前越來越清

晰。鬢髮皆白，氣度沉穩，正是坐忘城城主殞驚天！

殞驚天深邃的眼神中滿是慈愛之色，小夭熱淚奪眶而出，悲喜交加地喚了一聲：「爹……」再也說不出話來。

縱然她不知道爹爲什麼要這麼做，但她相信爹這麼做一定有不得已的苦衷！他們父女之間並未因此而出現隔閡，反而更增血脈深深相連、不可割離之感。

此處果然是一間暗室。

殞驚天已爲小夭拍開了穴道。在父親的目光下，小夭享用了她這一生中最爲奇特的晚餐。

又有誰會想到擁兵數萬的坐忘城城主與他的女兒會在如此奇特的環境中相聚？此時，坐忘城仍是四門緊閉，殞驚天麾下人馬奉殞驚天之命仍在不厭其煩地繼續搜查全城。

殞驚天終於打破了沉默：「妳是如何知道真相的？」

小夭皺了皺鼻子，「聞出來的。」

殞驚天有些意外地「哦」了一聲。

「小夭由爹送來的飯菜的香味聞出全是小夭平時最喜歡吃的，酸中帶辣，就算劫持我的人不會斷我食物，但也不可能如此湊巧，送來的全是最合我胃口的食物，除非……他就是最疼我的爹！」

說到這兒，她俏皮一笑，把最後一夾菜塞入口中，腮幫撐得鼓鼓的，然後含糊不清地接道：「還有……你說『妳這模樣也自稱弱女子』這句話，雖然聲音不同，但語氣卻是我十分熟悉的。還有，如果不是我十分熟悉的人，就不用擔心只說幾句話就會被我記住聲音，還有……嗯，還有就是憑直覺了。」

殞驚天神情複雜地望著她，「小夭，爹這麼做，妳不記恨爹嗎？」

小夭搖頭笑道：「才不！」忽而又神秘地低聲問道：「但小夭卻實在不明白爹為什麼要這麼做？」

殞驚天猶豫了片刻，終於像是下了很大決心般道：「好吧，爹就把其中原因告訴妳。爹之所以要這麼做，是為了有一個在全城進行全面搜查的理由。」

小夭惑然道：「爹乃一城之主，若要搜查，只需一個命令即可，誰也不會反抗，又何須這麼做？」

殞驚天搖頭道：「不行，爹之所以搜查全城，目的是為了找一個人，而尋找此人的原因，爹卻不能向任何人透露，包括四大尉將，也包括妳。誰也不會想到劫擄妳的是我自己，而城主的女兒失蹤，要搜查全城，誰也沒有理由反對，更不會想到其中另有緣故。沒想到最終卻被妳這丫頭

識破了。」

小夭得意地道：「爹以後不會再小看我了吧？難怪乘風宮防衛森嚴，竟會出這麼大的意外，原來出手的是城主大人！真是防不勝防！」

她眸子一轉，忽想起了什麼，低聲道：「對了，小夭想起來了，爹要找的人，是不是——將那把劍押在戰傳說『生』字上的年輕人？」

殞驚天身軀一震。

最後他苦笑一聲，嘆道：「看來，爹一直以來真的是低估妳了。不錯，爹要找的正是此人。」

小夭臉上輕鬆的笑容漸漸地消失了，直到這時，她才清楚地意識到事情的嚴重性，腦海中迅速閃過父親在見到那邪氣逼人的劍時極爲凝重的神色。

「不錯，爹是一城之主，若非萬不得已，他決不會有這驚人之舉，更不會隨意驚動全城！而由爹不願讓所有心腹部屬知道真相這一點來看，爹必然面臨著外人難以想像之事，而此事亦必然包含著驚人的秘密！」

思及這一點，小夭不由深爲父親擔憂，她試探著道：「難道此人真的有非比尋常的來歷？」

殞驚天自小夭躺臥著的石床上站了起來，負手在室內緩緩踱了幾步，終長吁了一口氣，自言自語般以極低的聲音道：「也許，爹會殺了他！」

聲音雖輕，小夭卻如聞驚雷，目瞪口呆，更讓她吃驚的是，在父親的眼中，她只看到迷茫，而沒有絲毫仇恨與殺氣。

「既然如此，爹爲什麼要殺他？」小夭瞬息間轉念無數，卻未能找到答案。

夜漸深，戰傳說卻沒有絲毫睡意。南尉府外的大街上仍不時有馳騁來去的馬蹄聲，正是這些馬蹄聲讓整個坐忘城今日始終籠罩在不安的氛圍中。

但戰傳說難以入睡卻不是因爲這一點。他想得更多的是，再過幾個時辰便是不二法門靈使十日之約期滿這一事。

倏地——戰傳說雙目驀然睜開，警兆乍生！

屋內一片黑暗。戰傳說的靈覺在黑暗中向四周悄然延伸出去，頓時，周遭十餘丈內的一切異常都在他靈覺的籠罩之下。

此時此刻，戰傳說清晰地感覺到自己的內力修爲與進入隱鳳谷之前相比，已達到了一個全新的境界。他清晰地感覺到左近有一絕世高手在逼近，他心中的警兆正是因此而萌生。

戰傳說悄然起身，走至一扇窗前，無聲地拉開插銷，隨後移至另一扇窗前，定了定神，

「啪……」的一聲，拉響了這扇窗的插銷。

而他的人卻在同一時間如被一根無形的繩子所牽引般斜斜飄出，一掌拍開他第一個拔開插銷的窗子，如箭般穿射而出。

他之所以要這麼做，是爲了防止當自己越窗而出之時立即遭到攻擊，那將置身於不利之境，而他有意在另一窗上弄出聲響，正是爲了達到聲東擊西之效，爲自己贏得主動。

穿窗而出，掠過長廊，輕飄地落在前院中，戰傳說並未受到任何攻擊。但他已看到七丈之外的一座假山前，正佇立著一個身影，一襲黑衣，頭蒙黑巾，負手而立，手中橫握一件兵器。

戰傳說冷笑一聲，「何方朋友夜訪南尉府，卻不敢以真面目示人？」

對方沉哼一聲，舉起手中的兵器，內力一吐，裹在兵器外的布條立時碎如亂蝶，翩翩起舞。

此人將手中兵器高舉過頂，沉聲道：「你，可識得這把劍？」

雖然是在黑夜中，但戰傳說依然立即辨出了對方手中的兵器正是劫域哀將的苦悲劍！

如此邪氣逼人的劍，無須親眼目睹，也能感覺到它的存在。

戰傳說心頭劇震，脫口道：「尊駕何人？此劍怎會落入你的手中？」

那黑衣人哈哈一笑，並不回答，倏然掠身而起，向院外疾掠而去。

戰傳說毫不猶豫地隨之掠起，疾追而去。因爲，他想到苦悲劍本應是在那自稱「美女大龍頭」的少女——亦即坐忘城城主小夭的手中，而小夭昨夜已突然失蹤。現在，此黑衣人手中既有此劍，證明他必與小夭失蹤的事有關聯。

同時，戰傳說還想到一件眾人皆不明白的事：劫擄小夭之人的目的與原因何在？包括伯頌、石敢當在內，無人能有十分合理的解釋。此刻，戰傳說在見了苦悲劍後，忽然明白過來：此事一定與此邪兵有關！

能自戒備森嚴的乘風宮中劫走城主女兒小夭之人，必是絕頂高手，而這件兵器顯然能引起絕頂高手的興趣！或爲得到此劍，或者對方乃劫域的人。

哀將被自己所殺之後，劫域必會設法爲之報仇，而此劍的出現，自然會使劫域的人立即聯想到持劍者或是擊殺哀將之人，或是與殺了哀將之人有某種牽連，所以，他們會將小夭劫擄而去。

在戰傳說的感覺中，後一種可能會更大一些，這使他猛地意識到：極可能是因爲自己一時興之所致的舉動連累了小夭！

正因爲心生此念，所以戰傳說雖然看出這黑衣人是有意將他引出南尉府，也許是爲了將他引入一個圈套中，但他仍是義無反顧地緊追不捨！否則，若日後小夭真的是因爲苦悲劍的緣故而被連累，有個三長兩短，那戰傳說絕對難以原諒自己。

畢竟，在他看來，無論是小夭，還是小夭之父殞驚天，都頗爲不錯，而由坐忘城中的人的態

度來看，也證明了戰傳說對他們父女二人的看法。

戰傳說與黑衣人的對話立即驚動了府衛，剎那間，南尉府內燈火紛紛亮起，呼聲一片。

而石敢當等一眾高手，以及伯頌父子三人亦在第一時間趕至。當他們趕到時，只看到黑衣人與戰傳說先後離去的背影一閃即逝！

其實，石敢當幾乎是與戰傳說同時察覺到有高手闖入，只是他沒有想到戰傳說會立即做出反應，獨自一人先衝出屋外！更讓他意外的是，那黑衣人如此快速地離去，分明是想引誘戰傳說追去，而戰傳說竟像似沒有識破這一點般輕易中計了。

戰傳說何以如此莽撞？石敢當萬分擔憂。

回想起方才自己聽到的戰傳說與黑衣人的對話，再聯想到戰傳說曾告訴他關於「露天賭局」的事，石敢當頓時明白那黑衣人手中的兵器一定是苦悲劍！

那麼，黑衣人豈非極可能是劫域中人？想到這一點，石敢當頓時驚出一身冷汗！他當機立斷，對身邊的人道：「此事恐怕有詐，我去接應他！」

伯頌立即道：「石兄，兄弟與你同行！」

石敢當道：「不可！對手來歷不小，莫中了他調虎離山之計！」

說話之初，他尚在園中，話音落時，他的人已如輕煙般飄然掠出，消失於茫茫夜色中。

伯貢子看了爻意一眼，轉面對父親伯頌道：「石伯伯說得也有道理，就讓我與大哥代爹一行！」

伯頌微一沉吟，點頭道：「要多加小心！」

「明白！」伯簡子、伯貢子齊聲應道。

青衣立即對尹歡道：「屬下願與二位公子同行。」

尹歡目光一閃，道了聲：「也好……」

戰傳說緊追黑衣人而去，尚未離開南尉府時，便聞到弓弦聲響，緊接著便是尖銳的箭矢破空聲如裂帛般響起。

燈光四起！

借著燈光，戰傳說見如飛蝗般的勁矢自幾個不同方向射向黑衣人，但在離黑衣人的身軀一尺之距處便紛紛跌落地上，根本無法傷及黑衣人。

戰傳說心中一凜，忖道：「此黑衣人的修為恐怕不在哀邪之下！」

而如哀邪這等級別的高手，戰傳說曾先後遇到小野西樓與哀將，前者曾將他擊得重傷，至於後者，雖然被戰傳說一招擊殺，但他知道其實這並非依仗自己的真實修為，而只是憑藉機緣巧合

而已，因此戰傳說毫無能勝過眼前黑衣人的把握！

但他卻決不會因此而有絲毫猶豫。思念之間，黑衣人已如驚電般掠出南尉府。飛矢立時變得稀落，顯然南尉府府衛已識出戰傳說。

戰傳說心知勝負的關鍵除了修爲的高低之外，還在於誰掌握了主動。既然黑衣人是有意將自己引出南尉府外，那麼自己若能在對方預想之前將之截住，那便等於爲自己贏得了一分主動。

心有此念，戰傳說將自己的武學修爲提至最高境界，全力疾追！

第二章　驚天之秘

兩人之間的距離越來越接近！

當相距僅有一丈遠近之時，戰傳說一聲長嘯，身形如怒矢般疾射而出，駢指如劍，直取黑衣人身後要穴！無形劍氣透指而出，殺機凜然，劍氣如嘯，頓時予人以可洞穿天地萬物之感。沒有人能小覷這一擊的可怕殺機！

戰傳說認定對方極可能是劫域的人，所以他出手毫不保留。而這黑衣人正是坐忘城城主殞驚天！

由身後襲來的凜然劍氣讓殞驚天心中爲之一震，不敢輕視，憑其自身驚世修爲，在間不容髮的刹那間腳下斜踏數步，非但化去向前疾衝的去勢，身形更憑空疾旋而起，手中苦悲劍橫封，及時擋住戰傳說第一擊！

指劍劍氣與苦悲劍正面相擊，苦悲劍「嗡嗡」作響。

殞驚天心中凜然一驚：此人如此年輕，卻能徒手與我相戰且不落下風，實是後生可畏。

心念所至，劍身一挫驀揚，如怒龍般一飛沖天，再以雷霆萬鈞之勢向身形尚是凌空全無借力之處的戰傳說穿射而至！苦悲劍與虛空劇烈摩擦，形成懾人的尖嘯聲，聲勢駭人！

戰傳說心中飛速閃過一個念頭：此人所用的雖是苦悲邪兵，但他的武學卻與劫域哀將大相徑庭！進退攻守大開大合，甚爲剛猛，人與劍極不相稱。

在殞驚天駭人的劍勢下，戰傳說猶能心明如鏡，知道這一劍不宜硬擋，立時強擰身形，全身每一塊肌肉在間不容髮的剎那間皆緊繃如拉得滿弦之弓，並由此最終形成一個後力，使他的身軀憑空不可思議地斜移半尺。

「哧……」劍光一閃，自戰傳說肋部疾劃而過，劃破了他的衣衫，卻未能傷著他。

戰傳說安然著地！

甫一著地，立即以神鬼莫測的步伐疾踏數步，竟已由追逐殞驚天變爲斷其去路。縱然殞驚天察覺了戰傳說的用意，竟未能將他阻止！

戰傳說所施展的正是其父戰曲傳授於他的神奇步法，無怪殞驚天的攔阻沒有奏效。

戰傳說擋住殞驚天的去路後，沉聲道：「看來，你就是劫擄了城主女兒的逆賊了！今日坐忘城已佈下了天羅地網，你竟不知天高地厚，還敢闖入南尉府，簡直是自尋死路！既然城主之女是因我把此劍交給她而被劫，那麼我就一定會從你手中將之救出！」

殞驚天心中微怔，暗忖道：「看來此人竟頗具俠義之心！他將此劍交與小夭一事，外人根本不知，只要他不說，就成了一個不為外人所知的秘密，但他卻還是說出來了！非但如此，他竟還主動將小夭被『劫擄』的責任攬於自己身上！難道他不知若小夭真的被劫擄，那麼他既會被整個坐忘城所恨，又必須面對劫擄小夭的強大對手？」口中卻道：「若是我已將她殺了呢？」

話一出口，連殞驚天也不明白自己為何要這麼說。對他來說，這只是一句試探性的話，但對戰傳說而言，卻不啻是一記驚天霹靂！

殞驚天語氣平靜，因為他知道自己的女兒還好好地活著，這使戰傳說無法分辨出他這句話的真假。

戰傳說只覺腦中「嗡」的一聲，怒焰頓熾，大喝道：「殺哀將者是我，與他人毫不相干！你卻以卑劣手段對付一個女流之輩，實是可恨！今日即使我殺不了你，也要讓你付出代價！」

由殞驚天的話，戰傳說推斷出無論小夭是不是真的被害，可以肯定的是——正是眼前這黑衣人劫擄了小夭！既然如此，毋庸多言，唯有一戰！

這時，四周喊聲倏起，火把如遊龍穿梭，周遭幾處街口同時擁出不少坐忘城人馬，其中不乏

城中好手，將戰傳說與殞驚天團團圍住。

與此同時，大街兩側的房頂上亦出現了手持勁弩者，利箭齊齊指向同一個目標——殞驚天！

轉瞬間，四周已被圍得密密實實，水泄不通！

殞驚天冷眼一掃，只見遠處高高的刁斗上，正有幾隻燈籠在升降穿插！他立時明白，這是刁斗上的戍衛在以燈籠的變化向整個坐忘城傳遞訊息，將自己所在的方位告訴全城，並讓更多的人馬在更廣的範圍內形成包圍圈。

殞驚天既高興又擔憂！高興的是自己麾下的人馬的確精幹，自己平時的精心部署沒有白費；擔憂的是這一次被困住的卻是他自己！

僅僅是眼前這一個年輕人，他已沒有必勝的把握，更不用說要從重重包圍圈中突圍而出！雖然只要他除去臉上的蒙巾，說出真相，各路人馬自然會立即退去，但屆時身爲城主的他，又將如何向城民解釋自己這一離譜的舉措？

這時候，他終於完全明白戰傳說所說的話的意思了：顯然，對方之意是即使殺不了自己，至少也要拚個兩敗俱傷，那麼，自己就再也休想從重重包圍中突圍而出。

殞驚天略一怔神間，又有幾個快捷絕倫的身影越眾而出，各據一方，就在包圍圈的最核心處，形成了除戰傳說外，對殞驚天最直接的威脅。

這幾人是石敢當、青衣、伯簡子、伯貢子四人！

殞驚天暗暗叫苦不迭。

由戰傳說的言行中，殞驚天對這年輕人已頗有好感。他之所以不計手段追尋將苦悲劍交與小夭的人，實是有不得已的苦衷，故他此刻根本無心戀戰。

略作觀察後，殞驚天一聲長嘯，身形暴進，強大得無以復加的功力由劍身透發，向石敢當直迫過去，人與劍相輔相成，氣勢空前強大，泣鬼驚神！

石敢當神色從容，平靜如千年古井，唯有眼神的極深處倏然暴閃出一點精芒，雙掌亦在同一時間飄然揚起。

掌勢忽陽倏陰，陰陽幻變交疊，形似古拙，卻隱含陰陽五行的無窮玄奧。電光石火間，其浩然真力已與五行生剋之理相呼相應，衍生出繁雜莫測之變，最終形成一個可進可退、攻守兼備的太極氣場，向殞驚天的強悍劍勢疾迎而去。

剎那間，殞驚天的劍勢頓受封阻，周身虛空亦發生了某種詭異變化，使殞驚天感到每一寸空間都有綿綿不絕如無孔不入的水銀泄入，讓人頓生極度不適之感。

他選擇以石敢當爲突破口，顯然是一個錯誤！但殞驚天竟似若根本沒有意識到這一錯誤，一聲厲吼，苦悲劍化縱爲橫，捲起一團如來自地獄般幽黑色的光芒，彷彿可以將一切吞噬而入！他

竟不顧一切地全力提升功力，苦悲劍尖嘯如鬼哭神泣，赫然破開石敢當的太極氣芒，長驅而入！

圍觀者無不爲之一震，唯有石敢當神色依舊如泰山崩於前亦夷然不懼，雙目神光電閃之際，「星移七神訣」絕學已悄然祭出。

無形勁氣平地倏生，如滔天巨浪般疾衝而起，在石敢當與殞驚天之間形成了一道暗含殺機的氣牆，殞驚天手中的苦悲劍倏然一偏，頓失目標。

太極氣芒借機散而重聚，並在電光石火間迅速凝集成僅有半尺的太極氣團，使之若具實體，伸手可觸。

石敢當雙目倏睜，一聲沉哼，第一次反守爲攻，立即顯示出他身爲前輩有數絕世高手的不世修爲！仿若具有實體的太極氣芒在石敢當一圈一送之下，以不可抵擋之勢向殞驚天席捲而去！

殞驚天劍旋如盾，正面向太極氣團撞去！

「砰……」一聲沉悶而驚心動魄的撞擊聲倏然席捲全場！其聲並不甚響，卻極具穿透力，四周殞驚天麾下人馬中修爲尋常者頓覺氣血翻湧，極爲不適。

一撞之下，殞驚天如一片毫無分量的輕羽般順勢飄飛，十餘丈空間僅在瞬間便已逾越，在眾人尚未回過神來之時，已以不可思議的速度迫近伯貢子！

這才是殞驚天真正要尋求的突破口！

劍速奇快無比，光芒乍閃之際，已挾一抹徹骨冷光徑取伯貢子的咽喉！

其劍尚未及身，卻已予人以不可抵擋的強大氣勢。仿若這一劍不僅能洞穿一切生命，更能將對手的鬥志擊得粉碎！

伯貢子除了退避之外，竟已別無選擇。

但他的反應絕對不慢！後退、閃身、拔劍，一氣呵成。

劍堪堪拔出，殞驚天的劍勢再度將他籠罩於懾人殺機之中！足以壓垮人的靈魂的殺機使他除了退避之外，竟再也無暇去完成其他任何動作。

一招未出，伯貢子已被迫一退再退，一連退出九步！

伯貢子全身冷汗忽然一下子全冒了出來，濕透全身。

後退一步，其腳步所踏之處都留下越來越深的印痕，以青石鋪就的街面支離破碎。當他倒退至第九步時，步伐所踏之處，青石崩裂得粉碎，並四向激射，足見伯貢子此時所承受的空前壓力。

他只感到對方的劍勢如滔滔之水般洶湧不絕，根本不容他有一絲一毫喘息之機！在這空前強大的劍勢壓迫下，使他有種無法呼吸、真氣運行極爲不滯之感，且這種感覺逐漸加強，最後似要虛脫而亡。

此時此刻，每個人都已看出這「黑衣人」的真正目的不在取伯貢子的性命，而是爲了借伯貢子做掩護突出重圍！伯貢子乃南尉將軍伯頌之子，眾人必然投鼠忌器。如此一來，「黑衣人」即可借機在包圍圈中找到突破口。

伯貢子自身此時亦已明白這一點，這使他既驚且怒，卻又無可奈何。在此之前，他一直自視甚高，頗爲自負，就在昨夜宴席上他還有意戲弄戰傳說，以內家真力震碎戰傳說的酒杯。直到這時，他才猛然頓悟，平時自己聊以自詡的武學修爲，其實不過只是雕蟲小技，在真正的高手面前，根本就沒有施展的餘地！

苦悲劍如鳥翔魚落般劃過一道驚人而優美的弧線，當伯貢子尚未回過神來時，殞驚天的劍已完成了與他的第一次碰擊！

「噹……」的一聲，早已有虛脫力竭之感的伯貢子只覺手中兵器如中魔咒，再難把持！

眼看即將遭遇兵器脫手之恥的伯貢子，心中的戰意與好勝之心終被全面激發！一聲暴吼，他雙手緊握手中之劍，催發自身極限的修爲，竟及時控制住了手中的兵器，且還順勢向殞驚天還以一劍。

這一劍自然根本不可能傷得了殞驚天。

殞驚天劍尖在地上一點，火星四濺之時，他的身軀已如鷹隼般高高掠起，越過伯貢子，向其身後的房舍屋頂遙遙掠去。

伯貢子此時心中已懼意全無，他還待再追，孰料尚未邁出一步，忽覺喉頭一甜，一股熱浪疾衝而上，一下子湧入了他的口中。

伯貢子心中一凜，牙關緊咬，將已湧入口中的鮮血又強行咽了回去，卻再也無力追擊。

雖然伯貢子竭力掩飾，但他的臉色卻已煞白如紙，渾身冷汗涔涔！

「請借劍一用！」戰傳說在伯貢子被攻得連連後退時，便知「黑衣人」是要由伯貢子這一方向突圍，當機立斷，閃至一名坐忘城弟子身側，伸手疾拍此人腰間所佩的劍，那人尚未回過神來時，佩劍已被戰傳說貫入劍鞘的氣勁激得脫鞘飛起。

而此時，戰傳說正好已沖天掠起，一伸手，脫鞘飛起一人多高的劍正好落在了他的手中。與此同時，他冷眼瞥見「黑衣人」已挫敗了伯貢子，正向屋宇遙遙撲去。

戰傳說長吸一口氣，身形暴旋，如旋風般沖天而起，自斜側直向對方截殺過去。

驚人的弓弦聲幾乎不分先後地響起，箭矢如飛蝗般向殞驚天疾射而至！

這一次，這些箭手所射出的箭矢遠比南尉府的阻殺之箭更準、更狠！因為南尉府中阻殺殞驚天的只不過是普通府衛，而此刻隱於房宇頂上的箭手無一不是百裏挑一的精銳好手。

殞驚天唯有以劍相擋！劍芒閃掣，如同在殞驚天的身側升騰而起的一團詭異的烏雲，在一陣

密集的「叮噹」聲過後，第一撥箭矢被殞驚天悉數撥飛，但因此他的身形卻不得不爲之一滯。

戰傳說手中的劍於此刻在屋簷的邊椽上一壓即挑，以絕妙無倫的手法將長長一列青瓦以柔和劍勢挑得飛起，如一條巨大的靈蛇般反捲而出，從殞驚天正面向他飛噬而至！

如此巧妙的手法頓時引來四周彩聲如雷！殞驚天畢竟比戰傳說先行一步，一時間，戰傳說必然難以趕上前者，而此時他臨陣心生一計，竟借屋頂的青瓦爲己用！一時之間，長達二丈有餘的一列青瓦似斷似連，向殞驚天當胸射至，聲勢駭人！

殞驚天雖再無誅殺戰傳說之意，但卻也被戰傳說的窮追不捨激起了好勝之心！單掌如靈蛇般向捲至的青瓦拍去，而苦悲劍已自一個不可思議的角度反向暴削！青瓦被掌風掃得粉碎的同時，及時封住了戰傳說的凌厲劍勢。

雙劍相觸的一剎那，戰傳說劍身一壓彈起，在極小的範圍內閃掣飄掠，看似不經意的揮灑，卻隱含天地至理！剎那間，戰傳說已將空前充盈的劍意揮灑得淋漓盡致，縱是強如殞驚天者，亦不由心生難以抵禦之感，只覺對方的劍法渾如天成，已妙至毫巔！驚愕之際，他已在不知不覺中爲戰傳說完全牽制，失去了脫身而去的最佳時機。

一柄平凡之劍竟被戰傳說使得如此出神入化，觀者無不動容！石敢當等見識過戰傳說武學的人，更是震愕莫名，不知戰傳說何以在短短時日間，武學修爲竟增進如斯！

「難道他擊殺哀將並非只是機緣巧合？」青衣心中不由閃過此念。

而伯貢子見此情景，心中極不是滋味！這時他才明白戰傳說的武功其實遠在他之上，事實上自己昨夜的舉動無異於自取其辱！只是當時戰傳說沒有與自己針鋒相對而已。

戰傳說自身亦是既喜且驚！此刻，他的確感到自己的功力已非進入隱鳳谷之前可比，但這種變化其實在地下冰殿中他就已感覺到了。當時歌舒長空要利用他的龍族血脈，以及石敢當的「星移七神訣」，化解他體內「太隱笈」留下的隱患，並由此達到「龍鳳之氣交融、奪天地造化」的目的，使其功力攀至無窮太極之境，沒想到最終此事未成，卻因「星移七神訣」的作用，使戰傳說因禍得福，功力激增至與歌舒長空相若之境界！

而後，他遭遇「涅磐神珠」後，亦感到自己有了某種變化，但這種變化似乎並非在功力方面。此時與殞驚天一戰，他忽然有所醒悟了。

涅磐神珠雖然也提升了他的一部分功力，但更多的功力卻因爲他的軀體尚不能承受，爲免去爆體而亡之禍，他及時將無比強大的氣勁轉移至哀將體內，當時哀將自身功力本已提升至最高極限，突然再有如此驚世駭俗的真力灌入其體內，立使之爆體而亡！而戰傳說最大的改變卻是在對武道的領悟力的改變！

在戰傳說的記憶中，他對武道的悟性本是在同族中同齡人之下的，對父親所傳的劍法，他總

是無法領悟其中最爲玄奧的精華，雖是潛心苦練，卻每每總是在最後關頭無法達到質的飛躍。

但這一次，劍在手中，給戰傳說的感覺卻與往日已有了某種神秘的改變，劍彷彿成了自己身體的一部分，而心中則有極爲充盈的劍意在奔騰激蕩！手中之劍在虛中劃過的每一道軌跡，都極爲美妙，劍身與虛空劇烈的摩擦所引起的顫動帶給他的是無比新奇的感覺。

手中之劍給他的感覺是前所未有的親切，以至於使他萌生了無比的自信與激情。同樣是父親所傳的劍法，戰傳說今日卻如水到渠成般真正地揮灑出了它的精蘊所在！

手中之劍的每一變化都被戰傳說演繹得渾然天成，無懈可擊，絲毫沒有突兀感。這才是真正的屬於龍族的劍法！

戰傳說的劍法看似與往日並無太大區別，但事實上未改變的只是劍式，而劍意卻已完全進入了一個全新的境界，他的劍道修爲又完成了一次如破繭化蝶般脫胎換骨的變化！無怪乎連殞驚天也頗有棘手之感！

而事實上，殞驚天之所以處於被動，還有一個重要原因，那就是他平時慣用的兵器是神虛槍，此刻卻讓他捨棄已用了數十年的稱手兵器而改用劍，縱是苦悲劍絕非凡兵，但對殞驚天而言仍是毫無益處，反而成了一種累贅。

他的槍法在坐忘城可謂人皆盡知，一旦祭起神虛槍，他的身分必將立即暴露無遺，屆時坐忘城豈不一片大亂？加上殞驚天已不願傷害戰傳說，出手有所顧忌，而戰傳說卻恰恰相反，如此一來，此消彼長，殞驚天的形勢頓時有些吃緊。

斗轉星移間，兩人已激鬥了十數招，雖一時高下難分，但殞驚天卻心急如焚。急中生智，他腳下暗運真力，「喀嚓……」一聲，屋椽立斷，他整個身形頓時急墜而下，身形未落，殞驚天就暗暗叫苦！

原來屋內亦早已埋伏了不少人馬，未等他落下，幾杆長槍已閃電般自幾個不同的方位向他疾刺而至。

槍法雖是不俗，但在殞驚天這等以槍爲兵器的宗師級高手眼中，卻是不值一哂！左掌倏然下插，翻飛之中，幾人同時失聲驚呼，四杆長槍已齊齊脫手，且被殞驚天順勢一帶，立即自他身邊疾擦而過，向緊隨其後的戰傳說穿射而去！

而殞驚天則如神兵天降般落入人群中，順手再奪過一杆長槍，有槍在手，殞驚天神威大振，內力疾吐，便見萬點寒芒如炸開的光球般以他爲中心，遍及三丈之內。刹那間，隱伏於屋內的十餘人已有大半被他的槍扎中大腿，倒跌出去。

眾人不知這已是殞驚天手下留情，齊聲驚呼，皆爲「黑衣人」神出鬼沒的槍法所懾！好在守在屋中之人的武功皆是平凡之輩，若換了伯頌等四大尉將，只怕早已認出這「黑衣人」就是他們

的城主了。

趁眾人略一怔神之際，殞驚天飛身撞坍一堵屋牆，疾掠而出。

殞驚天剛自屋內衝出，立即驀然止步！他赫然發現鄰街的房子後面，又有百餘人層層包圍，其中就有他麾下的北尉將及東尉將。

看來，四大尉將對他的確忠心耿耿。當南尉府傳出殺聲之後，幾乎每個人都立即將眼前之人與城主女兒失蹤的事聯繫在一起！爲此，人人奮勇爭先，心中都暗自發誓決不會放過劫走小姐的逆賊！

只是，他們的一片忠心此時卻讓殞驚天哭笑不得。

稍一猶豫，如影隨形而出的戰傳說又飄然落在與他相距不過三丈遠的地方。

就在殞驚天不知所措之際，突聞有人振聲高呼：「城主女兒在此，誰也不要輕舉妄動！」聲音如破鑼，難聽之極。

戰傳說、兩大尉將爲之一驚！

殞驚天亦是大吃一驚，忖道：「怎麼又冒出一個城主的女兒？」

正思忖間，那難以入耳的聲音繼續高呼道：「幫主莫急，我來救你了！誰要敢動我家幫主一根毫毛，我便殺了這丫頭！」

殞驚天暗忖道：「此人口口聲聲呼幫主，指的是我嗎？我何時成了什麼幫主？」

正疑惑間，只聽伯簡子振聲高呼：「大家不要輕舉妄動，小姐在他手中。」

「幫主，此時不走，更待何時？」那破鑼般的聲音大聲呼道。

殞驚天見四周的人皆暗含不甘心之色，卻不得不無奈地閃開一條道來，連戰傳說也是一臉失望之色。他終於相信每個人都認定的所謂的幫主，就是指自己了。

殞驚天這才手提著苦悲劍大步流星地向正街方向走去，轉過巷口後，只見正街街口有兩匹戰馬在來回兜走，其中一匹馬上坐著一個人，如殞驚天一般，也是一襲黑色夜行衣，在他的身前馬背上橫放著一個大布袋，布袋不時蠕動，想必袋中就是小夭。另一匹戰馬被此人牽著，上面並無騎者。

四周依舊是圍得如銅牆鐵壁一般，但所有箭弩都不敢正對著馬上的黑衣騎士，唯恐一不小心射出一箭，就會連累小姐的性命。

眾人大為焦慮，殞驚天卻比任何人都更為不安。他心中飛速轉念：「小夭怎會落入此人手中？他又為什麼要來救我？難道他真的誤會我是他的幫主？不可能！雖然我未露形跡，但『劫擄』小夭的人是我自己，而不是什麼幫派，所以此人本不應知道以小夭作要脅就可以救出我。再說，隱藏小夭的地方十分隱蔽，否則全城搜尋豈非一不小心就會將小夭搜出？只不知此人又是如何找到的？」

此人冒險前來救他，他不喜反憂，只恐稍有閃失，小夭就會有性命危險。殞驚天自知如此做有不得已之處，但現在看來，自己的舉措不但荒唐，而且危險。可如今卻已是騎虎難下了。

殞驚天暗下決心，只要有機會接近黑衣騎士，就立即出手先救下小夭再說！至於最終如何向坐忘城萬民交代，他已無暇顧及。小夭一刻處於危險中，他的心就高懸一刻，提心吊膽。

恰好就在這時，馬上的黑衣人向他招手道：「幫主快上馬，諒他們也不敢追攔！」

殞驚天心道：「機會來了。」

他縱身掠向那匹空著的坐騎時，心中忖道：「對不起了兄弟，你是一番好心救我，可爲了救小夭，我若是傷了你，或是拖累你使你不能脫身離去，也是無可奈何之舉了，要怪也只怪你不該如此對待小夭！」

穩穩落在坐騎上的同時，殞驚天手中的苦悲劍已悄然揚起，正待出手的那一剎那，忽然聽得那黑衣騎士以低至只能讓近在咫尺的殞驚天聽到的聲音悄聲道：「爹，我來救你了！」

殞驚天一聽，又驚又喜，以至於一時間不知該如何是好。

這黑衣騎士竟然就是小夭！先前她如破鑼般的高呼聲是裝出來的，而此刻唯有殞驚天才能聽到的聲音才是小夭的真聲。

小夭將父親殞驚天所乘坐騎的纏繩鬆開，哈哈一笑，對身邊的父親道：「幫主，我們趕快離開坐忘城！」

隨後，她環視四周，高聲道：「冤有頭，債有主，雖然當年我們幫主曾被你們城主壞了好事，眼看到手的數十件珍寶又被迫還於原主，而且我們幫主還被你們城主砍斷……砍傷了左臂，不過，只要此刻你們讓我們一條生路，我們幫主就決不會傷害這丫頭！君子一言，駟馬難追！幫主，我們走！」

她正爲自己能在千軍萬馬中救出父親而大感興奮，一時忘乎所以，幾乎說漏了嘴，說成「砍斷了幫主左臂」，幸好及時發現，臨時改了口。至於後面的「君子一言」之語，更是十分牽強。由她所說的一切，只能聽出其「幫主」是一個強取豪奪的大盜，又豈是什麼君子？她說得興奮，也沒有留意前後自相矛盾，而他人只是擔心「小姐」的安全，也不會留意這種種細節。

殞驚天暗自好笑，心道：「她到這時還不忘轉彎抹角地往我臉上貼金，憑空捏造了一件坐忘城城主大戰巨盜的佚事。」他心中自有許多疑團要問小夭，不過此刻也並非談話之時。當下與小夭一起一抖韁繩，策馬就往坐忘城南門馳去。

眼看束手待擒的「敵人」又要逃之夭夭，眾人極不甘心，不由自主地齊齊由四面八方再度圍了上來，數百人齊聲高呼：「放下小姐！」聲如驚雷自夜空中滾滾而過。

面對如此忠心耿耿的部屬，殞驚天心中一熱，幾乎欲大聲說出真相！就在這時，卻聽小夭以她那破鑼般的高聲道：「出了南門，我們自會放了你們的小姐！若再有人叫喊一聲，我就一刀先殺了她，讓你們只能將她的屍體領回去見你們城主！」

殞驚天心中一顫，忖道：「這丫頭口沒遮攔，此言太不吉利。」

爲了證明自己所說之話，小夭將一直架在坐騎前的布袋上的刀順勢一抹，立即有鮮血由袋中湧出，布袋一陣劇烈掙扎。

眾皆大驚失色，驚呼聲甫起倏止，人人噤若寒蟬，連大氣也不敢喘一口了。

小夭道了一聲：「走！」迅疾策馬而去。

殞驚天心中長嘆一聲，滋味百般，卻也只能策馬隨之而去。

兩騎所到之處，眾人趕緊爲之閃開一條道來，但很快又重新聚攏，不棄不捨。此時，整個坐忘城已是燈火通明，無數火把照亮了天空，彷彿夜空的一角已在熊熊燃燒！

小夭、殞驚天策馬直奔向南門！南門縱有如銅牆鐵壁般的防守，也是毫無用處，只能被迫大開城門。

小夭、殞驚天一前一後馳過鐵索橋後，撥轉馬首，面向坐忘城。戰傳說、石敢當及眾人皆擔心對方言而無信，所以一直不遠不近地追隨在兩「黑衣人」之後。

此時，殞驚天父女二人隔著滔滔江水與坐忘城千軍萬馬隔橋相望。望著亮如白晝的坐忘城，殞驚天彷如置身噩夢中，不知此事最終是如何收場。

小夭卻沒有她父親那麼多的感慨，她低聲對殞驚天道：「爹，袋子裏是一隻被綁住了嘴的老羊。」

殞驚天一怔！

卻見小夭將那只鼓漲布袋自馬背上解下，將之一扔，「撲通」一聲，正好扔在了索橋上。隨即對父親殞驚天道：「快走，這是最後一次機會了！」

殞驚天何嘗不知？事到如今，堂堂一城之主竟已別無選擇！他一撥馬首，苦悲劍狠狠地在馬臀上拍了一記，將難以言喻的惱怒皆發洩於身下的坐騎上。

一聲長嘶，雙騎如風馳電掣般疾馳而去，而鐵索橋對岸卻是一片混亂！有幾人不約而同地在第一時間向那正在索橋上蠕動顫抖的布袋疾衝過來，因為索橋兩側只有鐵鏈，布袋很容易落入江中，江水滔滔，若被縛的小姐落入江中，焉有命在？所以眾人皆欲在第一時間救下小姐！

但忙中出錯，鐵索橋太窄，幾人爭先恐後，頓使索橋一陣搖晃，那布袋一下子滾向一側。幾人立時嚇得齊聲驚呼，不敢動彈！

這時，一個人影越眾而出，如輕羽般向鐵索橋對岸那布袋飄掠而去，途中輕點一鐵索，再遙

遙掠出，身法美妙無比，讓人嘆爲觀止，鐵索橋更是紋絲不動。

那快捷絕倫的身形掠至橋頭，伸手一抄，已將「小夭」帶得飄飛而回，直至離江邊二丈外，方安然落地。

出手之人是坐忘城東尉將鐵風！

直到這時，對岸方響起萬眾歡呼之聲，鐵風立即將布袋解開。在解開的那一刹那，他的神情一下子呆住了。

半晌，他才吐出一句話：「我們上當了！」

坐忘城數里外的一個小山崗上，小夭與殞驚天面向坐忘城的方向席地而坐。他們的坐騎已按照小夭所謂的「瞞天過海」之計，被他們驅向另一個方向了。小夭聲稱，這樣可以利用馬蹄印將追趕他們的人引開。

殞驚天當然知道真正的追蹤高手只消看一眼，就可以由蹄印的深淺判斷出馬是否負人而行，而坐忘城有此能耐者不下百人。不過殞驚天也懶得向小夭說明這一點，他是城主，就算能瞞過所有的屬下又如何？

也許，事情一開始就錯了！但殞驚天自忖絕非渾噩者，否則也不能如此備受城民擁戴，事實上細細思忖，除此之外，他的確已別無他路可行。

坐忘城遙遙在望。殞驚天心中極不是滋味，經歷無數風雲突變的他，尚從未處於如此尷尬之境！

小夭卻仍沉浸在對自己計謀成功的喜悅之中。她心滿意足地嘆了口氣，忽然想起什麼，「爹，現在你能不能告訴我，為什麼會想到要殺將此劍交與我的人？」

殞驚天答非所問地道：「爹不會再有殺他的念頭了。」頓了頓，又補充道：「何況他的武功也未必在我之下。」

小夭好久未出聲，半晌方低聲道：「難怪他身邊的女子那麼美。」

殞驚天為女兒此言大感奇怪，「他身邊的女人與他的武功高低有什麼關係？」

小夭道：「當然有關係了。英雄與美人總是連在一起的，那位美女姐姐一定是天下最美的女人了，她怎麼會與一個平平庸庸的人在一起？」

殞驚天怔了怔，忽然哈哈笑道：「看來，小夭真的長大了。」他的眼中有了慈和之色，接道：「但武功高的人未必就一定是英雄。不過，這個年輕人倒頗具俠義，他認定是因為他將這把劍交給妳才連累了妳，所以一心要殺敗我！沒想到年輕一輩人中，竟有如此高手，他的劍法修為足以躋身樂土十大劍客之列，今日我與他一戰，決不輕鬆！」

小夭似乎有些出神了，喃喃地道：「是……嗎？所有的人都認定戰傳說今日必死無疑，唯有他一人獨持一見，這人好不古怪。」

殞驚天被小夭的話提醒了，抬頭望了望夜空，聲音低沉地道：「再過兩個時辰，就是明日了。」

小夭不由也看了看夜空，忽然「撲哧」一笑，「若是戰傳說真的能再次逃脫性命，那麼我就可以贏得不少銀兩了，不過卻要輸給他半兩銀子！」

其實，這事根本沒有什麼可笑的地方，但小夭卻的確笑得很開心，似乎在她眼中，這就是天底下最有趣的一件事。

殞驚天本是心事重重，此時卻被女兒的笑容所感染了，他明知故問地道：「他是誰？」

小夭道：「就是……啊，爹，你是明知故問！小夭也不知他叫什麼名字，當然只好這麼稱呼了。」

殞驚天望著似喜似嗔的女兒，忽然發現平時如野小子般的她，此時卻有了柔美的一面，他心中不由爲之一動，若有所悟。

沉思了片刻，他像是下了很大決心般道：「小夭，爹給妳看一樣東西。」

小夭驚訝地望著父親。

只見殞驚天小心翼翼地自懷中掏出一物，卻是一個以牛皮製成的袋子，只有巴掌大小。隨後，他又從牛皮袋中掏出一張薄薄的絲帛，慢慢地在岩石上展開。

絲帛上畫著的是一個人像！

小夭只看了一眼，便「啊」地失聲低呼出來！

絲帛上的人像雖只有寥寥數筆，卻栩栩如生，小夭一眼便看出所繪人像赫然是昨天押下那怪劍的年輕人！

她也不明白爲何見了此人的畫像後，她會如此吃驚。

半晌，她才回過神來，詫異地道：「爹爲何要將他的容貌描繪下來？」

「繪此畫像的人並非爲父，而是另有他人。」殞驚天道。

「是誰？」不知爲何，小夭感到有些緊張。

「我也不知繪此畫像的人是誰，而將這帛畫送至我手中的人，則是皇影武士！」

「皇影武士？」小夭失聲驚呼道：「那……豈非等於說這是冥皇的旨意？」

殞驚天緩緩點頭，「皇影武士僅有十人，但護駕冥皇時所起的作用決不遜於千軍萬馬！皇影武士無一不是宗師級高手，不過他們身分特殊，很少有人能知道他們的底細。因爲他們是與冥皇最接近的人，冥皇出現在任何場合，左右必然有他們的存在，但他們形蹤詭秘，神出鬼沒，就如

同是冥皇難以捉摸卻又真實存在的影子，故有皇影武士之稱。他們可謂是冥皇的左膀右臂，絕頂機密之事，冥皇皆交與皇影武士去辦。他們雖名爲武士，其地位卻甚高！」

小夭愕然道：「此人究竟爲什麼觸怒了冥皇？」

殞驚天苦笑一聲，「其中原因，皇影武士守口如瓶！而且還要爹嚴守機密，不得讓其他任何人知曉追殺此人是誰的旨意，一切皆要秘密行事。所以爹要製造妳被劫走的假象，以便有一個搜查全城的理由，卻又不會讓人起疑。」

小夭駭然道：「那……豈非就是要爹設法暗殺他？」

殞驚天緩緩點頭，「當時皇影武士除了將這幅帛畫交與爹之外，只說被追查者手中極可能有一柄奇劍，劍內隱約可見十三顆骷髏暗紋，極易辨認。此人有逆天大罪，近日恰好在坐忘城一帶出現，一旦遇見，立即將之誅殺。」頓了頓，他又接道：「但此人既然有逆天大罪，又何須令我不得將此事洩露？當然，冥皇以大冥樂土大業爲重，爲了大局，有時不得不對樂土萬民有所隱瞞。爲父身爲樂土六大要塞的城主之一，不至於目光如此短淺。只要爲父奉命行事，便不會有諸多枝節，但不知爲何，爲父覺得此事有些蹊蹺。」

小夭道：「爹爲何不向皇影武士問及追殺此人的理由？」

「軍令如山，不必有什麼理由。爹也只知效忠冥皇，捍衛大冥樂土千秋大業。可是，若讓爹不明不白地殺人——尤其是殺一個不可多得的良才，爹亦難以做到。」殞驚天喟然道。

「那麼，爹準備如何向冥皇覆命？」小夭道。

「冥皇十分聖明，也許下此令是一時為奸人所矇騙。爹欲擇日朝見冥皇，陳明其中原委，同時弄清這年輕人所犯的『逆天大罪』究竟所指何事，其中是否另有曲折。」

「會不會是……皇影武士假傳冥皇之令？」小夭鼓足勇氣提出這一猜測。

殞驚天斷然否定道：「絕無可能！皇影武士除武功卓絕之外，更是冥皇千挑萬選出來的絕對忠誠不二者，怎會假傳冥皇旨意？」

小夭心道：「爹既然如此想，自是再好不過了，也就無須不明不白地與那人拚得兩敗俱傷了。這些年來，爹深得冥皇器重，相信冥皇定不會輕易怪罪爹。」

而殞驚天的心情卻沒有小夭這麼輕鬆，他比小夭想得更多、更遠。

小夭道：「現在我們該何去何從？」

殞驚天不假思索地道：「返回城中，不過——只是妳先返回城中，爹要即刻起程，前往京師，面見冥皇。」頓了頓，他又補充道：「一旦坐忘城萬民發現爹已不在城中，會更為人心惶然，所以妳應儘快返回城中，當然是以真實的身分返回。眾人必然會詢問妳何以突然消失又離奇安然返回，妳只需說的確是被爹的一個仇家所劫持，且此人早在坐忘城封城搜查之前就已逃出城外。而在南尉府出城的黑衣人及救黑衣人的騎士，不過是那劫持者的同夥，他們進入南尉府的目的，就是要讓坐忘城所有人都相信他們要追查的人尚在城中。」

小夭接過話頭道：「唯有爹未被這一雕蟲小技所矇騙，就在對方以爲計謀得逞之時，早已追出城外，將我救下，而劫擄我的人卻負傷而逃。爹讓我先返回城中，而自己則繼續追殺那罪不可赦的逆賊——對不對？」

殞驚天拍了拍小夭的腦袋，讚許道：「還算聰明，如此一來，爹可以秘密前往京師，而坐忘城不用再費時間精力搜尋妳，也不會爲我擔憂了。」

小夭做了俏皮的鬼臉，「沒想到爹騙人的功夫竟也如此高明，伯叔叔他們聽我一說，一定會自嘆：慚愧，慚愧，城主終究要勝我等一籌，不會被人輕易矇騙。」

殞驚天微微一笑。

小夭目送父親下了山崗，踏上通向京師的路，並漸漸消失於夜幕中後，方離開山崗，向坐忘城返回。

返回途中，她將身上的一襲黑色夜行衣脫下，用刀掏出一個土坑，將之埋於土坑中，隨後又將自己的髮髻弄亂，用刀在衣襟上劃開幾道口子，心道：「見我這模樣，想必再也不會有人起疑了。」

順著來時的路走了兩三里後，坐忘城再度進入她的視野中。遠遠望去，坐忘城依舊是燈光通明。

此時，小夭與坐忘城南門已相去不遠了，卻未碰見任何人，不由暗暗奇怪，忖道：「難道我與父親逃出南門之後，所有的人竟然都就此放棄了嗎？不可能！誰都能想到若不立即對我們尾隨而追，時間拖得越久，再要追蹤，那成功的希望就極爲渺茫了。」

正思忖間，忽聞半里之外有人振聲呼道：「你們分道而行，只要在兩翼各據一高點，不使其遁走即可！」

小夭聞聲一喜，暗道：「總算來了，不過未免遲了一些。」心念未了，倏聞「嘩……」的一聲，與她相距不過四五丈遠處的一棵矮松樹突然閃現出一片奪目銀芒，松枝斷碎無數，如亂雨般紛灑，一個人影驀然掠過，身行快如驚鴻。

小夭心頭一震，愕然忖道：「好快的身法！」方才呼聲尚在半里之外，沒想到即刻便有人衝至身前，無怪乎小夭會如此吃驚。

一驚之餘，她立即回過神來，大聲道：「不用追了，我已被爹救回！」

這一次，她自然未再僞裝口音，而是以她自身又脆又亮的嗓音高呼。

她的呼聲突如其來，倒使正向她全速掠來的人嚇了一跳，立即在第一時間做出反應，凌空強擰身形，「嗡」的一聲，手中一道銀芒倏然彈閃而出，「噹」的一聲，他身側的巨岩頓時火星迸射，如同一道火龍，此人亦借此化極動爲極靜，倏然止步！

小夭繼續道：「將我劫擄而去的人十分狡猾，他早已將我帶出城外，卻指使其同黨在城中出現，吸引你們的注意力，幸好我爹英明，未被他們矇騙，在他們自以爲計謀得逞之時悄然出了城，將我一舉救下。」

她將自己與父親商定好的話全說了一遍後，最後又補問了一句：「對了，你是四大尉將的人，還是乘風宮的人？」心中暗道：「我這麼一問，他便知道我是貨真價實的城主女兒了。」

那人似乎呆了一呆，隨後方顯得有些喜悅地道：「原來如此！妳問我是誰？嘿嘿，休說坐忘城，就是整個樂土，我也是大名鼎鼎！」說話間，已向前走近小夭幾步。

小夭心道：「好啊！沒想到坐忘城中還有人比我更能胡吹大氣！真是棋逢對手，將遇良才！」口中卻沉聲道：「在本小姐面前竟敢如此肆言無忌！本小姐尚未責罰你們保護不力之罪！」

平時小夭十分平易近人，毫不驕矜，今日之所以一反常態，是因她想到自己被「擄持」雖是父親所爲，並非真的被劫走，但此事多半只能成爲永遠的秘密了，自己平時以「大龍頭」自詡，卻被人輕易劫去，實是大丟顏面，若不在此時擺出一些架子，只怕從此就要被人輕視了，「美女大龍頭」之稱謂豈非岌岌可危？

「保護不力？哈哈哈……責怪得是，現在就讓我做妳的貼身護衛吧！」那人倏然向前疾踏一步，看似步伐並不大，卻不可思議地長驅三丈距離，左手以快不可言的速度向小夭當胸抓至。

此舉十分輕薄！小夭又驚又怒又羞，喝叱道：「放肆！」揮刀疾封！

她的刀法是父親殞驚天所傳，絕對不差，可惜小夭修煉武學全是憑一時心血來潮，只要略有挫折，便立即溜出乘風宮，混雜於大街小巷中，做她的「美女大龍頭」了，所以刀中精髓，她最多只得十之五六。

但縱是如此，也可與一般高手纏戰一番，加上除刀法之外，其他武學小夭亦各有涉及，雖然也是各得皮毛，但憑她不拘一格的性格加以揉合發揮，對敵之時倒常有出其不意之效。

但不知為何，那當胸抓至的手竟使小夭的機敏突然消失得無影無蹤，只覺臉上發燙，全身湧過一陣異樣的感覺，本就似是而非的刀法此時更是大失水準。

手中的刀堪堪封出，那隻可恨的手非但未應聲而斷，反而驀然消失了。小夭心中一顫，刀尖斜向疾挑，向對方的臉面暴扎而去！

這本是其父傳給她的槍法中的招式，小夭情急之下，竟以刀使出。一道銀色光弧倏然劃空而

出，緊貼著小夭的刀翻飛。小夭忽然覺得手中的刀如同被燒得通紅的烙鐵，觸手處奇痛無比！一聲痛呼，她的兵器被絞得脫手而飛。

幾乎是同一瞬間，她的左手脈門已被扣住，又有一柄冰涼的劍架在了她的頸上！

不知何時，那人竟已繞至小夭的側後方，與小夭貼身而立，以其左手扣住她的脈門，右手持劍橫置於她的頸部。小夭已完全在他的掌握之中，動彈不得。

小夭全身突然僵硬了！思維在短暫的空白後，她厲聲喝道：「你決不是坐忘城的人——你是什麼人?!」

「我當然不是坐忘城的人，我根本就不曾說過我是坐忘城的人，只是妳自作聰明而已。當然，至於我是誰，妳不妨問問追殺我的人吧！」

話音甫落，北、東、西三個方向幾乎同時響起衣袂掠空聲，人影閃動，轉瞬間神秘人與小夭已身陷包圍中。

小夭一眼就認出西向的兩人中一個是坐忘城東尉鐵風，另一人則是在她的賭局中押下那柄奇邪之劍的人。

而北側之人則是一襲黑衣，身披紅色斗篷，顯得極爲彪悍醒目！至於東向來者，由於小夭是背向著東向，又無法轉身，所以亦不知來者何人。但北側黑衣斗篷者已足以讓小夭心神劇震！

她立即識出此人是不二法門的人！唯有不二法門的人，才會如此裝束。黑色，象徵著不二法門的公正無私！紅色，則代表著所有法門中人對法門元尊的無限尊崇，那是與不二法門十萬弟子熱血相同的顏色！

有不二法門存在的地方，就絕無不公正的存在，小夭深知這一點。但為何竟有人敢當著不二法門弟子的面有如此之舉？

只聽鐵風沉聲喝道：「立即放開我家小姐，否則坐忘城數萬人將讓你死無葬身之地！」

小夭大喊道：「鐵叔叔，快將他殺了！他的武功其實稀鬆得很，若不是我誤將他當做是坐忘城的人，沒有防備，只怕早將之擊敗了。」

她身後的神秘人冷冷一笑，「我只要手一動，妳的臉上就會多出幾道傷痕！」

小夭心中一顫，臉上也一陣涼颼颼的，口中卻毫不示弱地道：「本小姐連死也不懼，何況只是幾道疤痕？」

她身後的神秘人尚未開口，鐵風已急忙阻止小夭道：「小姐不必與他爭執！此人心狠手辣，連九歌城城主的獨子蕭戒也被他所傷！」

小夭聽得此言，驀覺頭皮一麻，猛然醒悟過來，聲音微顫道：「你……你是戰傳說?!」

「正是！現在，妳該相信我不但在坐忘城名聲赫赫，而且在整個大冥樂土也是人皆盡知了

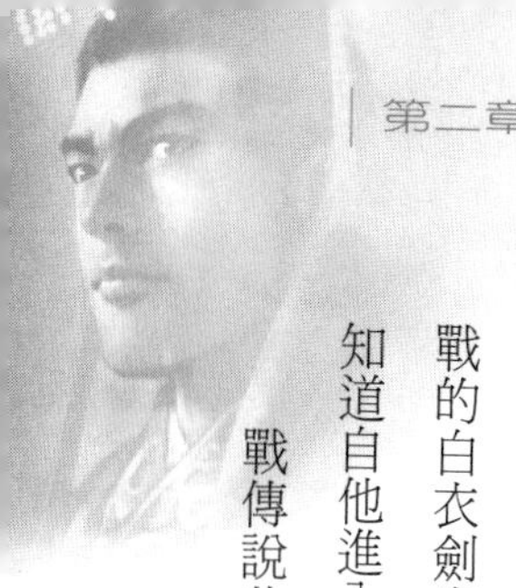

吧？」挾制著小夭的神秘人道。

小夭只覺此事太過荒誕，就在一天前，她還設下露天賭局，賭此人是生或死，孰料現在自己的生死卻操縱在對方的手中。

這時，一個清朗渾厚的聲音在夜空中響起，其聲不知來自何方，卻又像是無處不在，直入人的靈魂深處：「戰傳說，在你周圍有六名法門黑衣騎士，數百坐忘城弟子，你已插翅難飛，爲何還要負隅頑抗？」

小夭心中懊惱不迭，忖道：「原來是不二法門在追殺戰傳說，我卻將戰傳說誤認作是坐忘城的人！此人既已被不二法門視作敵人，那麼最終必唯有一死，正因爲如此，他在絕望中更是什麼事都做得出來！看來今日吾命休矣。」

此時與坐忘城東尉將鐵風並排而立的戰傳說，其心情之微妙可想而知。能在法門靈使十日期限將滿的時候，遇上這一次最後追殺，實是戰傳說始料不及的。

眼前挾制小夭的神秘年輕人，正是曾與六道門賀易風、倪易齋、湯易修、騰易浪四大弟子血戰的白衣劍客，當時六道門四大弟子兩死兩傷。戰傳說親眼目睹了那一戰，也是自那時起，他才知道自他進入荒漠後的四年多時間裏，此人一直假冒他的名字身分在樂土作惡多端！

戰傳說此刻心中之憤恨可想而知。但他所想到的不僅是要讓對方得到應有的懲罰，更要設法澄清此人並非真正的「戰傳說」這一事實，同時還要保全小夭的性命——要做到這一點，顯非易事。

假冒戰傳說者依然是一襲白衣，依舊是那麼從容鎮定，在如此處境中仍能保持冷靜，僅憑這一點，就足見此人非同凡響。

望著與自己相距不過三丈，與自己先前容貌一模一樣的白衣劍客，戰傳說的感覺難免有些異樣。

這時，白衣劍客沉聲道：「靈使，戰某自知，論及武學修為，戰某不及你高明，但要殺我也決不容易！」

那不知來自何方，卻又像是無處不在的清朗聲音道：「能讓你活到今日，已是一個奇蹟，你應當知道不二法門言出必行、行之必果的原則！」

白衣劍客哈哈一笑，「戰某手中掌握著的可是坐忘城城主女兒的性命，如果殞驚天知道他的女兒是因為靈使一心要取戰某性命，才因此被累及性命，恐怕從此不二法門再難安寧！坐忘城有戰士數萬，殞驚天又頗具威望，深受擁戴，縱是不二法門氣勢凌人，也不敢小覷坐忘城的力量吧？」

東尉將鐵風忙振聲道：「請靈使前輩顧及我家小姐的安危，坐忘城不勝感激！」

誰都明白，一旦有什麼風吹草動，必是小夭最先血濺當場，無怪乎鐵風如此緊張。

白衣劍客趁機道：「戰某只希望靈使能收回十日之內取我性命的諾言，其實如今想取我性命的，並非只有不二法門，靈使又何必在此時拚個魚死網破？」

他所說的話看似正常，其實卻極具煽動性，足以讓鐵風等坐忘城的人希望靈使今夜能放過他，從而使小夭倖免一死。他的話也在提醒鐵風諸人，取他性命未必非在今夜不可，那只是靈使自身所限定的時限，卻不能涵蓋坐忘城的意願。若在平時，坐忘城自然也樂意看到「戰傳說」早日伏誅，但小夭落入其手之後，又另當別論。

雙方相持了片刻，四周突然火把通明，將這一邊照得清清楚楚。

「沙沙」的腳步聲響起，自幾個方向同時有人向這邊圍至，明亮的火光以及來自四面八方的腳步聲共同營造出逼人氣勢，足以讓意志稍稍薄弱者萌生大勢已去的念頭。

但白衣劍客的神情卻冷靜依舊！

西向有一老者緩緩而至，形容古拙，青衣飄揚，目光深邃，雖僅是負手而行，其超凡氣度卻顯露無遺。此老者正是不二法門靈使！

所有的目光立即集中於靈使一人身上，連戰傳說也不例外，直到他的身側響起爻意的聲音：

「劫擄了城主女兒的人竟然是……是他？」

戰傳說回首一看，方知除爻意外，來的人還有石敢當、伯簡子、伯貢子、青衣，以及眾多坐忘城戰士。

爻意本是留在南尉府的，也不知為何會隨眾人而至，此時她說話間略有頓滯，戰傳說便明白爻意定已從他人口中聽說那白衣劍客就是靈使要追殺的「戰傳說」，但她與他人不同的是，事先她已知道那人並非真正的戰傳說，而這一點暫時又不能公諸於眾，所以她說話時欲言又止。

爻意來得稍遲，才會誤以為白衣劍客不但是靈使要誅殺的人，同時也是將小夭劫走的人。

戰傳說搖頭低語道：「劫擄城主之女的應另有其人，她已被殞城主所救，不料卻又在途中撞見此人。」

爻意這才明白過來。她好奇地打量著白衣劍客，心中忖道：「此人的容貌，想必應是戰傳說四年前的容貌了。卻不知此人為什麼要冒充戰傳說？他的真實身分又是什麼？」

白衣劍客的所有心神皆為靈使所牽引，對戰傳說、爻意的低聲交談並未多加留意，他也萬萬不會料到自己所假冒的對象，此時與他就在咫尺之間！

靈使與白衣劍客越來越接近，本就緊張的氛圍使人的神經繃緊如張至極限的弓弦，一觸即發！

漸漸地，眾人皆有種透不過氣來的感覺！

白衣劍客的從容鎮定逐漸消失了，他臉部的肌肉開始變得有些僵硬，眼神亦泛射出唯有瀕臨絕境的猛獸才會有的瘋狂光芒。

他的聲音變得有些嘶啞，目光死死地注視著靈使每一步的移動。

「不要逼我出手！」似乎每一個字都是從胸腔中直接蹦出，每吐出一個字都顯得那麼吃力。

四周坐忘城屬眾的心皆高高懸起，連大氣也不敢喘，更勿論勸阻靈使了。

白衣劍客手中的劍越握越緊，指關節已泛白。劍鋒銳無比，小夭頸部終有鮮血滲出！

雖然只是淺淺的傷口，但卻使眾人皆心頭大震！

靈使腳步終於止住。但，誰也沒有把握在殺了白衣劍客的同時將小夭救下！

靈使呢？他是否也沒有把握？天地間忽然變得極靜，彷彿一切的聲音都突然憑空消失了，靜得詭謐。

眾人甚至能聽到熱血在體內奔湧的聲音。

靈使以絕對自信的目光直視白衣劍客，「戰傳說，你的頑抗根本毫無意義！」

「我只知道螻蟻尚且偷生，我決不會甘心束手待斃的！」白衣劍客的語氣仍是不可更改。

靈使眼中精光倏閃！

千鈞一髮之際，忽見爻意竟越眾而出，向小夭與白衣劍客這邊走來。事出突然，眾皆一愕，戰傳說更是大吃一驚！待他想要阻攔爻意時，爻意已與他有數尺距離。

雖然只有數尺距離，卻使戰傳說不敢輕舉妄動！若是他貿然上前攔阻，被白衣劍客誤以爲他是借此機會逼近他，就極可能使之對小夭立下毒手！此時任何一點風吹草動，對已百倍警惕的白衣劍客來說，都是一種致命的挑釁！

戰傳說只能在爻意的身後壓低聲音道：「姑娘小心。」

爻意似乎根本沒有聽到他的話，依舊以緩慢而優雅至極的步子在眾目睽睽之下向白衣劍客走去！

她的神態是那麼的恬靜優美，讓人感到已不再是身置劍拔弩張、殺機森然之地，心神皆在不知不覺中有所鬆弛。

唯有戰傳說一顆心狂跳不止！

白衣劍客先是被爻意的舉止所驚，手下一緊，劍刃切入更深，小夭痛哼一聲，冷汗一下子滲出，但隨後他便再未有更多的舉措。

因爲無論是誰都可以看出爻意全身上下沒有絲毫殺機，亦不會予任何人以威脅感！更重要的是，白衣劍客看出爻意竟沒有任何內力修爲，這固然讓他大感意外，卻也使他放心不少。

爻意在隱鳳谷中就曾說過她根本不諳武學，而說這話之前，她已挫敗了小野西樓，所以當場眾人誰也不會相信她的話。唯有爻意自知她的力量與武道的內力修爲截然不同，她擊敗小野西樓依憑的是玄級異能，而不是尋常意義上的武道修爲，故此刻白衣劍客看出她沒有絲毫內力修爲自在情理之中。

爻意嘴角有一抹若有若無的淺淺笑意，那笑意是那般的恬靜安逸，以至於可以融化一切的敵意，而她驚天動地、震人心弦之美，更令人有種如沐春風之感，恍惚間幾乎忘了自己是身處劍拔弩張、一觸即發的險境中。

絕對的肅殺與絕對的寧靜奇蹟般在這一刻融合一處，其情形之詭異實非言語可以描述。縱是心境冷靜堅韌如白衣劍客，此時他的心弦也不由出現了短暫的鬆懈，眼中有迷茫之色一閃而過！

爻意與白衣劍客相距已只有一丈——這是所有人當中與白衣劍客挨得最近的距離！當然受制者小夭是唯一的例外！

爻意終於止住了腳步。

白衣劍客無法想像，對方何以有如此驚人的勇氣，雖然他看出爻意決不會是武道高手，但仍是深感爻意的高深莫測！

爻意以如秋水般清澈無瑕的眸子正視白衣劍客片刻，忽然展顏一笑，啓齒道：「不知爲何，我感覺到其實你根本無意殺殞城主之女。」語意突兀，而且顯得毫無根據。

但不知爲什麼，白衣劍客卻目光一跳！半晌，他才冷冷地道：「沒有人能斷言我的心思，妳也不例外！」

爻意緩緩搖頭道：「我不但能感覺到你此時並無殺人之意，而且還感覺到你在等待。」

「等待?!」白衣劍客重複了一遍，隨即道，「我會等待什麼?」

「也許，你在等待一件事，也許，你在等待——一個人！」爻意道。

白衣劍客的嘴角不易察覺地微一抽搐，話音也似乎有些僵硬了。他冷笑一聲，笑容十分勉強：「有趣！妳還感覺到了什麼?又知道什麼?」

爻意又是微微一笑，顯得有些神秘地道：「我還知道一個可以說是驚天動地的秘密！」

乍聞此言，戰傳說忽然有所醒悟，他的右手已以最自然最穩妥的方式握緊了手中的劍！劍，還是那柄自坐忘城戰士腰間「借」來的普通的劍，而現在，戰傳說要利用它在第一時間予白衣劍客以最具威脅性的一擊！

他已知道爻意接下來會說出什麼秘密，也知道她爲什麼要說出這個秘密。但他不知道她的設想成功的機會有多大！

果不出他所料，爻意沉默少頃後，接著道：「我還知道一個與你有關的秘密：你，根本不是真正的戰傳說！」

此言初時語速甚慢，到後來語速卻突然加快，予人以極強烈的衝擊感！

幾乎是在爻意話未說完時，戰傳說已疾踏一步。

他的姿勢並未有絲毫改變，但這一步卻奇快無比，且一步踏出，便掠過了兩丈距離，整個身軀猶如在水面上滑行標射一般！

原來，戰傳說預感到爻意會說出此事，其目的就是要借機使對方心靈突然深受震撼，而心靈上的缺口必然會使他的思維在極短的剎那間出現短暫的中斷，這種中斷，正是策動攻擊的最好契機！

當然，也是唯一的契機！

爻意所說的一切，對白衣劍客而言，的確不啻於晴天霹靂！他以「戰傳說」之名出現於樂土武界已四年有餘，在這四年中，尚從未有人能識破他不是真正的戰傳說的身分！此刻爻意突然一語點破，對他心靈之震撼可想而知！

同樣使他震愕莫名的還有爻意前面所說的一番話！他的心靈連遭劇烈衝擊，本是堅忍無比的意志突然間變得千瘡百孔，出現了前所未有的脆弱。

恰好在這一刻，一股強大至無堅不摧的劍氣與劍芒挾裹作一團，以驚人的速度向他疾撲而至！

雙重衝擊使白衣劍客下意識地做出了一個本能反應——他的劍如靈蛇般自小夭頸部驀然彈起，幻作一團銀芒，向戰傳說席捲而去！他的劍由靜止化為驚世之速，其動與靜的極端反差，對觀者的視覺形成了一股極大的衝擊！

他的反應堪稱快逾驚電！但正是快捷絕倫的反應成了他最致命的錯誤！

當他的劍以快不可言的速度迎向戰傳說的凌厲一擊的同時，靈使也動了！其速之快，絕非筆墨所能形容，幾乎使空間的距離變得毫無意義！

靈使的出手在戰傳說之後，卻後發先至，搶在兩大年輕劍客的劍尚未接實之前，閃至小夭身側！

白衣劍客倏覺扣著小夭脈門的左手突然有一股空前強大的氣勁洶湧而至，其驚世駭俗的衝擊力頓使他的左手一麻，一時竟無法做出任何反應！

與此同時，他的劍已與戰傳說的劍悍然接實！

第三章　歌舒長空

一接之下，雙方的劍幾乎不分先後地在極小範圍內衍化出錯綜複雜的細微而又妙至毫巔的變化，其中之精妙處，縱是如石敢當這等級數的高手，也難以悉數窺出。

讓眾人目瞪口呆的不僅是因爲兩大年輕劍客皆顯露出的曠世劍道絕學，更讓眾人驚愕的是他們在那電光石火的刹那間，其劍勢的變化竟是驚人的相似！即使有所不同，其間的區別也是微乎其微！

但他們彼此之間似乎又毫無關聯之處！僅在眾人轉念間，場上的形勢已發生了翻天覆地的變化。

靈使透過小夭傳出一股浩瀚如海的渾厚內力，立即將白衣劍客扣著小夭脈門的左手震開，而小夭的身軀在靈使以巧力一帶之下，立即如騰雲駕霧般被送出數丈開外，其力道拿捏得極爲巧妙，加上小夭本身也有不弱修爲，自是安然著地。她甫一落地，立即有數十名坐忘城戰士如潮水般自幾個方向同時擁來，一下子將護在拱衛其中，圍了個風雨不透。

而戰傳說與白衣劍客之間僅接了一招，靈使大袖一甩，飄忽如夢之掌已自不可思議的角度穿過縱橫如網的重重劍幕，重擊於白衣劍客的腹部！

白衣劍客一聲悶哼，鮮血狂噴，被擊得如斷線風箏般飛跌而出。戰傳說一怔之餘，不喜反驚！

因爲白衣劍客飛跌而出的方向，赫然正是爻意所在的方向！自爻意一言道破白衣劍客的秘密之後，一切變化都是在間不容髮的瞬息間發生，她根本沒能來得及退出，白衣劍客已向她跌撞而至。

伴隨戰傳說的一聲驚呼，一道寒光自白衣劍客身側驀然劃過驚人的弧度，向爻意疾射而去！爻意完美如一件藝術品般的玉手赫然徑直向對方的凌厲一劍擋去！所有的呼吸停止於那一剎那！

隨即便見隱鳳谷中驚世駭俗的一幕再度重現：白衣劍客的劍在看似即將洞穿爻意玉掌的那一剎那，一團奪目的光芒驀然籠罩於她的玉掌周圍，隨後便見白衣劍客的劍如烈焰下的冰塊般消融！

白衣劍客的心倏然下沉，如墜千年冰窖！

正當他駭然色變之時，戰傳說已如鬼魅般掩殺而至！

虛空中響起兵刃飲血時輕微而驚心動魄的聲音，隨即便是白衣劍客的一聲低吼，身軀被高高拋起，「砰……」的一聲，他的胸前突然有鮮血狂噴而出，凌空濺灑！在火光的映耀下，如同盛放於夜空中的一朵碩大妖豔之花！

血腥之氣一下子瀰漫開來。白衣劍客拋起足足有一丈餘高，方頹然墜落，重重摔在地上。鮮血立即將他的一襲白衣染紅了大半。

他似乎想將自己的身體支起，費力地雙肘支地，勉強撐起少許，卻又頹然倒下。他的右手抽搐著在血泊中緩慢移動著，並顫抖著舉起，五指張開，似乎竭力想抓住什麼，最終他的身子一陣抽搐，就此斃命。

但他那隻手卻依然不可思議地高揚著，僵硬於空中。那隻手所指的方向赫然是靈使所立之處！

靈使抬頭望了望夜空，「子時未至，老夫定下的十日期限總算沒有落空。戰傳說一死，也算還樂土一份安寧了。」言罷，他衣袖一拂，也不多看眾人一眼，轉身便自顧離去。

在世人眼中，靈使這等絕世高手便如虛空雲彩，可望而不可即，此刻對他的不辭而別，誰也不會感到意外。

驀地，有人朗聲道：「靈使前輩請留步。」

眾人齊齊循聲望去。

說話者正是戰傳說！

靈使止住了腳步，轉而面向戰傳說，「小兄弟有話但說無妨。」

戰傳說道：「恕在下冒昧，有一事想請問靈使前輩，前輩可還記得方才這位爻意姑娘對死者所說的話？」

靈使淡淡一笑，「那是這位姑娘所用的攻心之術，老夫十分佩服，否則要殺戰傳說決不容易。」

戰傳說頷首道：「前輩言之有理，不過，若要使攻心之術能行之有效，就必須言之確鑿，否則以死者的智謀，決不會輕易爲之所動！當爻意姑娘指出他並非真正的戰傳說時，其神色立變，而這也是形勢急轉而下的轉捩點！」

靈使道：「老夫也留意到了這一點，不知小兄弟由此看出了什麼？」

「爻意姑娘說得一點不錯，死者根本不是真正的戰傳說！所以當這一秘密被揭穿之時，他才心神大亂！」戰傳說毫不猶豫地直奔正題。

靈使皺眉道：「恐怕並無此事。因爲他若不是真正的戰傳說，那麼在身陷重圍之後，他決不會冒著生命危險繼續冒充戰傳說。何況，他的劍法亦證明了他是真正的戰傳說！」

戰傳說當然有足夠的信心堅持自己的觀點：「前輩誤會了在下的意思。死者的確是前輩要追殺的人，但他不是戰傳說。事實上，這四年來使樂土爲之沸沸揚揚的人，與真正的戰傳說毫無關係。換而言之，從四年前開始，死者就一直以『戰傳說』之名出現，而整個樂土武界都被他所瞞過了。」

靈使眼中精光一閃，沉聲道：「竟有此事？」

戰傳說道：「前輩若是不信，在下可讓前輩看一個事實。」言罷，他上前幾步，走至死者身邊，蹲下身來，向死者鬢角摸去！他要揭下死者的人皮面具，讓真相大白於天下。

摸索了少頃，他的神情突然一下子凝固了，怔立當場，久久無語。

這時，他的耳邊傳來靈使的聲音：「小兄弟是否以爲他是帶了人皮面具？老夫雖然已老邁，但這一點雕蟲小技尙是無法瞞過老夫的。」

言辭中並無譏諷的意味，後面還說了些什麼，但戰傳說卻一個字也未能聽進去，他的腦中「嗡嗡」亂響，隱約記得自己似乎向靈使歉然笑了笑，隨後他的意識又變得有些混亂模糊。

死者的臉上的確沒有人皮面具！

良久過後，待戰傳說回過神來時，感覺到周圍格外的黑暗。他定了定神，這才發覺眾多的坐忘城戰士已退走，靈使及隨之而來的六名黑衣騎士也已離去，只有青衣、石敢當、伯貢子、伯簡子、爻意五人留在原處。

戰傳說有些吃力地站起身來，心中一片茫然。

「這白衣劍客竟沒有戴人皮面具，而且也看不出他的臉上有其他易容方式的痕跡，難道此人與我一樣，曾有過類似在荒漠古廟中的離奇遭遇？這本就有些不可思議，難道偏偏他被改變後的容貌又恰好與我以前的容貌酷似？不！決不可能！抑或他本就與我長相酷似，後來父親與千異一戰後，我的聲名難免也水漲船高，此人便因此而萌生了要冒我之名的念頭？湊巧的是我又在大漠中於不知不覺中度過了四年，使得這一內幕一直沒有揭穿，所以此事其實並不複雜？」

很快，他又再一次否定了自己的假想：「不對，容貌上的酷似當然可能存在，但他的劍法與父親的劍法卻也有著驚人的相似之處！而在桃源之外，唯有千異與不二法門四大使者見過父親的劍法，這一點決不會是簡單的巧合，而是必有驚人內幕。」

正苦思冥想之際，戰傳說忽覺有人輕輕地推了推他的手臂，抬頭一看，卻是爻意。爻意像是知道他的心思般道：「至少從今往後再也不會有另一個戰傳說出現，單從這一點來看，今夜也算頗有收穫。何況，城主女兒也被救下了。」

戰傳說明白她的一番好意，感激一笑。

伯簡子道：「家父見諸位久久未回，一定會有所擔憂，此地既無他事，我們不如回府吧？」

石敢當與戰傳說相視一眼，點了點頭。

幾人回到南尉府不久，負責坐忘城乘風宮大小事務的貝總管來到南尉府，代城主父女二人向小夭的救命恩人戰傳說、爻意致謝。

貝總管中等身材，白臉微鬚，體形略顯福態。身上所著衣衫布料都很尋常，但裁剪得卻極為合體，使他全身上下都透出一股乾淨俐落的感覺。他的五官也頗為平常，且春風滿面，讓人頓生親切之感。

貝總管進入南尉府時，眾人正在談論今夜接踵而至的變故。伯頌曾派人前往乘風宮向城主稟報危急局勢，那時城主根本不在乘風宮，故十分擔憂，此時聽說城主在救出小夭後繼續追殺劫擄小夭的兇手去了，這才放下心來。

這時，府衛進來稟報貝總管來到南尉府，伯頌忙率眾迎出。

將貝總管迎入大堂後，貝總管十分謙和地向眾人一揖手，「貝某已聽說南尉府中今日是高朋滿座，早有一睹諸位風采之心，只是因小姐下落不明，貝某無暇抽身。沒想到伯兄的客人卻救下了小姐，貝某若是再不登門拜謝，實是太不近情理了。」言罷又躬身一揖，隨後含笑望著石敢當，「想必這位前輩就是石老宗主吧？貝某年少時便對前輩仰慕之極，欲一睹前輩風采，可二十年來前輩仙蹤難尋，貝某一直深爲遺憾，沒想到今夜竟有此幸！」言罷竟向石敢當行晚輩之禮。

石敢當忙還一禮，同時他不欲讓太多人知道尹歡、歌舒長空、青衣的真實身分，當下借此機會指著戰傳說與爻意道：「我已是一介老朽，何足掛齒？今夜之事，出力最多的就是年輕人。」

貝總管的來意就是拜謝對小夭的救命之恩，石敢當這一番話既直接替他引入主題，又避免了難以掩飾尹歡三人身分的尷尬。

石敢當這一手果然有效，只見貝總管哈哈笑道：「真是英雄年少！不知兩位尊姓大名？」

戰傳說與爻意相視一眼後，有些無奈地道：「在下……陳籍。」

爻意、石敢當等知情者當然清楚他不能直言自己真實身分的無奈。

戰傳說略一頓後，又指著爻意道：「這位是爻意姑娘。其實救下城主愛女絕非我們兩人之功，更多的是仰仗眾人之力。」

貝總管由衷地讚道：「陳公子能居功而不傲，實是難得。來人，將禮送上！」

立即有兩名大漢自大堂外闊步而入，其中一人雙手捧著一隻木匣，約有半尺見方，另外一人則捧著一柄劍，劍未出鞘，但由古樸幽雅的劍鞘也可看出此劍絕非凡器。

兩名大漢走至大堂後，貝總管道：「貝某代城主向陳公子和爻意姑娘奉上一份薄禮，請笑納！雖然禮薄不成敬意，但有四顆可袪邪、正氣、療傷的藥丸，對武者而言倒有些用處，而這把名爲『搖光』的劍也算是利器，陳公子劍法如神，此劍爲陳公子所用，也算是得遇明主了。至於其他俗禮，卻是不足道也。」

說到這兒，他將手一揮，兩名大漢立即趨前幾步，將木匣與劍一併奉上。戰傳說心知推辭不過，便將禮收下了。

貝總管顯得很是高興，「明日申酉時分，貝某將在乘風宮備宴，望諸位能屈駕光臨。屆時我家城主必已凱旋，而小姐也說要親自向諸位道謝。」

戰傳說猶豫了一下，目光投向石敢當，石敢當清咳一聲，「貝總管盛情，我等怎敢推卻？如此明日便要叨擾了。」

戰傳說略略一怔，忖道：「如此一來，豈非又要在坐忘城再待一日？」

喧鬧了一日的坐忘城終於在小夭安然返回乘風宮後復歸安寧，坐忘城重新變得井然有序。戰傳說卻在床上輾轉反側，難以入眠。

「咚咚咚……」門外忽然響起叩擊聲。戰傳說一怔，有些懷疑自己的聽覺，遲疑了一下，他還是沉聲問道：「誰？」

「爻意。」

戰傳說更爲驚訝，這的確是爻意的聲音，但此時已是後半夜！

戰傳說翻身坐起，穿好衣衫，點起一盞油燈，這才將門打開，門外站著的果然是爻意。

戰傳說有些驚訝地道：「已是深夜了，妳還未入睡？」

爻意不答反問道：「你豈非也沒有入睡？」

戰傳說奇道：「妳怎會知道？」

爻意道：「因爲你現在的心事比誰都多。」

戰傳說一怔，復而苦笑一聲，算是默認。

爻意也笑道：「爲何不將我讓入屋裏？」

戰傳說本覺得孤男寡女在這樣的深夜中共處一室，多有不便，但爻意此言一出，卻讓他忽然覺得自己的想法實在是多慮了，而且不夠光明磊落。他自嘲地一笑，「有何不可？」說出這句話後，他頓時感覺全身輕鬆了不少。

爻意開門見山地問道：「你是否還在爲白衣劍客的事耿耿於懷？」

戰傳說嘆了一口氣，「我不該殺了他。」頓了一頓，又補充道：「若是將他生擒，也許就可

以讓真相大白於天下了。現在，我的處境非常被動，在眾目睽睽之下，我未能揭開白衣劍客的真面目，如此一來，以後若想澄清此事，就更難了。」

爻意淡淡一笑，「照爻意看來，無論你當時是否將他一舉擊斃，最終他也必死無疑，根本不會被留下活口！」

戰傳說頷首道：「不錯，靈使的武學修爲太高，不會讓他有更多的機會！」

爻意緩緩搖頭，「你誤會了我的意思，我是想說有人並不願留下活口。」

戰傳說目光一跳，愕然道：「不願留下活口？」

他似已有所悟，但卻又本能地不願承認自己所領悟到的。

爻意進一步把話挑明：「不願留下活口的人就是靈使！」

戰傳說本是坐著的，聽得此言，他本能地霍然立起，吃驚地道：「爲什麼？靈使不是一直在追殺白衣劍客嗎？若非靈使的追殺，白衣劍客也未必會走投無路，並最終在今夜伏誅！」

與戰傳說的激動相反，爻意的神情卻十分平靜，她淡淡一笑，「當靈使聲稱要在十日內殺了所謂的『戰傳說』時，是否大多數人都認定靈使必然能做到？」

戰傳說道：「不僅是大多數人，幾乎可以說是所有人！」

「但白衣劍客在危機四伏的情況下，卻數度絕處逢生，直到今夜方才被殺。事實上若不是恰好遇到了我等，誰知他今夜會不會死？」爻意淡然道。

戰傳說道：「大概此人十分狡詐，才使之數度化險為夷。」

爻意正視著他，鄭重其事地道：「為何你始終只想到是此人太狡詐，而不想想是靈使有意放過他？」

戰傳說乍聽此言，好不容易才按捺住沒有一蹦而起，他連連搖頭，「靈使沒有理由要這麼做！若是十日期限一至，靈使卻未能殺了此人，必會損及他的聲望，總之，靈使絕沒有這麼做的理由！」

爻意否定道：「靈使並非完全沒有這麼做的理由！也許，他根本不想殺那白衣劍客。而他之所以定下十日之約，是要讓天下人共知。這樣，若有人不願讓此人被靈使所殺，自然會出手相救。」

戰傳說道：「妳的意思是說，靈使立下十日之約的真正目的，並不在於今夜被我所殺的白衣劍客，而是在於白衣劍客身後的人？」

爻意頗有深意地道：「確切地說，其目的是在於戰傳說身後的人！」

戰傳說剛才坐下，聽得此言，如牙痛般倒吸了一口冷氣，又站了起來，在房內來回踱了幾步，自言自語般道：「戰傳說身後的人？」

他眼中閃著複雜的光芒，神色一變再變。半晌，他像是剛緩過一口氣般長長地吁了一聲，在床邊的一張椅子上坐下，似乎平靜了心情，他道：「靈使……爲什麼要這麼做？」

他顯得很輕鬆地笑了笑，又道：「其實冒充我的人並未與不二法門發生直接衝突，靈使之所以這麼做，只不過是爲了維持樂土的武道秩序。」

爻意以異樣的神情望著他，「你真的這麼想？」

戰傳說點了點頭。

爻意嘆了一口氣，「既然如此，我只能告訴你，當時我在那白衣劍客身上，沒有感到任何驚懼和絕望！按常理，在當時的情形下，他不應是如此反應！」

戰傳說若有所思地道：「是玄級異能告訴妳這一點的？」

爻意道：「我知道即使到了現在，你們仍是無法真正地相信玄級異能的存在，其實，它並無太過神秘的地方。當一個人的七情六欲發生變化時，他的體溫、心跳、呼吸、脈搏都會發生相應的變化，而這些變化，就會引起此人周遭氣場發生變化。以你們的武學也許無法感覺到，而以異能卻能感應到。」她看了看戰傳說，接道：「此刻，我就能感應到你心中充滿了疑惑與迷茫，由此可見，其實你所說的，並非完全是你的心裏話。」

戰傳說有些尷尬地一笑，「妳真的感應到被我所殺者生前並未絕望？」

「他似乎早已料定他最終會化險爲夷，還有，既然他能使天下震動，結下不少仇家，證明他的修爲絕對不俗，按理靈使很難一招重傷他。當然，也許這與你的牽制不無關係，但靈使既然有重創對方的機會，以靈使的修爲，本不應讓他在重傷之後還有對我出手的機會！」她的眼中閃著智慧的光芒：「要知道，若不是我在隱鳳谷中無意間吸納了尹谷主的功力化爲異能，加上異能本身亦有所恢復，那麼我就極可能會重蹈城主女兒的覆轍，形勢亦將急轉而下！」

戰傳說困惑地道：「難道這一點也有詐？」

「爲何你不會想到也許這是靈使有意之舉？在場的人太多，所以當我以言語打動白衣劍客時，誰都能看出那是出手解救小夭的絕好機會，這樣的機會決不會再有第二次，故靈使沒有不出手的理由！但他其實並不想殺白衣劍客，在當時的形勢下，即使他不出手，如此失去了小夭爲護身符，白衣劍客仍是插翅難飛。靈使也明白這一點，他很聰明，出手的時機、方式皆把握得極爲巧妙，既擊傷了白衣劍客，又不會使之立斃當場，而白衣劍客被擊飛的方向又恰好是我所在的方向，他便可趁機發難！這一切，靈使皆做得滴水不漏，不著痕跡！」

戰傳說如傻了般怔怔地望著她，良久，他才如呻吟般道：「可他是……不二法門的靈使！」

他的聲音低得就像在自言自語。

不錯，無須多說什麼，僅僅是「法門靈使」四字，就是對爻意這一說法的最好反駁。

難道受萬眾尊崇的法門靈使竟會有如此卑劣之舉?!

靈使在「求名台」揭穿蒼封神、迫使晉連承認叛門殺妻的情景，使戰傳說深爲其風采所折服。若說在此之前，戰傳說只是耳聞不二法門的公正，那麼那一次便是親眼目睹了，這使戰傳說對靈使甚爲尊重，對靈使更決不會有任何懷疑。而如戰傳說這種心態者，不知有多少人！

也許，這就是爻意最大的與眾不同之處。因爲，她是來自一個遙遠的神祇時代，對她而言，今日樂土武界的興衰、秩序、正邪……在她的心中皆是一片空白，無論是如日中天的法門元尊，還是微不足道的泛泛之輩，對她來說都沒有本質上的區別——至少在見識其人之前是如此。

正因爲這一點，她才沒有與世人一般在心中早已有了一個自封的樊籠，而是敢於懷疑一切，否定一切，包括被世人敬若神明的法門靈使！

爻意見一時無法勸說戰傳說，便說出對戰傳說極具震撼力的一番話，說這番話時，她已將聲音壓得極低：「你曾說過，你父親的劍法在桃源之外只有法門四使及千異曾見識過，是也不是？」

戰傳說沒有回答，他的眉頭卻已深鎖。

「但白衣劍客卻使出與你幾乎一模一樣的劍式！這便可以說明兩點：其一，他的劍法的來歷一定與法門四使有關，就算不是法門四使親傳，至少也有間接的關係；其二，就算四使的修爲再如何卓絕，以你父親的劍道境界，他們也無法在只目睹一次的情況下就盡得其神韻，最多只能是形似而神不似。雖然我未曾修煉武學，但我父王與威郎卻是一方強者，所以我也能明白這一點！按理，似是而非的武學乃武者之大忌，但白衣劍客偏偏使出了與你的劍法似是而非的劍法，其目的何在？」

頓了一頓，她又接著道：「能因爲白衣劍客的劍法而相信他的確是『戰傳說』的，只有法門四使！因爲唯有他們見識過與之酷似的劍法，而外人對此卻是不得而知的。事實上，眾人之所以堅信那白衣劍客就是真正的『戰傳說』，是因爲法門四使也這麼斷言，是也不是？」

戰傳說點了點頭。

「這正是一個最大的漏洞！法門四使雖然難以在短時間內盡得你父親劍法的精髓，但至少他們能看出白衣劍客劍法與你父親劍法的不同！明知兩者間有不同之處，他們卻仍是斷言此人是真正的『戰傳說』，這其中是否又有可疑之處？」

戰傳說雙手用力地摩擦著自己的臉，顯然他的心情極爲複雜。

爻意接著道：「還有，在你進入荒漠古廟後不久，白衣劍客便出現了，似乎他早已料到你會失蹤整整四年，否則他難道不擔心你出現時，他會立刻暴露身分？當然，他不可能預知你會失蹤四年，而是因爲他以爲你進入荒漠後，就再也不能活著離開了！因爲，連護送你的不二法門騎士

也全都戰死，你又豈能獨自倖存？」

爻意還待再說什麼時，忽聞屋外「喀嚓」一聲輕響！當第二聲異響響起時，卻已在數丈開外。

屋內兩人齊齊色變！

戰傳說指風一彈，燭火立滅。與此同時，戰傳說已將貝總管贈與他的搖光劍握於手中。顯然，方才有人在暗中偷聽了他們的對話！

戰傳說低聲道：「姑娘多加小心！」

人已如驚電般射出！人未至，所挾凌厲氣勁已將窗櫺撞碎，緊接著他已穿窗而出！

身形未落，便見遠處屋頂上有兩個人影一前一後風馳電掣而行，起落間如兔起鶻落，身法極快。戰傳說不假思索，立即全速追去！

當他也掠上屋頂之時，那兩個人影都已消失得無影無蹤。

戰傳說掠至更高處極目四望，終於在西南方向見有人影一閃即沒！戰傳說急忙向西南方向追去！由於擔心再失敵蹤，故他盡可能沿高處掠走，雖是將自身修爲施展至最高境界，卻始終不忘將前方幾條主街的情形收攝眼中。

此時，他隱隱感到自己的身法顯然比先前快捷不少，對空間跳離的把握更爲從容自如。凌空飛掠時，仿若能清晰地感受到氣流在自己身側呼嘯掠過。

他知道自己的功力的確已不是進入隱鳳谷之前可比了！思及這一點，戰傳說信心倍增。

起落之間，不過片刻，戰傳說已長驅而進二里之遙！他的前方十餘丈外出現了一片略為開闊之地，有一人孤伶伶地站立其中。

戰傳說心中一動，飄然掠下。身形甫落，他便已識出對方是石敢當。

戰傳說道：「石前輩……」

「是離漆詠題在偷聽你們說話，被老夫察覺，可惜最終卻未能將之截下！」石敢當不無遺憾地道。

「離漆詠題？」戰傳說有些驚訝地重複了一遍，他想到與自己同行的人中，以「離漆詠題」最為沉默寡言，武功也是相對最低的，加上之前又受了重傷，定還未痊癒，何以能從石敢當眼前逃過？

石敢當似乎知道戰傳說心中所思，他接著道：「老夫對隱鳳谷中的每一個人都頗為熟悉，離漆詠題也不例外，他的武功絕沒有如此高明，而且此人一向忠心耿耿，所以老夫斷言剛才偷聽你們談話之人決不會是真正的離漆詠題，而應是驚怖流的人！」

戰傳說一驚。

回到南尉府時，已有不少人被驚動。南尉府的人對青衣突然不知去向都感十分驚訝，但石敢當是伯頌的知交，而青衣又是與石敢當同道而來的，若石敢當不願說，誰也不好多加追問，只能暗自揣度其中內情。

戰傳說因南尉府中人的反應而想起石敢當在追截時沒有向他人傳警，看來就是爲了避免帶來彼此更大的尷尬。

得知「離漆詠題」已去向不明後，尹歡久久不語。畢竟，這已是最後一個追隨在他身邊的隱鳳谷弟子了，此事對他的打擊可想而知。

半晌，他才道：「我一直以爲十二鐵衛及三百餘弟子中唯有他能倖存下來實是萬幸，沒想到其中另有緣故。難怪他會告訴我說晏聰是驚怖流的人，當時我便對這種說法持疑，可惜因爲其時局勢危急，我也無暇深思。」

戰傳說愕然道：「他怎會告訴尹谷主說晏聰是驚怖流的人？晏聰在晉連自殺之後，豈非再未返回隱鳳谷？」

尹歡自知失言，幾乎洩露了自己曾派離漆詠題追蹤晏聰的事。當時他這麼做，只是感到晏聰來歷蹊蹺，能在六道門潛伏數年並最終揭穿蒼封神的內幕，更說明此人心計深晦，不可不防，不過尹歡此舉卻並無什麼惡意。只見他不露聲色地轉過話題道：「現在看來，這只是他的障眼術：他本身是驚怖流的人，卻誣陷晏聰，以轉移他人的注意力。」

石敢當道：「依你之見，是認為雕漆詠題本就是驚怖流的臥底，還是忠心耿耿的鐵衛，而此人卻不是真正的雕漆詠題？」

尹歡沉吟片刻，「應是前一種可能。」

戰傳說有些意外，心道：「為何他的看法與石前輩的看法不同？」轉念一想，他道：「具體情況如何已不重要，重要的是他與我們朝夕共處了數日，知道了不少秘密。」

尹歡有些沮喪地道：「對我來說，已無所謂什麼秘密了。隱鳳谷的覆滅恐怕已是人盡皆知，我們現在唯一可以做的事，就是如何與驚怖流及劫域的勢力周旋。前者在與隱鳳谷交鋒中可謂是占盡上風，而他們的目標又是鳳凰，所以當我等離開隱鳳谷後，恐怕連他們對我們也興致不大了。倒是劫域哀將被殺，他們決不會就此善罷甘休。」

戰傳說還待插話，忽見爻意在暗中向他使了個眼色，似在阻止他，於是到了嘴邊的話又咽了回去。

眾人又商討了一陣，但最終除了等待也許將出現的新的一輪危機外，再無他策。經過這一番折騰，已接近凌晨，於是眾人又各自回房。

爻意待石敢當、尹歡走後，將門虛掩，「現在我們能否出得了坐忘城？」

戰傳說道：「既然他們將妳我視爲城主女兒的救命恩人，應當能夠出城。」

「好，那麼我們立刻出城！」語氣斬釘截鐵，十分果斷！

在戰傳說的印象中，爻意一直是恬靜聖潔而超脫，從未見她有如此迫切焦慮之時。更奇怪的是，她的話語竟讓人有種不可違逆之感，頗具大將風範。莫非，這是因爲她的身分本是公主，已習慣了他人的服從？

正如戰傳說所言，儘管他們早早出城讓坐忘城戰士十分意外，但誰也不敢攔阻盤問。試問，此刻城中還有誰不知貝總管曾親自拜謝這一對年輕人？

爻意與戰傳說直出東門，當他們已出了東門後，才有人將此事報與東尉將鐵風知曉。鐵風大惑不解，想讓人暗中追蹤以探清爻意二人究竟有何意圖，卻又感到有些不妥，略略猶豫後，當他決定親自去東門查看時，戰傳說二人早已蹤影全無。

縱是鐵風想破了腦袋，也想不出爻意兩人的意圖。最終，他決定將此事向乘風宮稟報。

其實戰傳說與鐵風一樣迷惑不解。

直到兩人離開東門已有二三里之遙，爻意才問道：「現在你能否辨別你殺了白衣劍客之地所在的方向？」

戰傳說頓有所悟，向四周望了望，肯定地點了點頭。

「那好，趁現在還沒有人追蹤你我，立即去那個方向！」她看了戰傳說一眼，又有些高深莫測地道：「有時候，死人能比活人說出更多有用的東西。」

戰傳說知道她仍是欲查明白衣劍客的真實身分，而她這麼做的目的，當然是爲了自己以後可以不必再隱姓埋名。想到這一點，他心中很是感激，同時也暗自佩服爻意。

兩人認清方向，立即出發。

此時天已微亮，但視線仍不是很清晰，至多只能看清十丈之內的事物，而戰傳說兩人所擇之路，更是荒僻得幾乎不能稱之爲路。

行至半途，戰傳說忍不住道：「若是屍體已不在，豈非功虧一簣？」

爻意道：「恰恰相反，若屍體已失蹤，則是我們此行的最大收穫！」

戰傳說先是一怔，隨即明白過來。

冒充「戰傳說」的白衣劍客的屍體已不翼而飛！唯有那灘已凝固的鮮血尚在，觸目驚心！戰傳說與爻意相對而視，兩人的神情都甚爲凝重。

當時，他們是最後離開此地的一批人，這樣基本上就排除了這具屍體是被坐忘城屬眾帶走的可能。事實上，以坐忘城的立場也不會這麼做，何況他們在城中並未聽說此事。

至於說是善心人不忍見屍體曝屍荒野，才將之掩埋，這種可能更是微乎其微！靈使誅殺「戰傳說」這件事恐怕早已傳遍方圓百里，試問誰會對一個作惡多端的人心生善念？

剩下的最大可能有兩種：其一，使屍體失蹤的是死者的同伴；其二，有人擔心他人從死者屍體上查出蛛絲馬跡，對自己不利！

四周靜悄悄的，微風吹過，樹葉「沙沙」作響，更添寂寥之感，周遭的情形在淡淡曙光中若隱若現。

戰傳說大爲沮喪，屍體的失蹤恰好說明在屍體上藏有線索，可自己卻沒能把握機會。

「朋友是不是在找一具屍體？」兩人身後不遠處忽然響起一個年輕男子的聲音，戰傳說、爻意齊齊一驚，驀然轉身望去，只見十丈外的一座巨岩後緩緩走出一個年輕人。此人身形挺拔，五官清俊，正含笑望著戰傳說。

戰傳說呆了呆，終脫口驚呼道：「晏聰?!」

對方含笑點頭。

見到晏聰時，戰傳說心中泛起一股親切感，也許這是因爲晏聰是他走出桃源武族後有較多接觸的人，何況他們曾並肩戰鬥過。

兩個年輕人走到一起，相互打量了片刻，忽地齊聲哈哈大笑！晏聰嘖嘖嘆道：「相別十日，你的變化可真不小，我幾乎認不出了！似乎比我更高大了。」

說話間，他看了看爻意，戰傳說忙道：「這位爻意姑娘是……我的朋友。」隨後又對爻意道：「他便是我曾提到的晏聰。」

晏聰顯然也爲爻意的絕世美貌所震撼，臉上出現了少見的局促神情。

戰傳說奇怪地道：「你怎知我們在找一具屍體？」

聽戰傳說這麼說，爻意不由得暗暗皺了皺眉，忖道：「此人若真是你的知己倒也罷了，倘若不是，你方才所說的話便等於把一切都和盤托出了，豈非太冒失？」她覺得戰傳說實在是一個矛盾的人，他有時顯得極富智謀，但有時卻又顯得毫無心計。

晏聰道：「此時、此地，而你們又離去再來，難道還會有其他原因？」頓了一頓，又有些高深莫測地道：「你可知屍體爲何會失蹤？」

戰傳說茫然地搖了搖頭。

晏聰顯得有些神秘地道：「我卻知道得清清楚楚！」

戰傳說將信將疑地望著他，「此言當真？」

晏聰道：「當然，因爲屍體就是我將之搬離此地的。」

戰傳說雙目倏睜，像是不認識晏聰一般。

在一個極爲隱蔽的小山坳之中，戰傳說見到了白衣劍客的屍體。

雖然是同一具屍體，但在失蹤又重現後，卻像是爲之附上了一層神秘詭異的色彩。戰傳說以異常複雜的心情望著亡於自己劍下的白衣劍客，久久說不出話來。

白衣劍客的一隻手依舊僵硬地向前伸著，五指箕張，像是竭力要抓住什麼。

還是晏聰首先打破了沉默，只聽他道：「陳兄弟爲何不問我爲什麼要動這具屍體？」

戰傳說苦笑了一下，「你若會說，又何需我問？」

晏聰點了點頭，隨後道：「因爲，戰傳說之父戰曲與我師父有著某種淵源，也許可以說戰曲前輩對我師父有恩——至少我師父是這麼認爲的。」

戰傳說「啊」地一聲驚呼，他是真的十分吃驚，心道：「父親怎會對他的師父有恩？」隨即他感到自己的驚呼有些失態了。

晏聰卻像是誤會了他的意思，「當然，在世人眼中，戰傳說是個十惡不赦之人，陳兄弟這麼想也在情理之中。不過，恐怕陳兄弟不會想到，也許此人並非真正的戰傳說吧？」

戰傳說剛剛迫使自己冷靜些，乍聞此言，再一次幾乎驚呼出聲。他萬萬沒有想到除了自己之外，竟還有人會提出這種疑問，而且這人又恰好是他有數的幾個熟知者之一！

連爻意也大感愕然，比星辰更明亮的美眸閃過如秋霧般迷茫之色。

晏聰自然再一次誤會了他們驚愕的原因，於是道：「其中詳情一言難盡。靈使要追殺戰傳說的事，早已在樂土武界傳得沸沸揚揚。既然戰傳說之父與我師父有著此種淵源，我們自然不能置若罔聞，而按我師父的判斷，此人決不會是真正的戰傳說！但奇怪的是，大冥樂土武界高人輩出，卻全認定了他是真正的戰傳說，所以家師讓我設法將此事查個水落石出。沒想到我雖全力施為，但在弄清真相之前，他卻已經被殺了！既然如此，我只能出此下策：將他的屍體尋到加以辨認，若他是真正的戰傳說，那麼總算是家師故人之子，我就將他安葬，免得曝屍荒野；若他並非真正的戰傳說，家師就一定會將此事澄清，免得戰曲前輩父子二人蒙受不白之冤。」

戰傳說雖不知晏聰的師父是誰，卻也滿懷感激。他沒有料到除自己外，還有人為此事在奔走。

定了定神，戰傳說道：「不知晏兄辨認之後，覺得此戰傳說是真是假？」

雖然晏聰在芸芸武界中可謂是人輕言微，但戰傳說此刻對他的結論仍是頗為重視。

晏聰不假思索地道：「此人並非真正的戰傳說！」

戰傳說與爻意相視一眼，皆顯得有些激動，戰傳說試探著道：「何以見得？」

「很簡單，陳兄弟不妨將死者臉部看仔細些，便可以瞧出其中端倪。」

爻意不由自主地向戰傳說靠近了。

兩人齊齊向死者臉部望去，雖然戰傳說已親手殺過人，但仔細看一個亡於自己劍下的死者的臉部，畢竟不是一件愉快的事。戰傳說只覺頭皮有些發麻，但他仍是堅持將死者的臉部仔細打量了一遍。

漸漸地，戰傳說不適的神情消失了，代之出現的是深深的疑惑。

此時，天已越來越亮了，只是四周樹木茂盛，擋住了部分光線，但仍是能將死者的外貌看清楚。

半晌過後，戰傳說才移開目光，望著晏聰，皺眉道：「死者的臉色似乎有些蹊蹺?!」

晏聰緩緩點頭道：「正是!當一個人被殺而亡後，體內血液流失，便會漸漸地失去血色，臉部亦是如此。但此死者現在臉部的膚色卻只有一部分變得十分蒼白死灰，而其餘部分卻依舊是紅潤的。而這種紅潤並非遍佈整張臉，而是不均勻地分佈於他的臉上！」

戰傳說如牙痛般地吸了一口氣，「這一點說明了什麼?」其實，戰傳說自己也已大致明白了其中緣由。

晏聰的答覆與他心中所想不謀而合，只見晏聰胸有成竹地道：「這是一種極爲高明的易容術！這種易容比人皮面具更不易被人察覺，甚至可以說幾乎沒有任何破綻，若一定要尋找破綻，那麼破綻只有在此人死後才會顯露出來——但世間又有幾人會仔細地察看一個已死之人的膚色？」

聽到這兒，戰傳說下意識地伸手摸了摸自己的臉，隨後他自己也爲自己的這一舉動暗自苦笑。

這時，爻意道：「晏公子說若此人不是真正的戰傳說，就要將此事揭穿，以正戰家父子二人之名。莫非晏公子便是欲將這種易容術的後果告訴世人，從而使世人相信死者是易容成戰傳說的模樣，而不是真正的戰傳說？」

晏聰道：「當然不是。僅僅指明這一點其實並無多大說服力，尤其是在眾人皆已有了對『戰傳說』根深蒂固的成見的情況下，更是如此。晏某要做的，就是設法查清死者在易容前的身分是什麼，這才是絕好的突破口！」

戰傳說訝然問道：「難道以這種方式易容後，還能恢復原貌？況且，他已經……死了。」

晏聰微微一笑，「晏某相信這世間沒有絕對不可能的事，只要付諸足夠多的努力！」說這話

時，他的眼中閃著奇異的神彩。

頓了一頓，他忽又似想起了什麼般接道：「此人被殺不過只有幾個時辰，但此事傳得極快，幾至不可思議的地步，大概因爲此事與不二法門靈使有關之故吧。當我聽說此人已被殺，但最終卻不是被靈使所殺，而是被一個叫『陳籍』的年輕劍客所殺時，著實吃驚不小！心想陳兄弟可謂不鳴則已，一鳴驚人！殺蒼封神已足以讓大冥樂土爲之一震，這一次則更可謂是轟轟烈烈了！」

戰傳說這次是真的有些驚訝了，他道：「沒想到此事連晏兄也知道了——其實這其中頗有曲折，若是正面交鋒，我未必能勝他。」

晏聰對戰傳說這種說法未置可否，而是道：「不過有一種說法對陳兄弟倒有些不利。」

爻意忽然插話道：「是不是說他毫無緣由地聲稱被他所殺之人並非真正的戰傳說？」

晏聰道：「正是。」

「這是事實，我的確如此說過。」戰傳說坦誠地道。

「正因爲這一點，晏某見你們出現時，才沒有刻意回避，而是上前相見，且將真情告之。換作他人，只怕對我所做的一切會覺得匪夷所思，我避之唯恐不及！畢竟一旦證明此人不是真正的戰傳說，就是對法門靈使威望的一種衝擊，所以在真相大白之前，我只能慎之又慎！如今，普天之下大概只有你我兩人會對這一死者的身分持懷疑態度了。對了，你怎會想到此人不會是真正的戰傳說？」

戰傳說心道：這太簡單了，因為我自己才是真正的戰傳說！口中卻道：「待到查清此人的真正身分時，我一定把原由告訴晏兄。」

晏聰便不再追問。

這時，戰傳說與晏聰幾乎是同時察覺到遠處有異響，既有腳步走動時的「沙沙」聲，又有人低語聲。

戰傳說將聲音壓得極低道：「大概是坐忘城的人，我們天未亮就離開坐忘城，難免讓他們有所猜測。」頓了頓，又轉向爻意道：「我們還是返回城中吧，免得他們擔心。」他心中的「他們」自是石敢當等人。

爻意卻顯得有些意外，她提醒道：「事情尚未查得水落石出，難道就此返回？」

戰傳說不假思索地道：「晏兄對此事瞭解得比我更多，也定能比我查得更清楚明瞭。」

爻意欲言又止。

晏聰笑道：「其實對此我至多只能算是道聽塗說，知曉一些皮毛而已。」

爻意問道：「不知你究竟用什麼方式能分辨出死者的真實身分？」

晏聰道：「有一前輩異人，能根據死者屍體腐爛後顯現的臉部骨骼，推斷出死者生前的五官容貌，只要找到這位前輩異人，一切便迎刃而解。」

戰傳說興奮地道：「竟有此事？晏兄得知結果後，切莫忘了告訴我一聲。」

晏聰點頭道：「若二位有空暇，可與晏某一起去拜訪那位前輩高人，此去不過二百餘里。」

戰傳說想了想，有些爲難地道：「暫且恐怕難以抽身。」

晏聰道：「這也無妨，五日後，你到由此向東二百里的稷下山莊外的『無言渡』等我，便可找到我。若有結果，我自會告訴你。」

對晏聰這一建議，戰傳說甚感滿意。在未見到晏聰之前，他見屍體失蹤，幾近絕望，此時大有柳暗花明之感。當下他心情愉悅地與晏聰作別後，便與爻意一道返回坐忘城。

他們另擇一條路返回，恰好與尋找他的坐忘城屬眾錯開。

戰傳說儼然已成了坐忘城的英雄，當他與爻意出現在南門時，眾坐忘城戰士皆以尊崇的目光望著他，兩人順順利利地回到南尉府。戰傳說對坐忘城大小姐有救命之恩，一切有可能會引起彼此誤會的事當然不會當著他的面進行，更不會有人向他問及清晨的去向。

倒是石敢當私下詢問了戰傳說，戰傳說便以實相告。石敢當聽說有人可由死者骨骼的形狀，推斷出死者生前原有的容貌，也感到大爲驚奇。

因爲石敢當已應允今夜赴乘風宮貝總管之宴，所以戰傳說一行的行程再一次被推遲。伯頌告訴石敢當說，他可派一名屬下先前往天機峰，轉告玄流道宗的人，說他們昔日的宗主已在坐忘城，很快就將回返天機峰。石敢當先是極爲推辭，他知道自己「失蹤」已達二十年，玄流道宗宗主之位另有他人接替，此人論輩分比石敢當低一輩，名爲宋衍。石敢當擔心這麼做會予人以柄，被認作倚老賣老，使宋衍爲難。

但伯頌卻解釋道：「石兄出現在坐忘城的事恐怕天機峰亦早已知曉，坐忘城與天機峰相去不遠，你的晚輩們見你在坐忘城一連逗留數日，也不起程前往天機峰，他們會不會覺得是石兄對他們有所不滿才這麼做？讓人先去通報一聲，只會有利於消除彼此的誤會，而不會使你的徒子徒孫心感不快。」

石敢當思忖一陣，覺得伯頌所言也不無道理，於是點頭認同。

黃昏時分，由乘風宮駛出四輛修飾得十分華麗的馬車，直駛南尉府，每輛馬車皆有八名乘風宮護衛。他們是奉貝總管之命，將戰傳說等人接入乘風宮赴宴，連伯頌父子三人也在受邀之列。戰傳說、爻意、尹歡同乘一輛馬車，伯頌、歌舒長空、石敢當共乘一輛馬車，其他受邀之人亦在另外兩輛馬車中就坐。倒是伯簡子、伯貢子兄弟二人各騎了一匹駿馬，伯貢子似乎心情不佳，一路無語，其兄伯簡子不時與途中所遇到的人招呼問候。

馬車在南北直通的大道上行駛，大道平坦，兩旁植以青槐。行駛一陣後，戰傳說忽然感到車外變得寧靜了不少，再無初時的繁華喧鬧，他不由好奇地掀開側窗窗簾，向外探望。這才知此時大道兩側已無旁雜之人，而一律是高大壯碩的坐忘城戰士分列兩側，每隔一丈距離便有一人，直向前延伸而去。舉目前望，一座氣勢恢弘的殿閣巍然矗立，殿頂那隻似欲怒射蒼穹的雄鷹城徽顯得格外醒目！

戰傳說放下車簾，輕吁了一口氣，「這貝總管爲了一次宴席，竟如此興師動眾。」

尹歡自青衣逃離後，一直神色陰鬱，精神不振，聽得戰傳說此言，也未搭訕，只是笑了笑。

雖然因爲伯頌與石敢當這一層關係，加上這一次戰傳說又救過小夭一命，他們幾人在坐忘城的這幾天倒也過得安寧平靜，與離開隱鳳谷後的顛簸擔慮不可同日而語。但眾人的心情並不輕鬆，戰傳說的擔慮不言而喻；尹歡本是一谷之主，如今卻流離失所，不知何時會被人追殺，身邊更無一名部屬！

又行駛了一陣子，四輛馬車依次減緩車速，直至穩穩停下。這時，車外響起了節奏明快的絲竹鼓樂聲，戰傳說等人下了馬車，已至乘風宮正門外。正門外有近二十名年輕男女身著華美服飾半跪於地，卻是一隊樂儀。看來，貝總管爲了表示對戰傳說、爻意的謝意，著實費了不少心思。

貝總管這時領著一隊人迎出了宮門外，彼此既已是相熟之人，寒暄幾句，便一同進入了乘風宮。

進了乘風宮後，戰傳說對途經處略有留意，感到乘風宮內的建築風格優美卻不奢靡，與隱鳳谷的清歡閣自是不同，與谷中過於森然的石殿也風格迥異。

一番穿插迂迴之後，再經過一道長廊，前面出現了一片規模不大的廣場，廣場北側便是今夜大擺宴席的乘風宮正殿。

廣場至正殿還有幾步臺階，此刻，臺階上正有兩個少女，一黃一青，前者身材更為高挑些，顯得修長曼妙，而立於她身後的青衣少女則顯得頗為嬌小，看樣子大概不過十三四歲。當一行人出現在長廊時，兩名少女便下了臺階，向他們迎來。

戰傳說只顧隨著眾人前行，偶爾打量四周的景致，忽聞有幽香撲鼻，隨即聽得一個女子的聲音喚了一聲：「陳公子。」

戰傳說猛然止步，抬眼一望，只見離自己不過數尺外正有一位二八年華的少女亭亭玉立，如含苞欲放，豔色初露，純潔更富靈氣，此時正笑吟吟地望著他。

戰傳說一怔，她是在與我打招呼嗎？心中這麼想著，不由向兩側看了看。

那少女「撲哧」一笑，「陳公子昨夜才救過小夭一次，難道今日便識不得小夭了？」

「小夭?!」戰傳說幾乎忍不住要去拭一拭雙眼：眼前這少女無論如何也可算是真正的美人，

怎會是小夭？

但再細看那極富靈氣的雙眼，以及一笑就可愛地微微皺起的鼻子，不是小夭又是誰？

這時，戰傳說意識到了自己的失態，一時卻不知當如何是好。在他周圍不少皆是有頭有臉的人物，而戰傳說卻因爲莫名地跨越了四年時光而使他顯得遠不如同齡人世故，尤其在這種場合更是如此。

要知道在此之前，他絕大多數時間皆生活在封閉且不爲外人所知的桃源中，桃源雖然安寧，但卻安寧得有些沉悶，猶如一潭死水，與大冥樂土的多姿多彩實是不可同日而語，這對戰傳說的性格亦有不小的影響。

小夭見戰傳說有些失措的模樣，暗覺好笑，側身將眾人引入正殿。

貝總管不愧是總領乘風宮內大小事物的人物，在宴席中穿針引線，談笑風生，加之小夭性情開朗豪爽，頗有男兒風範，使宴席添色不少。眾人談笑風生，交杯換盞，氣氛融合熱烈，絲毫沒有因爲戰傳說等人是坐忘城新客而顯得拘謹疏遠。

席間除了戰傳說、爻意、歌舒長空、石敢當、尹歡及伯頌父子三人外，還有鐵風等另外三大尉將以及坐忘城其他顯赫人物。不過看得出貝總管雖然只是司職乘風宮內務，但其聲望權勢卻隱然在四大尉將及其他人之上，這使戰傳說等人不由對這春風滿面的貝總管多看了一眼。

小夭與戰傳說對席而坐，酒至半酣，小夭已雙頰酡紅，往日被其奇裝異服所掩蓋的女兒嬌美之態顯露無遺。

席前為答謝戰傳說、爻意的相救之恩，她已先後向兩人敬了酒，加上她一向沒有大小姐高高在上的架子，視四大尉將等人為其叔伯長輩，又依次敬過眾人，此時恐怕已有了些許醉意。

這時，小夭親自為戰傳說滿斟一杯後，向他舉杯道：「陳大哥，小夭設的『露天賭局』承你捧場，最終總算沒有只賠無賺，陳大哥所下之注是小夭唯一能吃進的。這一杯是謝陳大哥為小夭捧『露天賭局』的場而敬！」

也不知從什麼時候起，她對戰傳說的稱呼由「陳公子」變成了「陳大哥」。

戰傳說一怔，忖道：「這也能成為敬酒的理由？」

坐忘城的人對此倒絲毫不感到意外，小夭若沒有出人意料之舉，就不是小夭了。

戰傳說見眾人都望著自己，小夭更是笑意盈盈地望著這邊，也不知當如何推辭，只好將杯中之酒一飲而盡。

正當此時，有一乘風宮侍衛進入正殿，走至貝總管身旁低聲耳語一番，隨後退了出去。

聽此人稟報後，貝總管的眼中閃過複雜之色。不少人留意到了這一細節，雖難免好奇，卻也不便相問。

這時，只見貝總管自席間站起，一整衣襟，徑直走向歌舒長空與尹歡這邊，向兩人深施一禮，「貝某不知二位是隱鳳谷的歌舒谷主與尹谷主，實是失禮。」

此時戰傳說剛剛放下杯盞，乍聞貝總管此言，身子不由一震，幾乎碰倒了杯盞。

貝總管的話說得恭敬有加，但對此刻的尹歡來說，卻是字字如鈍刀割心。他還了一禮，顯得頗爲吃力地道：「在諸位前輩面前，尹某只是一介後進之輩，不值一提。」

他這一番話實是無奈之言，既然貝總管在那侍衛與他一番耳語後，便識出自己的身分，那麼定然也已知道隱鳳谷的驚天變故。身爲一谷之主，卻流落異地，實是奇恥大辱！若非如此，以隱鳳谷谷主的身分，也算是一方強者，尹歡大可不必如此自謙。

其實坐忘城諸人早已留意到尹歡，皆在暗中思忖這俊美得近乎邪異的男子究竟是什麼來歷，爲何石敢當引介他時總是含糊帶過？「隱鳳谷谷主尹歡」的名聲在武界中不可謂不響，但尹歡繼尹縞成爲隱鳳谷谷主後，爲了消除歌舒長空的顧忌，他一直低調處事，隱藏自己的真正實力，深居隱鳳谷，極少在武界中走動，所以世人只知隱鳳谷谷主是一俊美絕倫的男子。即使見到尹歡者，也無多少人能將之識辨。

至於歌舒長空，更是因爲深居地下冰殿近二十年，其名字都已漸漸被世人所淡忘，縱然能記起來，也只知他身患不治之症，已有十餘年未踏出隱鳳谷一步。除非是與歌舒長空相熟的人，否則見了歌舒長空，誰會想到這位神志混亂的老者會是隱鳳谷昔日谷主？

而尹歡的應答無疑印證了貝總管之言，一時之間，眾皆大感意外。所幸因為礙於情面，尚無人當著尹歡、歌舒長空的面交耳議論，否則尹歡將更羞愧難當。

貝總管語氣關切地道：「兩位谷主可知貴谷已有一些變故？」

戰傳說心道：「看來，他是知道了隱鳳谷覆滅之事了。其實以他的地位權勢，直至今日才知道此事，已有些不正常了。」

卻聽得尹歡慘然苦笑道：「貝總管能為尹某留點面子，尹某感激不盡。但事到如今，尹某與隱鳳谷已是一敗塗地，若再在乎這些，就是可憐可笑了。其實早在幾日前，隱鳳谷除我們父子之外，已是……全軍覆滅。」

他的臉色蒼白得沒有一絲血色，讓人不忍多看。

第四章　九極神教

讓一個曾是一方強者的人在大庭廣眾之下說出這一番話，的確需要極大的勇氣！戰傳說亦頗爲佩服尹歡此刻所顯示的勇氣，儘管這種勇氣中隱含了太多的無奈！

當尹歡說完這一番話後，大殿中有相當長的一段時間一片肅靜，落針可聞！

這並不僅僅是因爲眾人被隱鳳谷遭遇的慘變所震駭，更是因爲每個人都深深地感受到尹歡心靈之沉重，以至於連自身也感到了極大的壓抑與沉重。

貝總管一聲嘆息，「真是世事多舛……不過，貝某所知道的與尹谷主所說的卻有些出入。方才貝某所聽說的，似乎是昨夜隱鳳谷才在一把大火中被燒毀……」

話未說完，忽聞「砰」的一聲，歌舒長空猛地拍案而起，怒視貝總管，嘿嘿冷笑道：「你爲何再三對隱鳳谷惡語相加？我歌舒長空的修爲已臻無窮太極之境，隱鳳谷亦將成爲天下最爲強大的幫派，連你這勞什子城池也應向隱鳳谷俯首稱臣！若再喋喋不休，詆毀隱鳳谷，休怪我歌舒長空翻臉無情，取你性命！」

眾皆大嘩！一時都不知該做出什麼反應。

貝總管涵養之深，讓人嘆服，就是在這種情形下，他竟仍能不動怒，而是溫言道：「歌舒谷主何出此言？貝某縱有不是之處，也是一番好意。」

石敢當大感頭痛！面對神志不清、思維混亂、喜怒不可以常理度之的歌舒長空，他能使之穩至今日，已極不容易，沒想到卻在這種場合胡言亂語！

歌舒長空這突兀的異常舉動，不啻於在尹歡本已痛苦之極的心坎再狠狠地刺了一刀，他的臉部肌肉不由自主地抽搐了一下，緊緊咬著下唇，竟將嘴唇咬出鮮血！

本是十分融洽的宴席此時卻氣氛尷尬無比。

忽聞席間有人道：「既然歌舒老谷主如此威風，就當思量如何保住隱鳳谷才是。」譏諷之意顯露無遺。

說話者赫然是伯頌次子伯貢子！原來自戰傳說等人進入坐忘城後，他的心中便鬱積了越來越多的不快。

在攔阻「蒙面人」殞驚天時，他的狼狽與戰傳說的風光無限恰好形成了一個鮮明的對比，由

此使伯貢子對戰傳說不知不覺中由忌至恨。尤其是當他見到戰傳說與爻意在今晚宴席間時而低聲喁語，時而相視一笑，偏偏小夭對戰傳說似也青眼有加，而貝總管等人對戰傳說亦十分推崇，伯貢子在席間已是如坐針氈，只覺得心中煩躁，事事都極不順眼。

所謂愛屋及烏，反之亦然。伯貢子因戰傳說之故，一併對尹歡、歌舒長空、石敢當都無好感，而此刻歌舒長空所言的確蠻橫無理，伯貢子如何肯放過這一借題發揮的機會？一心只想使整個坐忘城成爲戰傳說一行人的對立面，最好能反目成仇。

其實戰傳說與爻意的關係遠沒有伯貢子想像的那麼親密，更多的只是伯貢子主觀臆想而已。

伯貢子萬萬沒料到此時竟有人比他更易動怒！

只聽歌舒長空厲喝一聲：「小子，拿命來！」語出同時，人已沖天而起，其速之快，不可言喻！

強大的氣勢頓時彙成一股可怕的氣旋，如一道暗含無窮殺機的颶風自歌舒長空所處席位狂捲而過，杯盞碗碟、菜肴酒水在這可怕氣旋的席捲之下，如毫無分量的輕羽般飛起，在虛空中相互撞擊，四向激射！聲勢駭人之極！

歌舒長空以超越常人想像的方式凌空變向，身形毫無徵兆地由沖天飛掠轉化爲橫向暴進，其變化之快之詭異，頓時予他人心神以極大的震撼！

歌舒長空駢指如劍，挾凌厲殺機，徑直點向伯貢子眉心！

如此招式，足以顯示歌舒長空目空一切，狂傲之極，完全視取伯貢子性命如探囊取物，勢在必得。

伯貢子這才知道自己已因逞一時口舌之快而惹下了殺身大禍！

歌舒長空一出手，他的第一反應就是絕望！因為他赫然發現歌舒長空凌然萬物的殺機，竟比昨夜遇到的「黑衣人」更強更可怕！招未至，伯貢子的所有生路已被完全切斷，這種無可抵禦的感覺，足以令人魂飛魄散！

伯貢子的右手已觸及腰間的劍柄。但不知為何，在絕世強招之前，他竟感到全身僵硬，似乎連血液也停止了流動，手臂再也不聽使喚，他竟不能拔劍出鞘！

死亡從來沒有如此之近！伯貢子的瞳孔瞬間放大，心中一片冰涼。

在死亡即將降臨的那一剎間，伯貢子倏覺眼前一暗，「喀嚓」！驚人爆裂聲中，無數奇形怪狀之物在他身前咫尺遠近的地方呈放射狀四向迸飛，因為相距過近，又在電光石火間發生，以至於伯貢子的視覺尚不能對此做出有效的反應。他根本不知發生了什麼事。

幾乎就在同時，他的腹部被一股沉重的橫向之力擊中，整個人立時連人帶椅向後狂跌而去，直至砰然撞於石牆上方止住去勢！

頹然落地時，伯貢子只覺腹部猶如翻江倒海，痛不堪言。

但，顯然是腹部一記重擊救下了他的性命。

神志略略從死亡的陰影中掙脫出來，伯貢子這才看清他所在的那桌長席已粉身碎骨，擋在他與歌舒長空之間的是父親伯頌與兄長伯簡子。

正是他的父兄在最後時刻救了他一命！

伯頌自知論內力修爲絕無法與歌舒長空匹比，固不敢與之硬拚，只能以身前長席爲掩護暫且一擋。而伯簡子與父親頗有默契，當即心領神會，右腿橫掃，將二弟擊得倒飛而出！雖知這樣會使二弟伯貢子身受內傷，但他已別無選擇，因爲歌舒長空驚世駭俗的攻勢根本不容他有選擇的餘地。

前後不過頃刻間，大殿已是一片狼藉。響聲驚動了殿外內侍，紛紛趕至時卻未見有外敵，一時不知是進是退，只好先將大殿團團圍住。

歌舒長空未能一舉擊殺伯貢子，怒焰更熾，一聲冷笑：「誰也擋不住我歌舒長空！」聲到人到，挾雷霆之勢，雙掌齊出，各取伯頌、伯簡子，竟同時向兩人主動出擊！

伯頌父子二人已避無可避，因爲他們的身後就是已受了傷的伯貢子。加之兩人畢竟是坐忘城有數之高手，雖知歌舒長空修爲遠在他們之上，但見歌舒長空竟分擊二人，頓時被激起心中鬥志，各自揮劍而上，以自身最高修爲與歌舒長空正面拚殺，希望能借歌舒長空過於自負托大的機會贏得勝機。

雙方毫無迴旋餘地，悍然劇拚！其中絲毫沒有可取巧之處。歌舒長空血肉雙掌與對方的利刃相接，竟迸發出金鐵交鳴之聲，聲如驚雷在大殿中驀然炸響，驚心動魄。

巨響聲中，伯簡子的劍赫然被擊得碎作數十截，無儔掌勢如驚濤駭浪般席捲而至，伯簡子胸口如遭重錘狠擊，當他隱隱聽到體內骨骼斷開的「喀嚓」之聲時，整個人已狂跌而出，口中血箭噴灑！

伯頌則「噔噔噔……」連退了數步，方勉強站穩身形，握劍右手的虎口迸裂開來，本是紅光滿面的他此時亦臉色蒼白，氣息狂亂難平。

顯然，他們父子二人的估計完全錯了，合他們父子二人之力，亦無法與歌舒長空相抗衡！

歌舒長空甫一出手便傷了尉將之子，雖有石敢當在場，但坐忘城高手亦怒焰難平，性子急躁的人當場拔出兵器，其餘的人雖暫未出手，但皆有忿然之色。

刹那間，本是歡聲笑語的大殿變得兵刃森然，殺氣騰騰！幾大高手將歌舒長空圍在核心，互爲犄角，形成合擊之勢。

歌舒長空毫無懼色，大笑道：「想倚多爲勝？那也是自取滅亡！我歌舒長空天下無敵，何懼

爾等無能之輩?哈哈哈……」

「哈哈哈……」歌舒長空狂笑聲未落，忽然又有狂笑聲接踵響起，笑聲極具穿透力，聞者無不凜然一驚。

循聲望去，赫然發現大笑者竟是貝總管！

這一發現，讓每個人都大感意外，不知貝總管爲何大笑。但奇怪的是，自貝總管笑聲驀起後，歌舒長空眼中第一次閃過凜然之色。

他竟長笑不止，笑聲不斷攀向不可思議的高度，讓人心中不由萌發這笑聲將突破大殿直沖九天雲霄之感。

貝總管的笑聲如影隨形，竟極爲巧妙而準確地穿插於歌舒長空的笑聲中，紋絲不亂。

這時，不少人隱隱意識到在這笑聲中暗藏玄奧：貝總管以極爲獨特的方式與歌舒長空進行著一場驚心動魄的較量！

此時，無論是歌舒長空，還是貝總管，臉上都殊無笑意，偏偏又笑聲不止，且越來越高亢。

目睹這詭異的場面，眾人毫無滑稽之感，反覺遍體生寒，只感到殿內殺機無限。

歌舒長空的笑聲猶如一柄越來越瘋狂的利劍，在做著巔峰狂舞，武道之剛強在其中體現得淋漓盡致！眾人只覺自己的靈魂與軀體已一同被淹沒在無邊無際的驚濤駭浪中，一陣比一陣更可怕的巨浪讓人感受到了精神將要與肉體分離的痛苦！

除了戰傳說、石敢當等有數幾位絕頂高手外，其餘的人無不感到體內氣息逆亂，氣血翻湧，不堪忍受！十幾個在殿中侍候的婢女竟然暈死過去。

戰傳說與石敢當也同樣極度吃驚，讓他們吃驚的不僅是歌舒長空驚世駭俗的修爲，更多的是因貝總管而吃驚！若說歌舒長空武道的強霸發揮得淋漓盡致，登峰造極，那麼貝總管則是將武道的靈魂微妙揮灑得無以復加。

戰傳說已察覺歌舒長空的氣勢看似狂猛霸道，其實卻是身不由己，貝總管的笑聲如同一把極薄極利的刀，以妙到毫巔的手法，不可思議地切入歌舒長空的聲浪之中，在歌舒長空氣勁更替的那一剎那適時而作，迫使歌舒長空不得不以更強聲浪與之抗衡。如此下去，歌舒長空必難逃力竭而亡的下場！

若論內家修爲，貝總管未必能勝過歌舒長空，但在這一場奇異的較量中，他無疑已憑藉獨到的內功心法及過人心智占得了先機，使歌舒長空難逃被動的局面。

偏偏在這場絲絲入扣的較量中，歌舒長空明明已意識到情形不妙，卻欲罷不能，任何分神都將使他非傷即亡。

果不出戰傳說所料，雙方僵持了一陣子後，歌舒長空笑聲倏止，大吼一聲，鮮血狂噴，凌空化爲血霧，情形淒厲之極。

「貝總管好驚人的內家修爲！」一個蒼老的聲音就在這一刻響起，聲音不甚響亮，卻有一種奇異的節奏感，讓人不由自主地就會被之吸引，說話者，是石敢當！

戰傳說立知石敢當此舉看似讚捧貝總管，其實卻是適時擾亂貝總管的聲場，以阻止貝總管在歌舒長空受傷之後乘虛而入，取其性命。

石敢當此舉十分及時。貝總管眼中閃過一抹異芒，隨即淡然道：「石宗主謬誇了。」言罷再不多出一言，神情甚爲凝重。

眾坐忘城高手本是對歌舒長空的飛揚跋扈十分不滿，但在歌舒長空受傷之後，眾人心中更多的不是喜而是驚，爲貝總管竟無須出手便挫敗歌舒長空而驚，同時亦有一種乏力虛脫之感，那是與貝總管及歌舒長空驚世駭俗的笑聲相抗衡的結果。

戰傳說亦是心驚莫名，所有人當中，以他與石敢當最瞭解自地下冰殿脫困而出的歌舒長空的武學境界，沒想到貌不驚人的貝總管竟能壓制歌舒長空。

尹歡急忙上前扶住歌舒長空，急切地道：「爹，你傷得怎樣？」

未聽到歌舒長空的回答，反而卻是驀然怒吼如獸，揮拳向尹歡前胸狂擊而出！

絕對的出人意料！而歌舒長空雖是在受傷後出手，但其聲勢仍是既快且狠，竟像是欲一招便取下尹歡的性命。

莫非，他已完全瘋了？到了不能分辨任何事物的地步？雖然歌舒長空出手毫無徵兆，不合情理，但尹歡卻像是早已料到歌舒長空有此舉動般及時做出反應。

幾乎是歌舒長空出手的同時，尹歡的身軀已憑空倒掠而退！

歌舒長空的拳快如驚電，尹歡的身法亦是快捷絕倫，乍一看，就如同他的身軀只是吸附於歌舒長空拳頭上的一張薄紙，全無分量，被歌舒長空的拳頭頂著倒掠。

事實當然不是這麼回事，正因為如此，所有的人才同時被這一幕所驚呆了，既對歌舒長空的出手難以理解，又對尹歡竟能及時做出的驚人反應感到難以置信！這一幕予旁觀者的感覺，就像是他們父子二人為了完成這一幕，已經歷過千百次的演練，才能如此配合無間。

這一幕來得太過突然，故所有人除了愕立當場外，無一人能做出其他任何反應。

尹歡足足倒掠出二丈之外方飄然落地。

歌舒長空的驚人一擊赫然落空！但他卻未再繼續攻擊尹歡，而是以右手撫著左手臂膀，「呵呵」冷笑，笑聲嘶啞低沉，充滿怨毒之意！他的面目也有些扭曲，顯得猙獰可怖，眼中射出如野獸般瘋狂的光芒，讓人不願正視。

歌舒長空嘶聲一字一字地咬牙切齒道：「小——子，你——竟——敢——暗——算——我?!」

其神情讓人感到他定是恨不能將尹歡撕成碎片。

尹歡冷冷地望著他，以清晰無比的聲音道：「不錯，你已中了劇毒！中了我爲你準備多年的劇毒！這種毒根本無藥可解。歌舒長空，我已等待了整整四年，當我知道是你害死了我的親生父母之後，我就下決心一定要找機會殺了你！可惜你的武功太高，就算是被困於地下冰殿中，我也沒有誅殺你的把握！加上你做賊心虛，十分警惕，又有石老暗中保護，故我一直無法下手！隱鳳谷覆滅後，我本以爲你功力大進後，要殺你就更不容易，沒想到蒼天有眼，給了我這個千載難逢的機會！歌舒長空，今天就是你的死期！唯一遺憾的是，我沒能在隱鳳谷將你殺了，那兒是你對我生父生母，還有你自己犯下滔天罪惡的地方，你的狗命本也應在那兒了結！」

尹歡的眼神冷酷至極！而他這一番話對眾人之震撼實非言語所能形容。

眾人本以爲歌舒長空突然襲擊尹歡是因爲他神志混亂，已難分敵我，沒想到事實卻是尹歡借接近歌舒長空的機會以毒物對其先下毒手，無怪乎尹歡能夠從容避過歌舒長空的襲擊，那是因爲他早有防備。

而尹歡這一番話，足以說明他與歌舒長空之間有著極爲複雜的恩怨！

因爲歌舒長空長子尹縞與尹歡一樣，是以「尹」爲姓，而不是以「歌舒」爲姓，所以世人對歌舒長空與尹歡的父子關係從來不曾有過疑問，就像不曾有人對歌舒長空與尹縞的父子關係產生疑問一樣。

但現在看來，歌舒長空不但不是尹歡的親生父親，而且在這一對養父養子之間，還有著不為外人所知的複雜恩怨。此刻，在歌舒長空與尹歡之間，已看不到一絲一毫的父子親情，剩下的唯有你死我亡的血腥殺氣！

石敢當生活在隱鳳谷中達二十年之久，他知道尹歡不是歌舒長空的親子，也知道尹歡與尹縞、與歌舒長空都不和睦，關係甚為僵硬，但他沒想到他們彼此的怨恨竟已達到了水火不容的境地！在此之前，石敢當一直以為尹歡之所以與尹縞、歌舒長空，乃至尹恬兒都不和睦，是因為尹歡心胸狹窄：尹縞生前時，尹歡忌恨尹縞受到歌舒長空的寵信與重用，尹縞死後，尹歡又轉而忌恨尹恬兒。沒想到事情並不如他想像的那麼簡單，而是另有內幕。

不過無論如何，石敢當也不願看到歌舒長空死在尹歡手中，雖然歌舒長空不擇手段地利用算計過他，但今日的歌舒長空已是神志不清，在石敢當看來，他就已不再是昔日的歌舒長空了。

當下石敢當道：「尹谷主，雖然他不是你的生父，但畢竟有撫養你多年的恩情……」

「夠了！」尹歡一下子打斷了石敢當的話，「他對我有撫育之恩？不！他之所以讓我活下來，只是要利用我完成他的野心！他要讓尹縞完成他不能達到的目的，因為他修煉武功不慎，不得不自封於地下冰殿！為了造就尹縞，他將我手臂中的少陽經割斷取出，移接到尹縞體內，試圖把尹縞造就成至陽之軀，從而不會再如他一樣不得不委身於地下冰殿保命！」

說到這兒，他「嘶」地一聲撕開右臂衣袖！所有的目光全集中在他的右臂上，只看了一眼，就足以讓眾多見慣了風雨血腥的武道中人也不由爲之心驚。

若不是與尹歡的身子連在一起，誰也不會相信他手臂的上半截是人的軀體的一部分，而更願相信這是一截形狀醜怪扭曲的樹幹。只見他平時隱於衣袖內的手臂上半截皮膚凹凹凸凸，顏色是暗青色與血紅色相夾雜，一道自肩上直貫而下的凹槽，如一條毒蛇般在他的殘臂上彎曲延伸，那凹槽給人的感覺就像是自肌體上活生生地撕下了長長一條肌肉後留下的疤痕。

這絕對不應是屬於活人的肢體！但它偏偏活生生地觸目驚心地存在於尹歡軀體上，它與尹歡其餘光滑如女子般的肌膚形成了一個極爲鮮明而詭異的對比，予他人視覺以難以想像的衝擊！縱是殿中多是鐵石心腸者，亦不由爲之心悸，石敢當也不例外！

此刻，他才知道其實他並沒有真正地瞭解隱鳳谷，瞭解尹歡，瞭解歌舒長空，從來都沒有！也許，正是因爲這醜陋無比的右臂，讓尹歡從不允許他身邊的人在他更衣時接近他。在隱鳳谷中，爲了掩飾這一秘密，他甚至不惜殺了無意中發現這一秘密的侍女。

此刻，不少人已明白尹歡爲何會俊美得已不似男子！這定然是因爲他的右臂少陽經被截取之故。

少陽經被截取，陽氣大衰，尹歡因此而變成今日不男不女的模樣。對於一個男人來說，這無疑是最大的痛苦！

而尹歡今日將這一驚人的秘密在眾人面前揭示，足見他此時的情緒極不穩定，否則以他往日的冷靜，決不會這麼做。

眾人的同情心不知不覺中偏向了尹歡。

尹歡向歌舒長空高舉著他的那隻殘臂，以低啞的聲音道：「你料想我尹歡少陽經被截斷後，一定不可能活下來，但最終我卻活了下來；你以為我經脈殘缺，一定不能修煉內力，但我卻再一次讓你卑鄙的念頭落空了，我活了下來，而且到後來，因為尹縞一死，你還不得不把谷主之位傳給我。可自始至終，你都是對我既忌又恨，因為你對我們全家犯下了太多的罪孽！今天，終於到你償還這一切的時候了！」

歌舒長空的左臂開始腫脹，漸漸地，連衣袖也被飛速脹大的腐肉擠破，露出烏黑色的肌膚。

歌舒長空齜了齜牙——誰也不知道他的這一表情究竟是不是在笑，即使是笑，那也是極為可怖的笑容——他的神志反倒像是有所恢復，只聽他道：「你……鬥不過我歌舒長空的！就是死，老夫也要先取你性命！」

「命」字甫出，他的右手突然駢指如刀，向左臂斬落！

只聽一聲驚心動魄的「喀嚓」聲過後，歌舒長空的左臂應指而落，汙血如噴泉般汩汩灑出，殘臂落在地上，一陣抽搐彈動。

爻意「啊」地一聲驚呼，花容失色，眾人亦莫不愕然，眼前血淋淋的一幕的確讓人心生寒意。

「哈哈哈……哈哈哈……」歌舒長空的長笑聲如鬼哭神泣，淒厲之極，讓人不忍多聽。

笑聲倏止，歌舒長空一聲厲喝：「去死吧！」瞬息間，歌舒長空已將自身所有潛能完全提升，化作無窮殺機，整個身軀向尹歡怒射而至！

一股改天易地、吞滅萬物的肅殺氣勢剎那間籠罩著整個大殿，而萬般殺機無不最終指向同一個目標——尹歡！

殿內的人無不萌發不能存於大殿中的可怕感覺。

尹歡神色凝重之極！他知道，此刻是該了結他與歌舒長空一生恩怨的時候了，或存或亡，其間沒有任何緩衝的可能。

歌舒長空在受了內傷且中了劇毒後，竟仍能施出這驚世駭俗的一擊，實是出乎尹歡的意料之外。但這種意外非但沒有使尹歡心生懼意，反而更激發了他對歌舒長空的憤恨！

他只覺周身熱血奔湧，忍不住發出一聲似是由靈魂深處送出來的驚天吶喊，駢指如劍，毫不回避地向歌舒長空的驚世一擊正面迎去！

他整個人儼然化作了一柄劍，一柄飽含著通天徹地之恨的劍，以其只可觀摩不可描述的方式倏然閃耀於眾人視野之中。

雙方悍然相接！

驚天動地的巨響聲中，尹歡指劍赫然已準確無比地擊中了歌舒長空的右拳，似可破碎一切的劍氣長驅直入。

一聲淒厲痛呼，紅芒暴閃。歌舒長空僅存的右臂竟在尹歡無堅不摧的劍氣切割之下驀然碎裂，血光濺射，仿若他的右臂經歷了千刀萬剮，整條臂膀只剩下森森白骨，血肉無存！

縱然他的內力修爲已臻常人難以想像之境，但畢竟受傷中毒在先，功力難免大打折扣。雙臂皆廢！

只見歌舒長空突然身形暴旋，沖天而起，雙臂猶在流血不止，卻因爲強勁氣流的激蕩而化爲漫天血霧，瀰漫於歌舒長空周圍，情景異常詭異。

尹歡雖一舉重創歌舒長空，但他自身亦因耗力過劇而有一種似曾經歷了一個輪迴般的疲憊感。事實上，他的指劍能夠穿透歌舒長空強橫霸道的氣牆而擊中歌舒長空，實是僥倖之極！稍有偏差，只怕重傷的就是他而不是歌舒長空了。

尹歡一面將有些虛脫紊亂的內息提聚，一面靜候歌舒長空墜落之時立即予對方以最後致命一擊！

歌舒長空在刻骨銘心的鑽心劇痛之後，忽然變得對肉體的劇痛毫無感覺，他的心靈已被因挫敗而萌發的怒意完全充斥，再也容不下其他任何東西。

即使是粉身碎骨，他也要殺了尹歡！

空前強大至無以復加的怒意，使歌舒長空殘缺的身軀再度迸發出不可思議的能量！他驟然感到全身有著可開天闢地的力量，感覺無比充盈。

歌舒長空的精神、意識其實已處於半游離狀態，這時，他的意識因爲捕捉到了自己體內的功力似已變得比受傷之前更強大更可怕，心靈中頓時閃過如觸電般的喜悅！

他卻不知，這種充盈感，是以他的生命在迅速損耗爲代價的！

歌舒長空沒有意識到這一點，功力空前充盈的感覺使他再度豪氣大增！一聲長嘯，歌舒長空未曾有任何動作便凌空斗然轉身，如天馬行空般向尹歡狂襲而至。

眾人駭然發現在歌舒長空身側飛舞的血霧此時已幻化爲一個陰陽太極圖案，且越來越清晰。

對此，歌舒長空一無所知。

飛速逼近尹歡之時，歌舒長空倏覺喉頭一甜，鮮血如不可抑止的噴泉般自他口中不斷湧出，並立即在無形勁氣的衝擊下化爲血霧，情形駭人。

「我好像吐血了?不過這又有什麼關係?我一定能殺了這小子……」

此念如電般閃過歌舒長空腦際的同時，他身側的血色太極圖突然逆射而出，奪目紅光猶如一輪血紅的太陽突然出現在大殿中，無人能與之正視！

一個完美無缺的血色陰陽太極圖不可思議地呈現於歌舒長空身側，並以非言語所能形容的方式與速度向整個空間擴展。

石敢當駭然色變，失聲呼道：「無窮太極！」

不錯！歌舒長空終於在雙臂盡殘時，達到了他一直夢寐以求的無窮太極之境！

太極氣勁飛速向每一個方向、每一寸空間延伸，並無駭人之氣勢，卻在看似平和的延伸中予周遭的一切都產生了毀滅性的衝擊。

與歌舒長空挨得最近的幾名乘風宮內侍，在各自身體各不相同的部位突然有鮮血如箭標射，幾人同時仰身倒跌而出，或死即傷。

大殿的石柱突然攔腰閃現一道火星，旋即轟然折斷。無窮太極之威力，已完全超出人的想像！

在極短的剎那間，戰傳說、石敢當、爻意、伯頌父子三人、貝總管……所有人的思緒都出現

了剎那間的中斷。

旋而齊齊醒悟過來，急忙提聚內力，與殺人無形的太極氣勁相抗衡！每個人都確信尹歡必死無疑！而尹歡亦已明白這一點。

歌舒長空的無窮太極氣勁似已非人力所能與之抗衡，尹歡第一次感到了徹底的絕望。

此時他所能做的，唯有以鎮定與漠視去迎接死亡的到來，即使是死，他也不願讓自己的死亡爲歌舒長空帶來更多勝利的喜悅，他決不會讓歌舒長空在他身上看到絲毫的驚懼！

驀地，他的視野中突然多出兩道人影，自兩個不同的方向如鬼魅般暴然閃現。

不速之客是從兩個不同方位的窗中疾穿而入的，只是混亂中，誰也未能看清整個過程。當眾人的視線捕捉到那兩道人影時，他們已以一往無回之勢，向無窮太極氣勁最強的核心處怒射而去！

難道竟有驚世高手插手此戰？

「轟……」一聲震天動地的巨響，那兩道身影與無窮太極氣勁悍然接實，立時勁氣四溢，如排山倒海般四向橫溢。

血色無窮太極的完美圖案竟被衝擊得潰不成形！

但同一時刻，那兩道人影亦突然間粉身碎骨，化作片片血肉四向激射，屍骨無存！

兩個活生生的人在剎那間就此從世間煙消雲散。未等眾人看清更多情形，大殿在獨特無匹的無儔氣勁的衝擊下，再也不堪承受，轟然倒下。

巨大的倒塌聲瞬間淹沒了一切，眾人除了自保外，誰也無暇顧及其他。

圍在大殿四周的乘風宮侍衛猝不及防之下，被大殿倒下的驚人氣浪衝撞出老遠，跌落於地。而僥倖離得稍遠一些的人，則愕然望著在磚石紛飛、塵埃漫天中，有人影紛紛如驚鴻沖天般掠起！

半晌過後，塵埃終於落定。宏偉的大殿此時已成一堆廢墟，如鐵銹般微甜的血腥味與土石氣息混雜在一起。

大殿倒坍後，斷柱殘樑壓傷壓死了十幾名普通的坐忘城屬眾，他們只是負責爲今晚的宴席服務之人，大半根本不諳武學。而在大殿坍塌前就已受傷倒地之人，更是難以避過這滅頂之災，除了少數幾人在一眾高手相助下逃脫性命外，大多當場斃命，屍體亦被擠壓得變了形。本是一片歡聲笑語、熱鬧非凡的正殿，突然間猶如修羅地獄，慘不忍睹。

小夭駭然望著眼前血腥的一幕，幾疑置身夢中。這時，有人一把拉住了她，小夭回頭一看，卻是她的婢女，亦即曾與她一同出現的年約十三四歲的青衣少女，名爲阿碧，是小夭的貼身婢女，不過小夭從不將她視作下人，兩人親如姐妹。

在小夭赴宴之時，阿碧並未跟隨入殿，當她聽說小夭所在的大殿在激戰中倒坍時，立時跌跌撞撞地向這邊跑來，直到見了小夭後，她懸著的一顆心才一下子落地，便一把拉住了小夭，眼淚「嘩」地流了出來。

小夭見阿碧如此，心知她是擔憂自己的安危，不由很是感動，本想勸慰對方幾句，不料在這種情形下，她的諧趣開朗全都跑得無影無蹤了，連一句話也說不出來。

這時，十幾名乘風宮侍衛才似乎從噩夢中驚醒過來，立時「呼啦」一下在小夭身旁圍成一個圈子。

貝總管神情凝重，在大殿倒塌後，他甫一離開險境，就立即向乘風宮侍衛發出一個又一個的命令，顯得冷靜而有條不紊，指揮若定。在貝總管的影響下，人心漸定。

戰傳說、石敢當、爻意三人自是安然無恙。

大殿倒塌之後，戰傳說與石敢當最關心的就是歌舒長空與尹歡的生死如何，他們已知道在歌舒長空與尹歡之間的仇恨是生死大仇，絕無妥協的可能，壓抑得越久，就越發沉重，生死之戰的到來只是時間遲早問題，而今夜伯頁子則恰好成了引發這一場殘酷之戰的引子。

但二人畢竟與尹歡、歌舒長空曾一同自隱鳳谷脫險而出，直至今夜，也算有過一段時間同舟共濟。戰傳說、石敢當心照不宣，各展身法在廢墟中匆匆尋找尹歡、歌舒長空，一時卻毫無收穫。

這時，有人匆匆趕來稟報，說在大殿倒塌的那一刻，坐忘城幾個方位的刁斗上的守衛都看到有人影自這邊向城北方向飛掠而去，此人身影顯得十分臃腫，很可能是攜帶著另一個人，但縱是如此，此人去速之快，仍是駭人聽聞！刁斗上的守衛尚未來得及決定是否傳警，此人已自城北消失。

貝總管聽得稟報後，眉宇緊皺。

石敢當失聲道：「難道，有人救走了尹歡?!最後關頭，老夫見兩個人影自窗外射入，本以為是宮中內侍出手對付歌舒長空，但能將無窮太極擊得潰散，實非常人所能做到，後來那兩人爆體而亡，也證明了這一點。如此看來，莫非是有超乎我等想像的世外高人竟擲出這兩個人擊散無窮太極，然後救下了尹歡，並將之帶走了？」

此言一出，聞者皆驚！都在思忖有什麼人能有這等曠世修為，不但能在歌舒長空滅天絕地般一擊前救下尹歡，且在坐忘城中來去自如，神鬼莫測！

但石敢當所說的一番話顯然不無道理，對最後一幕，戰傳說、貝總管、四大尉將等修為最高者都看得分明。

這時，又有乘風宮侍衛向貝總管稟報：「稟總管，宮中侍衛七死七傷；婢女六死一傷；樂工

四死兩傷；廚子死去一人。」頓了一頓，又補充道：「另有兩名侍衛兄弟是守護於殿外，本不應會有事，但現在他們卻已不知所蹤，卻有弟兄在大殿廢墟中找到了他們的腰符，此事十分……蹊蹺。」

貝總管嘴角微微抽搐了一下，聲音低沉地道：「他們已……殉職了。」他的目光不再停留在廢墟中，而是投向遙遠的天邊，眼神複雜。

戰傳說、石敢當當然明白貝總管此時的心情，由此人稟報的情況來看，顯然將歌舒長空的無窮太極衝得潰散的就是兩名「失蹤」了的侍衛，不過，他們一定是在被人制住後擲入殿內的。憑藉一擲之力，竟能擋下歌舒長空氣勢如虹的無窮太極，可想而知此神秘人物身具何等絕世修爲。

但此人又爲何要救下尹歡？

忽聞廢墟中央數人齊聲驚呼，幾個正在廢墟中尋找不幸遇難者屍體的侍衛不約而同地倒退了幾步。

人群閃開的地方，赫然可見一個奇形怪狀的人影自斷瓦木屑中一下子站立起來。

戰傳說不由低聲驚呼：「他……還活著？」

「他」，自然是指歌舒長空！

不錯，歌舒長空的確還活著，但此時此刻，他原有的偉岸如山、凌然超絕的氣勢，唯我獨尊的霸氣都已蕩然無存。

短短的時間內，他的身形竟已變得枯瘦，臉部更是消瘦得可怕，加之失血過多，他的臉上已沒有一點血色，形如骷髏；雙眼亦是一片暗淡，毫無光澤。

就在戰傳說驚呼聲落下之時，歌舒長空突然如被伐倒的朽木般向前撲倒過去。

樂土域內共有六大要塞，分別爲西方的須彌城、東方的卜城、北方的九歌城、南方的坐忘城，及在京師與卜城之間的九疇關、風占關。

西方的須彌城是針對異域廢墟所設的要塞，異域廢墟顯然歸屬大冥樂土，但大冥樂土對廢墟仍是充滿了警惕戒備，加上廢墟四周數百里皆是荒漠，人煙稀少，故大冥樂土寧可將西方的要塞後撤數百里，而未將異域廢墟囊括入內。

大冥樂土將須彌城經營成與坐忘城相同級別的要塞重城，恰好顯示出大冥樂土對異域廢墟既有所顧忌，又不願放棄的心態。

但異域廢墟的存在對大冥樂土而言，並非僅僅是有弊無利。正是因爲有異域廢墟的存在，與大冥樂土西方相鄰的蒼穹諸國才與大冥樂土相安百年，因爲諸國皆知雖然大冥樂土西方都是陸

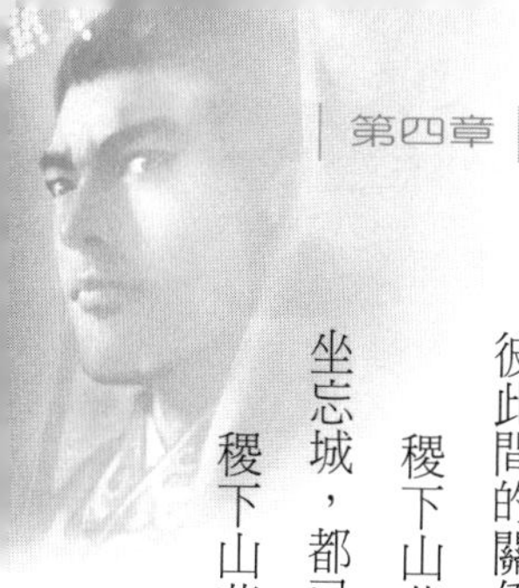

域，並無江海，但異域廢墟卻是一道比江海更難逾越的天塹！

而坐忘城所面對的則是蒼穹諸國中勢力相對薄弱的阿耳四國，阿耳四國皆尊奉在他們傳說中可以駕馭萬靈、擁有草木山川賜予的無窮力量的阿耳大神，就如同千島盟對天照神無限尊仰一樣。

只是，雖然他們共同信奉著阿耳大神，卻又各自聲稱自己奉行的才是真正的阿耳大神的旨意，爲此阿耳四國爭執不休，乃至征伐不斷，四國的力量因此而大大消弱。所以從某種意義上說，坐忘城是大冥樂土六大要塞中面臨壓力相對較小的要塞。

大冥樂土一直視千島盟爲最大隱患，所以在京師以東一帶部署了三大要塞，九嶹關、風占關、卜城。大冥樂土與千島盟隔海相望，而卜城與海岸相距不過十里，自是防禦千島盟的第一堅盾！

除六大要塞之外，大冥樂土尚有不少武門，各武門與六大要塞如狼牙交錯，勢力相互滲透，彼此間的關係也是有捨有分，有戰有和，其中之錯綜複雜，絕非外人所能知悉。

稷下山莊向東北方向兩百里就是卜城，向西兩百里則是坐忘城，但此處無論是對卜城，還是坐忘城，都已是力所難及之地。

稷下山莊莊主東門怒便是利用了這一點，以稷下雙峰爲中心，建立了自己的一份霸業！方圓三十里之內，東門怒可謂是說一不二的人物。

但東門怒又是一個很識趣的人，他似乎沒有什麼野心，至少即使有野心，他也從未顯露出來。他對自己能在稷下雙峰方圓三十里內呼風喚雨已感十分滿意，從來不會試圖把觸角伸得更遠，因爲他知道一旦惹怒了坐忘城或卜城，他的稷下山莊將會很快灰飛煙滅。

因爲東門怒識趣，所以這一帶總是比較安寧。因爲安寧，所以就有不少曾經是十分顯赫的人物願意前來稷下山莊，他們多是一些覺得名聲、權勢帶給他們的唯有痛苦與累贅的人物。

對這樣的人進入稷下山莊的勢力範圍，東門怒不會有一絲怒意。他是一個聰明人，知道這種人的進入對稷下山莊並不會不利，更重要的是，他尚沒有能力拒絕。所以稷下山莊一帶常常會有一些看似貌不驚人，其實卻有著不尋常來歷的人。

這樣的地方，總是會發生一些有趣的事情。

稷下山莊西北方向有一條河，在離稷下雙峰二里外的地方與稷下雙峰擦身而過。這條河太小太不起眼，以至於它連名字都沒有。

小河是自西向東的流向，順著小河逆流而上，不過四五里路就會進入一個山坳，小河的源頭便是山坳中的兩眼泉水。

山坳中竟有四戶人家，四戶人中有三戶是獵戶。對於稷下山莊莊主東門怒來說，除了秋末會有人告訴他「兩眼泉」送來幾張上等的獸皮時，也許他會記起在他的勢力所及之地還有這麼一個不起眼的地方外，其餘的時間都會將之忽視。

以「兩眼泉」作爲稱呼，也是東門怒信口拈來順口稱呼，漸漸地便被眾人所習慣接受。

「兩眼泉」除了三戶獵戶之外，剩下的只有一個形影相弔的老者。

老者雖然不狩獵，但卻也是終年出沒於山林之中，常常是晝出夜歸，行蹤不定，平時與三獵戶也極少交往。他就如同「兩眼泉」的一個幽靈，讓人難以捉摸。除了知道稱其爲南伯外，外人對他的身分來歷皆一無所知。

南伯獨居一間木屋，其性情十分孤僻，從不願讓外人進入他的木屋，而木屋門窗更是終年緊閉。

他的木屋常常有奇異的氣味飄出，有時奇香無比，有時卻又奇臭無比。當然，有時會有硫磺的氣味，那是南伯在替三家獵戶將獸皮鞣製成上好的熟皮革之故。南伯能夠將每一張獸皮從獸體上極爲完整地剝下來，所鞣製的皮革亦是完美無缺，每年送到稷下山莊莊主東門怒手中的獸皮，都是出自南伯之手。

而替其他獵戶做這些事也是南伯主動請纓的，並且不需要獵戶任何補償。雖然這一舉止是那麼的匪夷所思，但南伯的手藝卻又實在讓人找不到拒絕的理由。起初還有人擔心南伯會暗中做手腳以次充好，後來發現這一擔心實是多餘。

秋末，正是狩獵的好時機，林中的走獸經歷了春與夏的滋養，已是膘肥毛厚，幾家獵戶早早地進山了。

南伯的木屋依舊門窗緊閉。

此時，通向山坳中的唯一一條山路上，出現一個年輕人的身影，身材挺拔，背負著兩個行囊，向這邊而來。

走近後，年輕人站定仔細地打量了一番四周的環境，然後徑直向南伯的木屋走去。

「咚，咚，咚。」年輕人叩響了南伯的木門。

屋內一陣「嘶嘶嘶」的響聲後，又靜了片刻，方聽得「吱呀」一聲，木門被拉開了。但只拉開了少許，僅能容一人側身進出。

門內探出一張極為消瘦的老者的臉，瘦得讓人不忍正視，頭髮也稀稀落落，半黃半白，猶為顯眼的是他的臉色極為異常，竟是臉泛青色，一眼可以看出他患有重疾，他就是南伯。

南伯乍見門外的年輕人時，目光猶如黑夜的火星般一閃，但瞬間即逝，隨後一言不發，縮回身去，立即要把門掩上。

但年輕人卻已搶先把一隻腳伸入門中，使南伯沒能及時把門掩上。南伯看了年輕人伸入門中

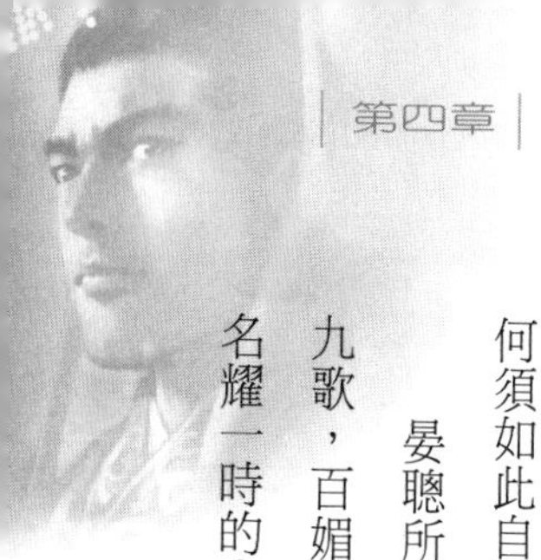

的左腳，就如同看到的是一條毒蛇般，眼中掠過不安之色。

這時，年輕人道：「前輩，在下晏聰，想請前輩助我一臂之力。」

南伯長長地嘆了一口氣，顯得萬般無奈。但他卻道：「是有獸皮讓老漢鞣製嗎？」

晏聰笑道：「獸皮沒有，人皮倒有一張。」

南伯的身了一震，臉上的表情就像是被人重重地砍了一刀。半晌，他才顯得極為吃力地道：「你——進來吧。」

屋中除了瀰漫著一股濃濃的硫磺氣味，以及家什過於簡陋外，這間木屋並無奇特之處。

晏聰很恭敬地向南伯深施了一禮，「不得已驚擾前輩清修，望前輩恕罪。」

南伯在一張十分寬大的椅子上坐下，他的身材太瘦，以至於讓人感到他整個人是完全埋在了椅子中。他道：「老漢行將朽木，不知能替晏公子出什麼力？」

「二十年前，南許許南前輩的大名之顯赫，並不在『一笑九歌，百媚千癡』之下，南前輩又何須如此自謙？」晏聰如一杆槍般站立著，雙手交疊於身前。

晏聰所說的並無誇大其詞，若僅論武學修為，南許許的確不如被譽為四大武道巔峰的「一笑九歌，百媚千癡」，但博取名聲並不是只能依靠武道修為。南許許就是一個不以武學見長，卻曾名耀一時的人物。

南許許所學極廣，而且多走偏途：醫卜星相，釀酒烹飪，易容改裝，賭博騙術……以其無窮無盡的好奇心以及罕見的智慧，在所學的諸多方面，南許許皆有獨樹一幟的成就，而使他名揚大冥樂土的，則是他已臻神境的醫術與易容術！只是南許許的醫術可謂是刀走偏鋒，有時下藥奇想迭出，匪夷所思，被人視作「藥瘋子」！

比他在用藥方面更瘋狂的是他對奇症異病的癡迷，一旦聽說某人患有奇症，南許許必千方百計讓此人答應由他醫治，爲此甚至不惜予病人以重金相求。

正是因南許許對醫道有近乎瘋狂的執著，才使他最終沒能成爲受正道萬眾敬仰的人物，反而成了世人眼中一代異邪。

其中最讓樂土正道不能釋懷的，就是當年他爲九極神教教主勾禍療傷一事。

當年正是九極神教勢力最爲強大之時，樂土因九極神教而戰禍連天，人人自危，各族派不堪忍受！樂土武學四大聖地大羅飛焚門、九靈皇真門、元始宗壇、一心一葉齋中的九靈皇真門的傳人乙弗弘禮挺身而出，入世除邪扶正。

乙弗弘禮先向不二法門元尊討得「真如法檄」，以此召集天下各族派。尊仰不二法門者數以萬計，除九千修持弟子外，尚有雖未成爲修持弟子，卻甘爲元尊效命者不少於十倍於修持弟子的數目。

這些人佈散在各族派中，乙弗弘禮得到不二法門的「真如法檄」，其意義之重大可想而知，一時間，乙弗弘禮一呼百應，其中不少如六道門這樣的正道族派傾力相助，加上乙弗弘禮乃四大聖地的傳人，其修爲已臻通神化境，故九極神教的氣焰漸漸被壓制。

九極神教教主勾禍不甘心就此落敗，欲憑藉自身不世修爲力挽頹勢，於是單獨挑戰乙弗弘禮。乙弗弘禮慨然應戰！

一場驚世決戰後，勾禍與乙弗弘禮雙雙身受重創，其中勾禍傷得尤爲嚴重，被乙弗弘禮以「九靈氣劍」切斷全身所有經脈！儘管最終勾禍被其屬下拚死救下，但世人皆堅信勾禍不出數日必亡無疑。

但與乙弗弘禮並肩作戰的六道門當時的門主文過非卻提醒眾人：雖然勾禍傷勢極重，但只要有一個人願出手爲勾禍治傷，那麼勾禍就有保全性命的可能，此人就是「藥瘋子」南許許！

一語提醒了乙弗弘禮等人，當下各路人馬齊出，尋找南許許，只要將南許許控制一些時日，勾禍就在劫難逃，不料南許許竟不知所蹤！

乙弗弘禮等人頓感不妙，於是立即調集各族派人手，全力圍攻九極神教，以免萬一勾禍死裏逃生後又東山再起。

但未等九極神教覆滅，勾禍在受傷後第十三天，竟完好無損地重現樂土，「九靈氣劍」所留下的致命傷勢竟已痊癒。而這時正道各族派亦探知將勾禍斷脈重續救其一命的人，正是南許許！

更匪夷所思的是，並非九極神教的人請南許許為勾禍續脈療傷，而是南許許向九極神教教主自動請纓。

得知此事後，眾皆大嘩，對南許許頓生切齒之恨。

正是因為勾禍劫後餘生，九極神教弟子大受鼓舞，士氣大振，本已奄奄待斃的九極神教得以再苟存兩載春秋，為此不知又添多少亡魂。

也許南許許亦知救了勾禍後再難為樂土諸多族派所容，在世人得知是他為勾禍療傷後不久，南許許便如水汽蒸騰般消失不見，從此再也不曾有人見過南許許的身影。

南許許的易容術與他的醫術一樣神奇莫測，要想將他找出，無異於大海撈針。隨著九極神教的最終覆滅，世人對南許許的怨恨仇視之心也漸漸地淡了。

可誰會料到，曾一度為樂土武界共所矚目的「藥瘋子」南許許，會隱身於這連個正式名字也沒有的地方！

晏聰的話對「南伯」的震動似乎很大，他的臉頰也似乎更消瘦了。沉默了良久後，他才苦笑一聲，「年輕人，是什麼人為你指引這條路的？」

他的話無疑等於承認了自己就是「藥瘋子」南許許！

晏聰很恭敬地道：「是南前輩一位相熟的人。」

南許許的笑聲就如同拉動著一隻已破漏了的風箱時所發出的聲音，沙沙作響。也許因為他太瘦了，以至於發笑時，整個身子都抖動起來，似乎此時他所遇到的是天底下最好笑的事情。

但他的笑卻讓旁觀者感到極為吃力。幸好南許許總算停止了這讓人感到不適的笑，他望著晏聰，正色道：「年輕人，你知不知道這世間有一種人是根本不會有熟人的？」

晏聰道：「是嗎？」

「當然！」南許許很嚴肅地指了指自己，接道：「就是我這樣的人，因為在我的記憶中，我這輩子都極少與他人共處三天以上，而且我在世人面前出現時，模樣至少曾有一百多種！有時候，連我自己也記不起我的本來面目是什麼模樣了。」

「我相信前輩所說的，但這豈非也等於說，畢竟前輩還是有幾位熟識之人的，只是很少而已。」晏聰道。

南許許搖了搖頭，「沒有了，因為有限的幾個與我共處較多的人都死了，比如老夫的父母以及師父，他們都在老夫還只是如你這般年輕的時候就死了。」

說到這兒，他忽然有些神秘地壓低了聲音，接道：「你知道他們為什麼會那麼早便去世嗎？」

晏聰怎會知道？但晏聰卻點了點頭，「據說他們都是在病後服了你的藥而亡的。」

南許許奇怪地上下打量著晏聰，「正是如此。當時老夫只是想讓他們的病能儘快痊癒而已，所以下藥下得比較重，比較……獨特。」

晏聰心中嘆了一口氣，暗忖：「若非如此，你也就不會被世人稱做藥瘋子了。」

只聽得南許許接著道：「所以，你想請老夫相助，也許並非是明智之舉。」

晏聰笑了笑，「其實前輩曾經的熟人並非全已不在人世。」

南許許「騰」地坐直了身子，直勾勾地望著晏聰，半晌，他復又無力地向椅子中仰倒，緩聲道：「老夫比你心中更有數。」

晏聰像是沒有明白南許許的話般自顧接著道：「比如，前輩應有一個顧姓的熟人……」

他的話尚未說完，南許許已如彈簧般自椅中一蹦而起，急切地道：「是——顧浪子?!」他的眼中有著異樣的光芒，顯得極為激動。

晏聰含笑點了點頭。

南許許忽然道：「顧浪子不是老夫的熟人——他是老夫的朋友！」

能成為南許許這等奇人的朋友的人，其本身多半也是奇人。而在世人眼中早已死去多年，但

事實上卻還活著的人，當然多半是奇人，比如顧浪子。

南許許興奮之餘，忽然想起了什麼似的，有些不安地道：「他……真的還活著？他不是被梅一笑失手殺了嗎？」

晏聰道：「在下就是他的弟子。」

南許許又是一呆，隨即在屋中來回踱了幾遍，方喃喃自語道：「不錯，他決不會是那麼容易死去的人，我早就應該想到這一點，就像我一樣，我也是一個不容易死去的人。」

他總算停下了腳步，望著晏聰道：「一個人若是一口氣喝下二十斤劣質烈酒也未醉死，這樣的人當然是不易死的，就像老夫曾一口氣服了三兩砒霜也沒有死一樣。我與你師父都是屬貓的，有九條命，不同的是，他是醉貓，我是藥貓！」

他一口氣說了這麼多，也許因爲太激動了，以至於本就泛青的臉色此時顯得更青了。

晏聰這才取下他所背負著的其中一個行囊，放在木屋中一張搖搖欲倒的木桌上，對南許許道：「這是晚輩奉家師之命設法搜尋到的半斤砒霜，兩瓶鶴頂紅，還有三十隻來自阿耳諸國的大牙蛛，請前輩笑納。」

南許許驚喜地「哦」了一聲，隨後嘆了一口氣，「看來顧浪子果然還活著，也只有他才知道我南許許身中奇毒，除了以毒攻毒外，再也無藥可救。你送來的這些毒物，可讓我再多活兩年。」

此時他似記起了晏聰的來意，接道：「說吧，有什麼事是我這把老骨頭能幫上忙的？」

晏聰取下他的第二個行囊，「晚輩需要前輩幫我查清一個易過容的死者生前的本來面目。」

說話間，他將第二個行囊輕輕地放在了桌上。

南許許看了那個行囊一眼，「是一顆首級？」

晏聰點了點頭。

南許許又道：「死者生前竟曾用改變臉部肌肉的方式易過容？」

晏聰道：「至少在我看來是如此。」

南許許顯得有些吃驚地道：「沒想到樂土還有如此高明之人！實不相瞞，老夫雖然被世人視爲易容高手，但這種易容手法，老夫至今也只有六成成功的把握。而且，這還是這二三十年來潛心苦練的結果。而當初與你師父相遇的時候，則最多只有一成的成功可能。」

晏聰心道：「難怪師父不曾懷疑這是你的佳作。」

南許許小心翼翼地將裝有首級的行囊打開，他望著這顆首級的目光，就像是在欣賞著一件珍美的藝術品，臉上顯出驚訝與讚嘆的神情。久久地陶醉其中後，南許許方才長吁一口氣，道：

「幾近完美無缺，老夫……自嘆弗如！自嘆弗如！」

晏聰道：「也難怪前輩如此讚賞，此人生前幾乎讓天下人都受騙上當。」

「哦？」南許許頗感興趣地道：「死者生前究竟易容成了什麼人？你又為何要將他本來面目設法揭開？」

晏聰遲疑了一下，「這個……此事關係重大，前輩既有退隱之心，若是知道此事，恐怕將來會被牽連，從此再難在此安居。」

南許許看出了晏聰的為難之處，便道：「也好。老夫年輕的時候就料定往後必會有朝不保夕的日子，所以早早地就為自己設好了六條後路，而此處就是六條退路之一。後果不出我所料，不知有多少人恨不能將我除去而後快。這六條退路中，另外五條退路都僅能讓我安定兩三年就無法繼續容身，唯有這條退路讓我容身最久。這六處棲身之地我只告訴過你師父一人，當時我與他戲言，往後誰不能在武界容身，就由誰利用這六條退路，結果是我自己用上了。後來傳出你師父被梅一笑所殺的訊息後，我還曾想他為何不早早與我一道結伴隱於世外？現在看來，你師父比我更技高一籌，他是借死隱身，可謂神不知、鬼不覺。」

說到這兒，也許想到自己與顧浪子都曾有過輝煌歲月，如今卻又都不得不以不同的方式隱姓埋名，苟且偷生，不由嘆了一口氣。

晏聰猜出了南許許的心思，便寬慰他道：「我師父曾說過，只要我真的能在前輩告訴過他的六處棲身地中找到前輩，那麼他一定擇時前來與前輩共聚。」

顯然，這一番話對南許許頗為有效，只見他臉上的陰鬱一掃而光，搓了搓手，又用力地搓揉了幾次臉部，「此地雖然偏僻，但仍不可不先有所防備。你就守在這兒，將門閂好，無論什麼人敲門，或喚我，都無須理會，除非——有人強行闖入。」

晏聰留意到南許許的雙手白皙、修長，甚至光潤，上面沒有一點老繭，顯得靈巧無比。他的手與他的臉反差那麼大，以至於顯得有些詭異。但晏聰只看了一眼，便錯開了目光。

南許許提著盛有白衣劍客首級的行囊，推開一扇漆成黑色的門，走了進去，隨後反手將門掩上了。

屋子裏只剩下晏聰，以及一屋的硫磺氣息。晏聰獨自一人在屋子中緩緩踱步，一遍又一遍地來回走著，似乎永遠也不會疲憊，彷彿他不知道屋中的幾張椅子雖然簡陋，但還是可以讓人歇息的。

事實上，自進入木屋後，他就一直沒有坐下，而是如同一杆標槍般站立著。

第五章　皇影武士

歌舒長空竟沒有死，而是在石敢當、戰傳說等人的一番救治下活了過來。

這幾乎是一個奇蹟！

但此時的歌舒長空已幾近廢人。這不僅是指他的雙臂皆廢，同時也因爲僥倖保住性命後的歌舒長空已喪失了原有的登峰造極的功力。

在身受重傷且體內潛有毒素的情況下與尹歡殊死一戰，幾乎耗盡了他所有的生命力，一旦連他的無窮太極也被來歷不明的神秘人物擊潰後，他便再也無法支撐！

尹歡聲稱歌舒長空所中的毒無藥可解，其實是疑兵之計。他只是要讓歌舒長空因此而心神慌亂，如此一來，他取勝的機率就更大了。絕世高手交戰，任何一點影響也許就會成爲分判生死的關鍵籌碼！

在這一點上，尹歡無疑把握得極好，所以他能在自己武學修爲遠不及歌舒長空的情況下取得如此戰績。

小夭與貝總管考慮到歌舒長空擊傷了南尉府伯頌之子伯簡子、伯貢子二人，即使伯頌寬宏大度不計前嫌，石敢當等人也會心懷不安，便婉言將石敢當等人留在了宮中。石敢當、戰傳說等人當然明白小夭與貝總管的一番好意，也未多加拒絕。

貝總管爲歌舒長空召來了乘風宮中幾名醫術頗高的郎中，當郎中斷定歌舒長空所中的毒並非無藥可解時，貝總管立即責令他們馬上施救，而石敢當則以「星移七神訣」之逆訣相助。到了將近天亮時，歌舒長空如紙一般的臉上有了一絲血色，本是極爲微弱的脈搏也漸漸變得明顯了。

幾個郎中見歌舒長空已傷至如此，卻還能活下來而大爲驚愕！他們卻不知歌舒長空在酷寒無比的地下冰殿與世隔絕近二十年，就等於經歷了近二十年如煉獄般的磨礪，其體骼異稟，生命力之頑強已遠勝常人。

在歌舒長空生死未卜時，石敢當心無旁騖，一心只想將他救治；當歌舒長空已生存有望時，石敢當的心情卻不僅是鬆了一口氣那麼簡單。

戰傳說、爻意、小夭、伯頌一直都未離開，對伯頌能留下來，戰傳說感到有些意外。同時他也明白了以石敢當與伯頌在武界中地位的差別之大，卻能成爲至交好友的原因。可惜伯頌次子伯

貢子的言行卻差強人意，遠遠無法與其父相提並論。

見歌舒長空已無大礙，石敢當便勸眾人回去歇息。小夭、伯頌相繼離去之後，屋內只剩下戰傳說、爻意與石敢當了，連貝總管召來的幾名郎中也到外屋休息了。

石敢當看著幾乎整個身子都被包紮起來的歌舒長空，嘆了一口氣，「老夫在隱鳳谷中就已預感到他們父子二人之間必然會有一場爭鬥，時間一定是在歌舒長空自冰殿脫困後。因爲他們父子二人都有極大的雄心，尤其是歌舒長空！加上尹歡並非他親生之子，所以一旦自地下冰殿脫困而出，他所做的第一件事，一定是要重新登上隱鳳谷谷主之位，但尹歡卻不會輕易放手，一番爭奪在所難免——只是卻不知他們之間除此之外，另還有更可怕的怨恨！

先前老夫對尹歡一直頗爲不滿，認爲無論他與歌舒長空是否有隙，也不應遷怒於尹恬兒身上，畢竟這孩子與他們的權力之爭毫無關係。直到今日老夫才明白，在尹歡心目中，他與歌舒長空之間已根本不僅是權力之爭，而是不共戴天之仇！他與尹恬兒的貌合神離，也就可想而知了，唉……隱鳳谷變故迭起，尹恬兒竟不知所蹤，也不知是生是死！歌舒長空的野心不知牽累了多少人，隱鳳谷三百餘弟子、十二鐵衛、他的親生女兒……也許，他落得今日結局，也是因果報應吧。」

戰傳說道：「尹歡被人救走，歌舒長空也活了下來——他們之間的仇恨，也不知什麼時候才是真正了結之時。」

石敢當苦笑一聲，「也許，他們父子二人若有一人戰死，也未嘗不是一件好事。無論是歌舒長空還是尹歡，恐怕一生之中都少有輕鬆之時，一個為野心所累，一個為仇恨所累。」

爻意還是第一次聽說尹恬兒的名字，便向戰傳說詢問。

戰傳說搔頭道：「其實我也只知她是尹歡的妹妹，歌舒長空的女兒，後來在驚怖流攻入隱鳳谷後，就再也沒有見到她的蹤影，至於其他，我與你一樣一無所知。」

心中卻記起自己初入隱鳳谷時，在遺恨湖水舍中尹恬兒使自己大吃苦頭的情景，忖道：「尹恬兒之所以性情古怪莫測，大概與她處於父兄的明爭暗鬥之間有關吧。無論是誰，若是自己唯一兩個親人之間存在的唯有仇恨，時間久了，性情都難免會有所變化。」

「但願她還活著，只是即使能倖存，她也是無家可歸了。父兄徹底反目，她又將何去何從？」爻意幽幽地嘆了一口氣，她如秋水般的眸子中蒙上了一層憂鬱，如同水面上泛起的淡淡的霧。

戰傳說的心為她的目光所觸動了。他隱隱感到，讓爻意觸動的不僅僅是尹恬兒的遭遇，還有她自己與之相類似的遭遇。尹恬兒是處在父兄之間的仇恨中，而爻意則是處在她的父王與威郎的矛盾中。

石敢當道：「將隱鳳谷燒毀的大概是驚怖流的人。在此之前，他們一定在隱鳳谷周邊防守了數日，不讓外人接近隱鳳谷，所以隱鳳谷覆滅的消息遲遲才傳開。」

「他們爲什麼要這麼做？」戰傳說問道。

「他們對有關鳳凰涅槃重現的傳說決不會輕易死心放棄的，當我等離開隱鳳谷後，他們一定會在隱鳳谷大肆搜尋，直到徹底絕望爲止。」

他忽然記起一事，又道：「他們燒毀了隱鳳谷，那豈非連歌舒長空隱藏在隱鳳谷中的所謂的『太隱笈』也一併被燒毀了？」

經石敢當這麼一說，戰傳說也記起了這事，他神色微變，脫口道：「太隱笈一定未被燒毀！」

「爲什麼？」石敢當與爻意不約而同地問道。

戰傳說道：「因爲『離漆詠題』已逃離坐忘城，而他又是一個『太隱笈』的知情者！」

石敢當恍然道：「不錯！無論此人是由驚怖流中人易容成的離漆詠題，還是離漆詠題本就是驚怖流打入隱鳳谷的臥底，在得知太隱笈的秘密後，他一定會設法找到太隱笈，然後才放火燒了整個隱鳳谷！也就是說，隱鳳谷被燒毀，恰恰證明此人已得到了太隱笈！」

爻意頷首認同，「貝總管之所以能識出歌舒長空與尹歡，也一定是此人有意透露給坐忘城的。尹歡、歌舒長空身爲一谷之主，卻一直沒有將自己的真實身分向坐忘城透露，而今卻被人察覺，再加上隱鳳谷的覆滅，對尹歡、歌舒長空來說，自感無顏在坐忘城立足，從而會儘快離開坐忘城，這正是對方所希望看到的。畢竟在坐忘城中，對方很難對我等再施行有效的追蹤。」頓了一頓，她接著道：「更重要的是，從此尹歡父子的一舉一動都會被世人所注意所議論，驚怖流要追查他們的行蹤，便變得容易多了。」

石敢當心道：「的確如此，一個功成名就、躊躇滿志的人固然引人注目，但一個曾顯赫一方的霸者突然淪落至一無所有，也同樣會引人注目。看來，那『雕漆詠題』殊不簡單！不過大概他也不會料想到，他的這一手段竟會間接引發尹歡與歌舒長空的生死一戰。」

戰傳說道：「所幸歌舒長空曾說過，只有火鳳族的後人才能習練太隱笈，否則其結局就會如歌舒長空一般，唯有委身於地下冰殿中。所以，即使驚怖流得到了太隱笈，也不敢輕易習練上面所載的武學。」

「但願如此。」石敢當道：「否則若是像哀邪這樣的人物依照太隱笈修煉至無窮太極之境，必將是樂土之大不幸！」

無窮太極境界的威力眾人已然見識，雖然只是曇花一現，但其滅世威力卻足以讓人刻骨銘心，永難忘卻！

正說間，忽聞歌舒長空低低地哼了一聲，聲音低得讓聞者疑是自己的幻覺。

三人都聽到了，目光全都移向床榻上的歌舒長空。只見歌舒長空嘴唇翕動了幾下，喉結急促地上下蠕動了幾次後，終於緩緩地睜開眼睛，首先映入他視野中的就是坐在榻邊的石敢當。

歌舒長空的眼中先是閃過疑惑之色，隨後聲音低啞地道：「石……石宗主？」

石敢當無聲地點了點頭。

歌舒長空吃力地道：「尹歡……何在？好像……我曾……曾與他血戰……一場。」

石敢當心頭一震，與戰傳說交換了一個眼神，兩人同時意識到歌舒長空的神志可能已恢復如常！

石敢當以盡可能平淡的語氣道：「不錯，他與你的確曾血戰了一場，你們都受了傷。」

歌舒長空忽然冷笑一聲，「他……絕無法與我……歌舒長空匹敵！我豈不知他早有殺我……之心？能忍耐這麼多年，倒也……不易！」

說到這兒，他仰起頭來，身軀略略一弓，就如同常人欲自床榻起身時的舉止一般。

但只此一動，歌舒長空驀然神色大變，眼神變得極度絕望與驚惶！他的聲音有些微微發顫：「我……我的雙手在……在哪兒?!難道我……已雙臂盡廢?!」

歌舒長空剛死裏逃生清醒過來後，竟仍是那般不可一世、目中無人，這使石敢當十分不快。

但見歌舒長空驚慟欲絕的神情，不由又心中一軟，「你傷得極重，能保住性命已是萬幸了。」

歌舒長空無力地癱倒榻上，慘笑道：「萬幸？嘿嘿，我已成了廢人，與死何異？在地下……冰殿中，我歌舒長空整整忍受……忍受了近二十年的煎熬，二十年啊！二十年中的每一天對我來說，都是漫長得可怕！但我畢竟度過了這二十年！誰會想到剛重獲自由，我就會成爲一個廢人?!爲什麼?!這是爲什麼?!」

歌舒長空的聲音越來越大，到後來幾乎是在以他殘餘的生命力嘶喊：「我不甘心！我決不甘——心！」嘶喊聲驀地戛然而止，歌舒長空突然狂噴一口熱血，再度暈厥。

晏聰不知疲倦地在南許許的屋子裏來回踱步，時間在緩慢中不知不覺地流走。

金黃色的陽光不知什麼時候起，從門縫窗隙中斜斜地照入木屋中，讓本就顯得過於昏暗的木屋變得明亮了少許，已是黃昏時分了！

門外有腳步聲靠近，隨即外面響起了敲門聲。晏聰停止了踱步，依照南許許所言，未加理會。

木屋外的人竟不再繼續叩門，而是道：「南伯，這隻白狐放在門外了，我只在牠咽喉處射了一箭，大概能剝下一張好皮。」言罷，也不等屋內的人回話，那人便自顧離去了，腳步聲漸不可聞。

晏聰臉上展露出了笑意，他心想：「若是他們知道他們口中的『南伯』是曾讓樂土諸族派對其有切膚之恨的『邪魔』，不知他們會是如何感受？」

正想到此處時，那扇漆成黑色的門「吱呀」一聲開了，南許許從門內走了出來，空著手，顯得有些疲憊。

晏聰忙道：「前輩是否已驗出其本來面目？」

南許許搖頭道：「至少還需一日，現在我只是使此首級成爲一個無血無肉的骷髏而已。唯有這樣，才能不受死者在臨死前容貌的影響，揣摩出與他真面目最接近的容貌！」

晏聰自嘲道：「我太心急了。」

南許許嘆道：「我畢竟老了，又有頑疾纏身，手腳再也沒有年輕時那麼俐落了。」

晏聰忽記起歌舒長空的事，心道：「真是奇怪，隱鳳谷以醫術聞名，歌舒長空卻身患奇症；南許許更是天下奇醫，但竟也被頑疾纏身，這究竟是巧合，還是某種宿命？」

晏聰尚不知所謂的「歌舒長空患有奇症」的真正內幕。

這時，南許許的身子忽然晃了晃，臉上出現極爲痛苦之色，他的整個身子如蝦一般佝僂起來，跌跌撞撞地向那張極爲寬大的椅子走去。他的步子顯得十分吃力，如同醉漢般，讓人擔心他隨時會摔倒。

晏聰大驚失色！

南許許幾乎是一下子撲入那張寬大的椅子中，他的臉部肌肉在以極大的幅度抽搐著，顯得滑稽而又可怖，黃豆般大小的汗珠不斷地湧出，整個身子就如同秋風中的枯葉般簌簌戰慄。

這時，晏聰才明白那張椅子爲何會如此寬大！在這種情形下，普通的椅子根本無法支撐南許許。

晏聰急忙上前，急切地道：「前輩，你怎麼了？」

南許許以驚人的速度伸出一隻手來，因過於突兀，讓人感到那隻手似乎並不屬於正在極度痛苦中的南許許所有，而是獨立地存在著。

那隻手也在抽搐！南許許的喉底發出「沙沙」的聲音，晏聰竭力辨認，終隱約聽出其中有「砒霜」二字。

晏聰頓時醒悟過來，飛速把自己帶來的砒霜取出，又以最快的速度找到一隻碗，將少量砒霜倒入碗中，遞給南許許。

做這一切時，他的心跳如擂鼓，忐忑不安。在將砒霜交與南許許的時候，他還不忘提醒道：「南前輩，你可是要砒霜？」

南許許已無暇應答，一把奪過他手中的碗，就往自己口中倒去。因過於急切，他的牙齒與瓷碗碰得「噹噹」直響，情形駭人！若非晏聰此行之前對南許許已有所瞭解，只怕此時早已毛骨悚然。

南許許的身軀漸漸地不再戰慄，漸漸地安靜下來，就如同曾被暴力狠狠搓揉過的一片葉子，現在總算能將被揉作一團的身子慢慢地舒展開來。

縱是事先已知曉其中情形，晏聰仍爲南許許在服下砒霜後反而恢復過來而深深震愕，久久說不出話來。

不知從什麼地方灌入一陣晚風，吹在了晏聰的身上，他這才發現自己竟已出了一身冷汗。

南許許長長地出了一口氣，無力的聲音微弱地道：「好厲害！難得遇見高明如斯的……易容術，老夫……一時沉醉其中，竟……竟忘了今日已是體內奇毒……發作之期，幾乎因此而……丟了性命！」

晏聰見他已漸漸回復，懸著的心這才落下。他試探著道：「前輩醫術已臻爐火純青之境，難道還有前輩不能徹底化解的毒物？」

南許許不以爲然地一笑，顯得極爲疲憊地道：「物物相剋相生，老夫又豈能例外？」說到這兒，他沉默了良久，忽然又道：「你可知老夫爲何會中此毒？」

晏聰道：「晚輩愚鈍，無法知悉。」

南許許顯得有些神秘又有些感慨地「嘿嘿」一笑，「你也不必自謙了，顧浪子的弟子又豈會是愚鈍之人？不過，老夫身中奇毒的原因，外人的確決不可能想像到。」

晏聰雖性情沉穩內斂，凡事不喜張揚，但卻與所有的年輕人一樣，有著強烈的好奇心。見南許許如此說，他的好奇心頓起，不由道：「怎會如此？」

南許許語出驚人：「這世上會不會有人主動請求他人在自己身上施以奇毒？」

晏聰先是一怔，隨即明白過來，失聲道：「難道，前輩之所以會身中奇毒，是前輩主動讓他人在自己身上所施？」

南許許點頭道：「正是。」

晏聰目瞪口呆！

南許許似乎不想繼續這個話題，他巧妙地轉過話頭：「這樣也好，至少老夫就不會無所事事。否則整整三十年不能拋頭露面，自然也不能行醫煉藥，其滋味定比受這奇毒折磨更不好受！而今只要我體內之毒一日不解，我就不必擔心這一點，至少我仍可想千方百計解我體內之毒！」

晏聰除了怔怔地聽著，已不知該說什麼好了。

南許許自那張寬大的椅子中站起身來，「此劫一過，我體內毒性至少要過三天才會發作，今

夜我可以安心地做你們師徒二人託付我的事了。若無他事，你便在此等候一夜吧。」言罷，他就像是擔心晏聽會追問他如何會中了奇毒般，匆匆拉開那扇漆成黑色的門，閃身而入。

坐忘城乘風宮別園。

暮秋時，菊殘猶有傲霜梅，西風了卻黃花事。爻意獨自徘徊於別園幽徑之中，她的國色天香使瑟瑟秋意中也添了一分暖意。但在她的眼神深處，卻有不盡的憂鬱。

世事變幻，風雲無常。但，這一切與她又何干？

她的神祇，她的父王，她的情人，她的歡樂與悲傷——都在兩千年時光之外。迢迢千里之距，總是可以跨越的，但時間的距離呢？

菊黃菊落，情景恍然依舊。但，看菊的人呢？爻意忽然發現，她竟害怕寧靜。

一聲清咳在她身後響起，爻意驀然回首，見到的是一張親切而俏皮的笑臉。

小夭今天依舊規規矩矩地身著一襲女兒裝，但她卻是背著雙手向這邊走來，且還一步三搖，走近爻意時，冷不丁拉了爻意身旁的鳳凰竹一把，修長的鳳凰竹本是伸至二丈多高，再彎向園中石徑這邊，在石徑的上空彎成了一座綠色的拱橋，被小夭一拉，鳳凰竹上的露珠「沙沙」而落，有幾滴恰好滴入爻意修美玉頸內，突如其來的涼意使爻意不由「啊」地一聲驚呼。

小夭大為得意，「咯咯」而笑，以至於笑得直不起腰來。

在爻意的記憶中，自己是高貴的公主，有無數人寵她敬她，卻從來沒有人敢不分尊卑地與她嬉鬧。以至於面對此情此景，爻意先是一怔，隨後才回過神來，心中竟沒有絲毫嗔怒之意，相反倒感到一種從未體驗過的輕鬆愜意的親密感。

她不由也莞爾一笑，她這麼一笑，竟讓小夭怔神半晌，良久方如夢初醒道：「爻意姐姐是小夭見過的最美的美人！也一定是天底下最美的美人！」

其眼神告訴爻意，這是對方的真心之言。在她的記憶中，不知有多少人讚美過她的驚世容顏，但不知為何，小夭此言卻格外讓她感動，她幾乎是一下子就喜歡上這個比她更年輕的女孩。

想到「年輕」二字，她猛地意識到若說年輕，從某種意義而言，她已決不再年輕，因為她已整整度過了兩千年時光。

思及這一點，她的笑容一下子消失了，臉色變得有些蒼白。

小夭察覺到了，不安地道：「爻意姐姐，妳有什麼不開心嗎？妳的臉色好蒼白。」

爻意忙道：「沒有，大概是因為昨夜直到天將大亮時才入睡的緣故吧。」

小夭點頭道：「也是。爻意姐姐是天下第一美人，武功又高，陳大哥也是英雄年少，待爻意姐姐又很好，爻意姐姐又豈會不開心？」

「陳大哥？」爻意愣了愣方才明白小夭口中的「陳大哥」是指戰傳說，於是隨口道，「他人的確不錯，至於武功……也算……不錯。」心中卻忖道：「與威郎相比，戰傳說的修為就相去太遠了。」

小夭摘下了一片鳳凰竹的竹葉，將葉子折起、展開，又折起、展開……久久不說一句話，直到爻意與她戲言「坐忘城卻只知有美女大龍頭」時，她才如夢初醒般地「啊」了一聲，隨後輕輕地道：「那都是小夭胡鬧之舉，又算得了什麼？」

忽然間，她第一次感到自己平時在坐忘城的言行所為都是那麼的無聊而毫無意義，她甚至有些憎厭自己！小夭下意識地又扯下了一片鳳凰竹葉。

這時，迎面走來一人，小夭被其腳步聲所驚動，猛一抬頭，卻是戰傳說。此時他已走至別園西側的拱形門前，正面帶笑容望著她這邊。

小夭心中的不快忽然煙消雲散，臉上竟浮現出一團紅暈，正待開口，戰傳說已先道：「爻意姑娘原來是與小夭姑娘在一起。」

小夭話到嘴邊硬生生止住了。

爻意看出戰傳說大概是有事與她商議，便道：「是否是石宗主有事相商？」

爻意猜得沒錯，戰傳說的確是有事情要告訴她。而他從爻意的話中也聽出她不但明白了他的來意，而且還有意說成是石敢當有事相商，這樣既可以隨戰傳說離去，又不至於讓小夭有被冷落的難堪。

戰傳說很是佩服爻意的機敏，點頭道：「正是。」

爻意便又對小夭歉然道：「爻意失陪了。」

小夭道：「爻意姐姐請便。」

戰傳說與爻意一道離去前，還不忘向小夭施禮告辭，小夭也笑著還了一禮。

當戰傳說與爻意的身影消失在拱形門口時，小夭還怔怔地望著他們身形消失的方向。

忽地，她感到自己的右手手指突然火辣辣地微痛，低頭一看，卻是一不留神間，那片竹葉割破了她的中指，如極小的紅色珍珠般的血珠從傷口處慢慢滲出。

小夭怔怔地望著手指上的傷口，心中一片茫然。

她心中自問：「竹葉怎麼能割破手指？它那麼的柔軟……」

莫非，就如同許多看似柔軟如風的東西，卻常常能叩醒人最深處的心靈？

戰傳說在一僻靜無人處對爻意道：「妳可記得當妳我與晏聰遭遇時，曾聽到左近有人語聲？」

爻意點頭道：「當然記得。」

戰傳說道：「他們的確是坐忘城派出去尋找我們的人，但最終他們並沒有返回坐忘城。」

爻意吃驚地道：「直到現在也未返回坐忘城？」

戰傳說聲音低沉地道：「他們已在那片林子中被殺害。」

爻意大感愕然。

戰傳說若有所思地接道：「現在看來，他們自然是妳我折返坐忘城之後遇害的，他們屍體被發現的地點，就在白衣劍客被殺地點的附近。事情的經過也許是當我們與晏聰三人離開後不久，坐忘城的人便已趕至，當他們發現屍體失蹤後，一定會大吃一驚，所以他們也許會在周圍尋找白衣劍客的屍體，正因爲如此，才使他們在林中逗留了一段時間。直到妳我與晏聰分手後返回坐忘城時，他們仍試圖找到屍體，而就在這時，一個武功遠在他們之上的高手出現，此人雖然與我們擦肩而過，卻遇見了坐忘城的人，爲了某種目的，此人出手一舉擊殺了那四名坐忘城的屬眾。」

爻意沉吟道：「這更能證明白衣劍客的身後藏著驚人的秘密，奇怪的是，按理那四名坐忘城侍衛應已遇害一天一夜，爲何到現在才發現屍體？」

戰傳說解釋道：「四人被殺並非今晨才爲坐忘城所知，屍體也早在昨日午時就已找到，只是坐忘城的人一直將此事對我們守口如瓶而已。」

爻意黛眉微皺，自語般低聲道：「奇怪……」

戰傳說道：「這一點倒並非全不合情理。既然此四人是在追尋我們的過程中被殺，那麼他人難免會對妳我有所懷疑，何況天未拂曉之時我們就離開坐忘城，本就有些不尋常。但貝總管等人或許深信此事不會是妳我所爲，爲免妳我知悉後心中不安，故有意將此事對妳我加以隱瞞。」

爻意忽然笑了笑，「其實從表面跡象來看，兇手最有可能是晏聰。」

戰傳說一驚。

爻意未等他開口，已接著道：「當然，妳多半是不會相信這一點的。何況，這也只是一種可能性而已，在真相大白之前，誰也不能斷定哪一種推測是合理的。」

戰傳說心中反覆自問：「真的會是晏聰嗎？」細加思忖，他感到爻意所言不無道理，但在內心深處，他仍是希望爻意所說的不會成爲事實。

坐忘城東門外突然有一騎自東南方向疾馳而來，輕騎騰掠之時，整個身子幾乎繃成一條直線，如同一黑色閃電在原野上閃掣。

馬是烏駒，馬上騎士也是一襲黑衣，且緊緊地貼在馬背上，幾乎與烏駒聯成一體！

東門坐忘城戰士的注意力很快便被這一騎所吸引，一名統領登樓觀望，二十餘名神射手的箭

已悄然上弦。

烏駒已與東門相距不過百餘步，竟絲毫沒有減速的意思。眾坐忘城戰士頓覺來者不善，心弦繃緊。神射手的勁弓強弩亦不約而同地拉滿，目標直取飛速而來的那道黑色的閃電！

正當雙方一觸即發之際，驀聞烏駒一聲淒厲的長嘶，竟向前一傾，向前直跌出去。

馬背上的騎士立時如彈丸般跌飛而出，眼看就要重重地摔倒地上時，只見此人竟奇蹟般地穩住身形，墜落地上，但也踉踉蹌蹌地向前踏出好幾步，方才站穩。

眾坐忘城戰士被這突如其來的變故所驚呆了，怔怔地望著那黑衣人。

驀地，那統領突然斷聲喊道：「是城主！」

極度驚愕竟使他的聲音有些扭曲怪異，如同一把鈍刀，將清晨的寧靜切割得支離破碎。

戰傳說先是察覺到乘風宮眾侍衛的神情忽然變得有些異樣，比昨夜尹歡與歌舒長空一戰之後還要顯得緊張。

很快，城主遭人襲擊，受了重傷的消息便傳入戰傳說耳中！

聽說此事時，戰傳說正與爻意一同前往石敢當的居處。兩人吃驚之餘，同時心生一念：劫擄小夭的人武功果然高明，殞驚天非但未能將之擒殺，反而被對方所傷！

兩人見到石敢當時，方知石敢當也已聽說此事，不過石敢當對此事提出了與戰傳說、爻意二人不同的看法，他道：「殞驚天既然是在救下小夭姑娘後再繼續追殺，而且也沒有讓小夭回坐忘城求援，說明他對劫擄小夭的人已知其底細，成竹在胸。由此看來，襲擊殞城主並將之擊傷的人多半是另有其人。」

正說話間，門外有人輕輕叩門。

三人互相交換了個眼神，彼此皆有疑惑之色。戰傳說上前將門拉開，只見屋外站著一個年輕人，衣著樸素，卻裁剪得十分合體，所佩的刀也很樸實無華。

戰傳說微怔，因為眼前的年輕人並未如其他乘風宮侍衛一樣有完全相同的裝束。年輕人顯得很謙和，卻不亢不卑，說話的聲音很清晰，這使人感到他的每一句話都十分有分量。

「在下昆吾，奉城主之命，相請陳籍陳公子，城主說有事需與陳公子商量。」

殞城主為何甫回坐忘城，便要見戰傳說？尤其是在他受傷之後，此舉更讓戰傳說、爻意、石敢當不得不細加思量。

在昆吾的引領下，戰傳說直入乘風宮樞紐地帶，直至那座自成一體的屋前。見昆吾是向此屋走去，戰傳說暗自納悶，因為看樣子，此屋不像是適合休息入寢之地，難道關於城主受了重傷的說法只是謠傳？

戰傳說隨昆吾進入屋內，一眼便看到了殞驚天。

此時殞驚天給戰傳說的第一感覺就像是一隻受了傷的雄獅：他的臉色很蒼白，顯然是剛剛換上的戰甲的接口處竟有血跡！但他的身軀依舊挺得很直，眼神深處有著不屈的光芒。

戰傳說暗暗吃驚，殞驚天顯然受傷極重，若是一般的外傷，泱泱坐忘城必有能使之止血生肌的良藥，但現在看來，殞驚天的傷勢竟像是並未能得到有效的控制。

比這更令戰傳說吃驚的是，既然殞驚天傷勢如此嚴重，為何不安心養傷，而要勉力支撐著要見他？

戰傳說借雙目餘光迅速察看屋內情形，他發現除了殞驚天及昆吾外再無他人。

這時，殞驚天已開口道：「老夫有傷在身，不能相迎，望陳公子見諒！」

他的聲音略顯低緩沙啞。

戰傳說忙道：「城主不必客氣。」

殞驚天向昆吾揮手示意讓其退出，一向對他旨意執行得不折不扣的昆吾破天荒地猶豫了一下，終還是忍不住道：「城主，你的傷實是不宜拖久……」

殞驚天臉色一沉，「退下！」

昆吾還待再說什麼，但看殞驚天的神情，頓知多說無益，只好無奈地退下。

屋內僅剩戰傳說與殞驚天二人，昆吾退出後，屋內竟出現了片刻的沉默。

還是戰傳說首先打破沉默，「城主召見在下，不知有何見教？」

「陳公子先看此物。」說著，他已自長案下取出一物，置於案上，此物爲長條形，被一件血衣包裹得嚴嚴實實。

憑直覺，戰傳說斷定這是一件兵器，包裹兵器的血跡斑爛的破衣在這種場合出現，極爲惹眼。

殞驚天將血衣層層展開，終現出其中之物——果然是一件兵器，而且是與戰傳說有莫大關聯的兵器：苦悲劍！

在殞驚天的手中再見此劍，戰傳說心中之震愕可想而知。

殞驚天留意著戰傳說的神情變化，他不動聲色地道：「看來，陳公子識得此劍？」

戰傳說道：「不錯，也許正是因爲在下將此劍交付令嬡小夭姑娘，才會有小夭姑娘被劫擄一事的發生。」

此時，他已斷定殞驚天之所以要見他，就是因爲對方也已想到了這一點，或許會借此向自己興師問罪；雖然戰傳說自忖自己將苦悲劍交與小夭並無惡意，但他也相信小夭被劫十有八九是因此劍的緣故，至少自己有「無心之過」。

果然，殞驚天神色變冷了，他沉聲道：「難道你不知此劍非比尋常，無論落到誰手中，都極可能爲此人帶來殺身之禍？」頓了一頓，他又道：「或者，你並非不知這一點，而是有意而爲之，要陷我女兒至危險境地？」

戰傳說神色一變，慨然正色道：「在下的確太過大意，疏忽了此事，由此而連累了小夭姑娘；若城主因此而問我之罪，我無話可說，但在下決非有意而爲之！」

「若老夫不信呢？」殞驚天的臉上已沒有任何表情。

戰傳說平靜地道：「在下只求問心無愧！城主信或不信，在下無法強求。」語氣雖是平靜，卻自有凜然之意。

殞驚天的神色忽然一緩，「你口口聲聲說知道此劍是一大禍害，此言又因何而起？」

「看來此事已到了不得不說的時候了，否則他恐怕難以真正地相信我。」戰傳心想。他隨急說：「此劍的主人來自劫域，是大劫主麾下哀將的兵器，名爲苦悲，如今劍雖在，但它的主人卻已被我所殺！」

「劫域?!」殞驚天目光倏閃，猶如黑夜中的驚電，「劫域雄踞極寒北方，其首領大劫主擁有改天易地般的可怕力量，對樂土萬民而言，劫域之可怕不在異域廢墟之下！你，怎會與劫域結仇？」

從他的神情、語氣來看，與其說他對戰傳說所說的話有所懷疑，倒不如說此事對他震撼極大，雖知多半是事實，卻仍有難以置信的感覺。

戰傳說道：「事情緣由頗為複雜，非寥寥數語所能敘說；再說，我與劫域結仇，與城主最關注的事並無直接關係，不過請城主放心，在下決不會再連累坐忘城，若劫域的人再出現，只需告訴他們殺了哀將的人是我即可！」

殞驚天緩緩站起身來，正視著戰傳說，眼神複雜莫測。倏而他驀地哈哈一笑，「真是後生可畏！殺了劫域大劫主四大戰將中的哀將，竟仍有勇氣獨自面對，殞某十分欽佩！」

「在下所做的，並無值得欽佩之處。每個人都必須為他做出的事擔當責任，僅此而已！」戰傳說不亢不卑地道。

殞驚天若有所思地頷首道：「不錯，每個人都必須為他做出的事負責！」

似乎僅僅是站起身這一簡單得不能再簡單的動作，對此刻的殞驚天而言，都是不易做到的！此時，他的臉色更顯蒼白，戰甲內滲出的鮮血滑過冰涼光滑的甲冑，一滴一滴地滴落地上，讓人不由自主地會去想像殞驚天的傷勢該有多重。

殞驚天慢慢地走向戰傳說，聲音低啞地道：「陳公子，你是否知道，就在你們一行人進入坐

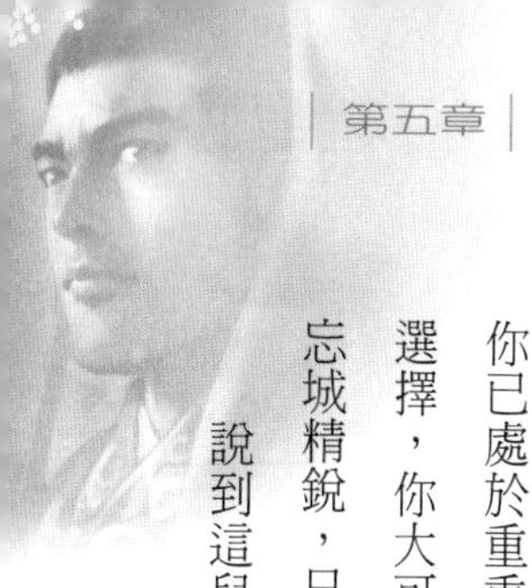

忘城的那一天，殞某就已受他人之命，要設法將你找到，然後誅殺？」

戰傳說身軀一震！

但迅即他便恢復如常了，穩穩地立著，「你爲什麼要告訴我這一點？」

「因爲我一直感到你是一個不應死在我槍下的年輕人，現在，我更堅信這一感覺。在我看來，敢於承認自己殺了劫域哀將的年輕人，決不是一個該死的人，何況——我也未必殺得了你。」殞驚天道。

戰傳說望著殞驚天，殞驚天的目光坦誠、坦蕩。

戰傳說忽然覺得有些感動，但同時也有疑惑自心頭升起，「在下本以爲城主是要向我興師問罪。」

殞驚天搖頭未置可否，轉而道：「據我所知，現在欲取你性命爲哀將報仇的除劫域外，還有來自大冥樂土的勢力，而且這股勢力極可能已與劫域相勾結！所以，此刻看似仍風平浪靜，其實你已處於重重危機之中；而且，坐忘城已不可避免地會被席捲進去。當然，這是我殞驚天自己的選擇，你大可不必有負疚感。我已傳令坐忘城各路人馬，讓他們嚴加防範，同時精選了五百名坐忘城精銳，日夜輪流在坐忘城外十里範圍內巡察！」

說到這兒，他的神色變得凝重無比：「自從九極神教覆滅後，坐忘城已有三十年未曾這麼做了。不知為何，殞某總有一種暴雨將至的感覺，甚至不僅僅是坐忘城，而是整個大冥樂土！」

戰傳說心中一沉，不知殞驚天何以會如此意興蕭然。因為他尚不知道，向殞驚天傳達追殺他的旨意之人是皇影武士！

皇影武士乃冥皇身邊的人，事情既牽涉皇影武士，那麼由此而引起的風雲變幻，自會波及大冥樂土的至尊無上者——冥皇尊釋！

殞驚天很誠懇地道：「多謝你救我女兒一命，我還要告訴你，小夭被劫擄與你沒有直接關係，而且，將她劫擄的人是我。」

這一次戰傳說真的吃驚非小，他簡直不敢相信自己的耳朵！

殞驚天道：「日後若有機會，老夫再向你解釋其中詳情，今日恐怕會有重要人物來坐忘城與殞某相見，難有餘暇。」

戰傳說立知兩人間的談話該就此結束了，他也不忍心再讓殞驚天重傷之軀仍強自支撐，當下拱手道：「城主既無他事，在下就告辭了。不過，在下有一個不情之請，不知城主能否應允？」

殞驚天道：「除了是要回這苦悲劍外，其他事宜，殞某皆可應允。因為此劍雖本是陳公子之物，但已被小夭贏得，我不能將她暫放於此之物送與他人。」

戰傳說怔住了，心中有一股暖流湧過，他的確是欲要回此劍，因為現在看來，此劍在誰手

中，就會爲誰帶來禍患。

戰傳說不願再連累殞驚天父女二人，沒想到對方似早已料到他的心思，竟巧妙地拒絕了。事實上，戰傳說又何嘗不知殞驚天說此劍已爲小夭所有不能給自己，只是對方的一個托詞？其真正的目的卻是要借坐忘城的力量保護他，使他不至於孤身一人面對劫域無比強大的力量！

正在這時，外面忽然傳來昆吾的聲音：「尤大人，甲察大人，請允許小的先向城主通報一聲……」

「不必了！」另一個冷冷的聲音將昆吾的話截斷了。

殞驚天神色劇變，脫口驚呼：「是皇影武士！來得好快！」

說話間，他已一拍長案的一角，戰傳說只聽得頂部發出輕微的響聲，抬頭一看，赫然發現上方竟然出現了一個五六尺長、三四尺寬的洞口。

未等他思索更多，殞驚天已飛快地低聲道：「快！由這個洞口退出！小心不要發出任何聲響！」他的神情焦慮異常。

「爲什麼？」戰傳說驚疑地道。

殞驚天目光倏然變得凜厲如刀，幾乎是聲色俱厲地道：「現在不是問我的時候！」聲音卻壓得很低。

戰傳說由殞驚天嚴厲得近乎猙獰的神色中意識到了什麼，飛速轉念後，一咬牙，彈身掠起，如一抹輕煙般自房頂的洞口處閃入！洞中高度不及他的身高，但以戰傳說今日的一身修爲，完成此舉對他來說已毫無困難可言，身軀屈展之間，他已如同一片毫無分量的輕羽般悄然落在樓層之上。

這是一個只有半人高的隔層！戰傳說在洞口突然彈現的一瞬間，就已猜測到這一點，所以並未撞在上層隔板上。他就如同一隻敏捷的靈貓般，無聲無息地躬著身子伏在隔層之上！

幾乎就在他落定的同一瞬間，洞口悄然合上。

洞口與戰傳說的臉相距不到一尺，但除了由光線突然一暗察覺到洞口已重新封閉外，洞口封合時的聲音在他聽來仍是極爲輕微，足見其機關何等巧妙。

未等他出一口氣，下方門外已傳來一個如洪鐘般的聲音：「殞城主，甲察、尤無幾有要事相告，須得驚擾了！」

雖然隔著樓層，但戰傳說仍感到房子被震得「嗡嗡」作響，不由忖道：「想必此人就是殞城主口中的『皇影武士』了，看來他們決不會是坐忘城中人，且來頭不小，未經通報竟長驅直入乘風宮禁地，連昆吾這樣的護衛也不能阻攔，而且語氣顯得咄咄逼人，不知究竟是什麼人？殞城主又爲何神色十分緊張，要我立即回避？」

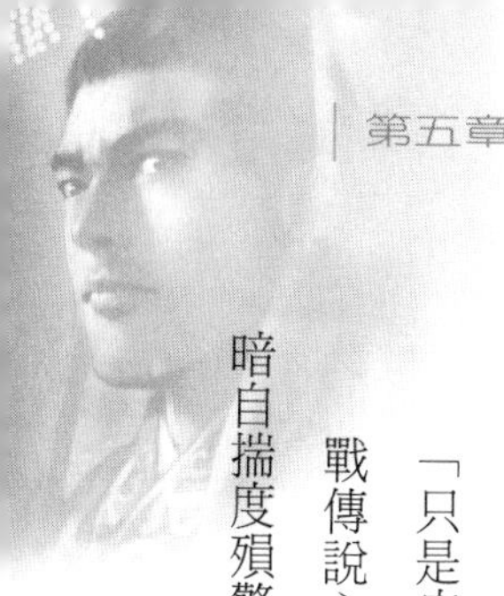

也唯有戰傳說，才會連名聲赫赫的皇影武士也未聽說過。

雖難知內情，但戰傳說仍能從殞驚天的反應感覺出來者不善。他幾乎未加思索就選擇了留下來，而不是依照殞驚天的叮囑脫身離去。甚至他已無暇察看如何才能夠由這隔層中遁身離去。

這時，殞驚天道：「原來是尤兄、甲兄兩位冥皇身前的大紅人，爲何不早先通知殞某，好讓殞某迎出坐忘城外？」

戰傳說無法看到殞驚天的神情，也就無法聽出他這一番話是否有譏嘲揶揄之意。

這時，門外那如洪鐘般的聲音顯得有些急躁地道：「殞城主是否金屋藏嬌，或者是對我們不甚歡迎，否則爲何遲遲不開門納客？」

殞驚天乃一城之主，爲大冥樂土重將，其地位並不在皇影武士之下，皇影武士敢在坐忘城中對殞驚天這麼說話，足見他們何等受冥皇倚重。

「哈哈哈，二位說笑了！」伴隨著殞驚天的笑聲，響起了大門洞開的聲音。

那如洪鐘般的聲音「咦」了一聲後道：「殞城主似乎受了傷？」

「只是皮肉之傷，並無大礙。」殞驚天淡然道。

戰傳說心道：「對方說話中氣十足，必是高人，他怎會看不出殞城主受傷絕對不輕？」心中暗自揣度殞驚天爲何要如此隱瞞。

另一個冰冷的聲音道：「我們有重要事宜要與殞城主密議，請城主下令讓你的侍衛退出三十丈開外。」

此人聲音語調都十分獨特，每句話中兩個字的間隔時間都完全相同，而且幾乎沒有起伏頓挫，語氣甚冷。

殞驚天道：「甲兄不必擔心，四周的侍衛皆是殞某心腹，甲兄有話但說無妨。」

「這是冥皇的聖意，殞城主還是莫要違逆的好！」那如洪鐘般的聲音道。

戰傳說由他們的對話中已聽出此人應是尤無幾，而另一個人則是甲察。

「原來他們是仗著冥皇才如此肆無忌憚，哼，真是狗仗人勢！」戰傳說已本能地對甲察、尤無幾大爲不滿。

一陣沉默，戰傳說想像著屋中三人默默對峙的情形。

隨後，只聽殞驚天道：「傳我之令，所有人立即退出三十丈外！」聲音並不高，卻極具穿透力。

聽得此言，戰傳說又有些糊塗了，照此看來，殞驚天的傷勢似乎並沒有自己原先想像的那麼嚴重！不知大冥冥皇如此神神秘秘究竟所爲何事？

「哐！」大門關閉的聲音在殞驚天傳出命令後隨即響起。不難推斷出將大門關閉的人不會是

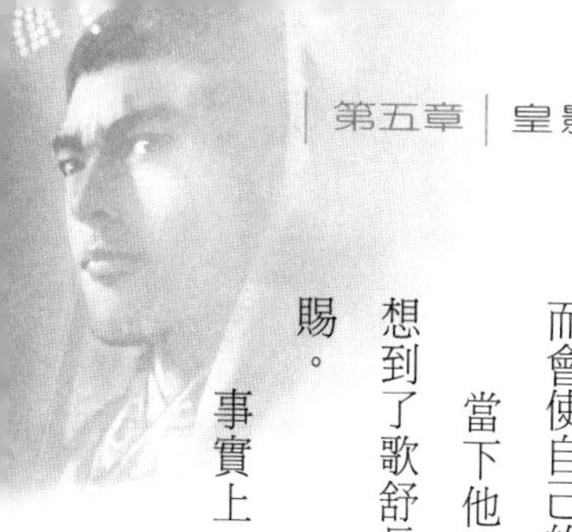

殞驚天，而只會是甲察或尤無幾所爲。

「殞城主，尤某感到在這屋中，除了你我三人之外，應還有一人存在，不知殞城主是否有同感？」尤無幾驀地突然向殞驚天發問道。

戰傳說大吃一驚！急忙屏息凝氣，將自己的內息調如細線細長綿綿，幾近於無。

卻聽殞驚天沉聲道：「尤兄是不相信殞某的人會絕對服從我的命令，退出三十丈外？」

尤無幾不冷不熱地道：「此人應不是坐忘城的人。」

殞驚天似乎有些憤怒地道：「其他人進入坐忘城，未必能如二位一般如入無人之境！」

甲察打了個哈哈，「但殞城主也應相信尤兄弟的昭靈心境足以洞察秋毫。」

戰傳說愕然忖道：「何爲『昭靈心境』？莫非是一種高深莫測的武功心法？看來，尤無幾的確已察覺到我的存在了，這會不會對殞城主有所不利？事已至此，我再退出去也於事無補了，反而會使自己的行蹤完全暴露，那時殞城主想掩飾也掩飾不了。」

當下他決定靜觀其變，此時他恨不能將自己的呼吸、心跳完全停止。心中升起此念時，他想到了歌舒長空，暗忖大概歌舒長空能做到這一點，這是拜他在地下冰殿自封於堅冰中二十載所賜。

事實上，殞驚天比戰傳說想像中的還要焦慮不安，其實他知道尤無幾的判斷不會有錯。尤無幾是皇影武士「心道」修爲最高者，一心苦修心道，已臻「了了常知，昭昭靈靈」的「昭靈心境」，憑其修爲，足以利用其強大的已臻圓通的內心靈力覆蓋三十丈範圍內的每一寸空間，縱是細如蛛絲的變化也無法逃過他的捕捉辨察。

殞驚天由尤無幾的話語中頓知戰傳說竟沒有依他所言及時離去，這實在是一個極大的錯誤。

甲察、尤無幾皆爲皇影武士，甲察來自盛產巫師的密象國，他本人就是上師級巫師。密象國在大冥樂土西部，尙處異域廢墟之外，是樂土西方諸國中勢力最爲強大的。上師級巫師在密象國地位甚高，僅在密象王及大乘巫師之下，至於甲察爲何要捨棄故土頗高的身分地位前往樂土，又如何成爲大冥冥皇最親信的皇影武士之一，就不得而知了。

最初密令殞驚天追殺戰傳說的正是甲察，但他當時的態度與今日大不相同。今日甲、尤二人顯然來者不善，而且似有所恃，大有興師問罪的勢頭。

事實上最讓殞驚天驚憂的並不是這些，而是尤無幾竟能斷言左近所隱藏的決不是坐忘城的人！按理他的「昭靈心境」再如何高明，也不可能斷論這一點，唯一的可能就是甲察、尤無幾事先已得到他人告密，早已知道戰傳說就在屋內。

坐忘城中有了背叛自己的人，這才是讓殞驚天感到最可怕的！

以甲察、尤無幾的身分，當然能毫無阻攔地進入坐忘城，但正常情況下，若他們要在乘風宮與殞驚天晤見，則應讓人先入內通報。此次甲察、尤無幾卻幾近是強行闖入，十有八九是想讓殞驚天沒有時間早作準備。

尤無幾是樂土人，在成爲皇影武士之前，已在樂土武道有較高的名望，他儀表儒雅，衣飾華貴，腰圍一條極寬的飾帶，氣度不凡，與甲察的形容怪異恰好形成了鮮明的對比。

面對尤無幾的咄咄逼人，殞驚天竭力穩住心緒，以攻爲守道：「雖然殞某亦知尤兄的『昭靈心境』十分高明，但此刻尤兄心懷成見，恐怕其高明境界會大打折扣吧？」

尤無幾道：「也罷，你我暫不必爲此事爭論不休。這次我與甲兄弟來此的目的，就是奉冥皇之命前來問殞城主是否已查到畫中人的下落，並將之誅殺！」

殞驚天搖頭道：「尚未能成功，殞某必會多派人手，全力打探。」

甲察冷冷一笑，「冥皇有令，此事只可爲你所知，你卻有意多派人手，難道是要逆違冥皇之令?!」

殞驚天爲難地道：「僅憑殞某一人之力，如何能在大冥數千里疆域中找到此人下落?冥皇英武聖明，當知此事不易，怎會既不讓殞某將此事宣揚，又決不肯對殞某寬以時限?實不相瞞，殞某對此舉是否是冥皇本人旨意尚不敢全信！」

甲察闊口隆鼻，耳帶金環，前額高凸，膚色偏向白皙，模樣本就有些怪異，聽得此言，頓現慍怒之色，其神情就令人更不敢恭維了，只聽他以其獨特的語調道：「殞城主不必再百般周旋了，冥皇已知畫中人就在坐忘城中，而且是在城主的乘風宮內，恐怕殞城主不是無法察知此人下落，而是有意視若未睹吧？」

殞驚天心往下一沉，甲察、尤無幾果然在坐忘城中有內線！如此一來，對方已得知內情，所以「背水一戰」的結果，只怕敗多勝少，到時再被迫承認，就陷入了更大的被動境地。

心中飛速轉念後，殞驚天故作訝然道：「竟有此事？二位果然神通廣大，竟比我這一城之主對坐忘城還瞭若指掌！既然二位確信無疑，殞某願立時封城，再與二位一同在城內搜尋此人，以二位的絕世修為，此人定是插翅難飛！」

暗處的戰傳說聽到這兒，心道：「所謂的畫中人究竟是誰？會不會就是指我……」

此念未了，甫聞尤無幾哈哈笑道：「殞城主別再演戲了，尤某早已感到此屋有一股森然邪氣，其中必有邪兵！兵器既然在此，人又怎會離此地太遠？」

戰傳說心中「啊」地一聲，驚愕忖道：「果然真是我！」

就在戰傳說驚愕之際，尤無幾倏然駢指如劍，指劍疾揚，無形劍氣凌空捲揚，一聲微響，擺滿宗卷的長案應聲攔腰斷為兩截！

案上卷宗即刻傾倒，掩於卷宗下的苦悲劍「噹啷」一聲落在地上！甲察身如鬼魅，閃身而進，搶先將苦悲劍執於手中，與尤無幾相視一眼，彼此皆有得意之色。

殞驚天心中一沉。

「殞驚天，這把劍已在你手中，你又怎可能尚不知畫中人的下落？」甲察目光落在了苦悲劍上，上上下下打量著邪氣逼人的劍，竟不正視殞驚天，還直呼殞驚天其名！

殞驚天心頭怒焰騰然升起！無意中，他發現尤無幾正在暗中留意自己的反應，當自己動怒之時，尤無幾的眼中立時閃過一抹喜色！這一發現頓如一瓢冷水般一下子使殞驚天清醒過來，立即想到尤無幾、甲察之所以越來越言行無忌，就是要迫使自己動怒！

「一旦我稍失理智，也許甲察、尤無幾立即會借機出手，自己乃重傷之軀，而對方又是身懷絕學的皇影武士，勝負不言自明！此刻手下眾侍衛已奉命退出三十丈外，未等他們趕來護駕，只怕我已性命堪憂！到時，甲察與尤無幾定會借這苦悲劍作為我逆違冥皇旨意的『罪證』，加上他們皇影武士的身分，在坐忘城中又有其內應，也許坐忘城屬眾會讓他們從容離去也未為可知！」

諸多念頭其實在殞驚天腦海中僅是一閃而過，他強耐怒火，沉聲道：「殞某已查明此劍是劫域哀將的兵器，而哀將則在隱鳳谷中被殺。哀將無故涉足我大冥樂土，必有圖謀，殺他的人可謂是為樂土立下了奇功！殞某很想知道畫中的年輕人為何會擁有此劍，他與哀將被殺的事又有著什麼樣的聯繫？再則，沒有人會在哀將被殺後，還持著哀將生前所用過的兵器招搖過市，那無疑是與大劫主公然為敵！即使冥皇要追查的畫中的年輕人的確曾擁有過苦悲劍，但決不會長久持有，殞某能得到此劍，卻未曾見到畫中的年輕人亦在情理之中，二位若以此斷言殞某有所隱瞞，無疑有失公允！」

雖是據理反駁，但在自己的領地範圍內，對兩個地位並不比自己更高的人如此分辯，殞驚天顯然已做了極大的忍讓！

甲察、尤無幾眼中同時有異芒閃過！

隨即尤無幾皮笑肉不笑地道：「哦，原來殞城主也已知道劫域哀將被殺之事。」

殞驚天察覺有異，沉吟片刻，方緩緩點頭，「不錯。」

甲察、尤無幾相視一眼，彼此心照不宣，倏然同時發難。甲察右手疾揚，八顆黑色如半個雞蛋般大小的彈丸朝屋中八個方位疾射開去，黑色彈丸撞牆即爆，散發出滾滾濃煙。

同一時間，尤無幾高呼一聲：「有刺客刺殺殞城主！」聲如驚雷，傳出極遠，必能驚動整個乘風宮！

呼喊的同時，尤無幾已向殞驚天閃電般欺身而入，指劍疾出，徑取殞驚天要害，殞驚天頓時完全被隱含無盡殺機的凌厲氣劍所籠罩！

甲察、尤無幾竟在此時倏然發難，實是大出殞驚天意料之外！心念電轉之間，他已明白了甲察、尤無幾的險惡用心——甲察、尤無幾是要利用眾侍衛皆在三十丈之外，而且自己又受了傷，欲一擊得手，將自己殺害！而尤無幾的高呼則是為了嫁禍並不存在的刺客。甚至，他們早已知道戰傳說仍在左近，那麼自己被殺之後，他們即可將戰傳說指為擊殺自己的兇手。

思及此處，殞驚天既驚且怒！可惜，他已無暇摘取懸掛牆上的成名兵器神虛槍，唯有揮拳急擋！

雙方悍然相接！

電閃石火之間，殞驚天已以肉眼難辨的速度封擋了無數次尤無幾如水銀瀉地般無孔不入的攻擊；但他因身受重傷而消耗不少的內家真力在快如驚電般的攻守之間，如決堤江水般飛速流失！

頃刻間，殞驚天便已感到真力無以為繼，體內有一種如虛脫般的無比空洞感。

尤無幾根本不給他任何喘息之機，攻勢猶如滔滔江水無窮無盡，修為稍弱者，僅憑這驚世駭俗的氣勢，就足以使之心生無可抵禦之感。

此時，煙霧已迅速瀰漫了屋內的所有空間！殞驚天視線一片模糊；但尤無幾的攻勢竟絲毫未受影響，無形氣劍奇快奇準，殞驚天身法的任何變化，似都已被尤無幾瞭若指掌。

殞驚天已盡落下風，唯有苦苦支撐！此刻，雙方都明白時間的重要性。尤無幾一心要在周圍侍從趕到之前將殞驚天擊殺，否則也許他的一切計謀將前功盡棄；而殞驚天又何嘗不知這一點？

「砰……」是窗櫺被瞬間撞開的聲音。

終有人趕至！殞驚天心中一喜，驀聞一聲淒厲而短促的慘叫聲突然響起，呼聲甫起便戛然而止，顯得驚心動魄，隨即便是人體倒地的聲音。

是甲察將第一個衝入屋內的人殺了，在此侍衛尚立足未穩之時將之殺了！

這正是甲察沒有與尤無幾聯手對付殞驚天的原因，他知道殞驚天的敗亡只是時間問題，關鍵是不能讓外面的人過早闖入！甲察借著煙霧的掩護，隨便再殺幾名侍衛，最後仍可將一切推卸得乾乾淨淨，因爲除殞驚天之外，誰也不知真相！

侍衛的慘呼聲使殞驚天不由爲之稍有分神！

就在那一剎那，殞驚天倏覺胸口一痛！痛感先是集中於一點，但在極短的剎那間，痛感便倏然暴散開來，猶如一個隱含驚人膨脹力的球體在他的胸口突然炸開，並迅速傳遍全身每一寸肌膚。

劇痛在以閃電般的速度貫穿了他的軀體後，驀然不可思議地突然消失，隨之而起的是無邊無際的極度疲憊，由靈魂的深處萌發出的疲憊無力之感。他全身的所有力道突然間消失得無影無蹤！

一聲悶哼，殞驚天整個身形如斷線風箏般狂跌而出，胸前鮮血如怒矢般標射！

在極度的疲憊感中，殞驚天還感到了極度的憤怒與絕望！此時，他已徹底相信甲察、尤無幾二人之所以一心要追殺戰傳說，是有不可告人的目的！而戰傳說是無辜的，正是因爲這一點，甲察事先才再三叮囑他不可將此事宣揚出去；但，他此時才徹底明白這一點，似乎已太遲了！

在飛速跌出的同時，殞驚天也感到生命力在以極快的速度從他的軀體流逝，那種感覺，就像他是一隻繭，而有人正在以極快的速度抽出他的絲，很快他就快完全消失。

與此同時，他還聽到了驚人的勁氣與虛空相摩擦的聲音——顯然，尤無幾仍唯恐那一擊不足以置他於死地，因此再補以最後的致命一擊！

「轟……」一聲爆響突然在殞驚天與尤無幾之間炸開！

同一時間，一團驚世駭俗的凌厲劍氣以排山倒海之勢向尤無幾席捲而至，其強大的氣勢竟使尤無幾爲之一驚，迫使他不得不捨棄殞驚天，向這極爲可怕的一擊全力迎擊！

第六章　昭靈心劍

出擊者正是戰傳說！

由於尤無幾、甲察向殞驚天出手極爲突然，而且又故佈疑陣，加上戰傳說與他們之間完全隔絕，僅能聞其聲而不能目睹他們神色間的細微變化，連殞驚天都被甲察、尤無幾攻得措手不及，身在隔層之上的戰傳說在尤無幾突然大呼「有刺客」時，更是驚愕莫名，不知下方究竟又發生了什麼變故。

隨後的事情雖然奇變迭出，其實卻是在極短的頃刻間發生的，當戰傳說有所醒悟時，殞驚天已遭受致命一擊！殞驚天的痛呼聲頓時使戰傳說完全斷定下方究竟發生了什麼。

他當然不能不出手！他已隱約察覺到殞驚天是爲了他才會與甲察、尤無幾結怨的，即使沒有這一原因，甲察、尤無幾的咄咄逼人之舉止，也絕難爲戰傳說所容忍！

他深知殞驚天處境極為危險，也許已是在生死懸於一線的緊要關頭，故戰傳說飛速作出判斷後，就向尤無幾可能存在的方位發出全力一擊。

貝總管贈與他的搖光劍果非凡器，使他在破隔層而下時，幾乎未受任何影響。

讓他大吃一驚的是，屋內瀰漫著滾滾濃煙！好在在隔層中他就已是處於黑暗中，這樣才不會使他雙眼產生不適之感，否則僅這一點，就足以讓他吃盡苦頭；而讓尤無幾吃驚的倒不是戰傳說會在這時候出手，事實上，他的確早已察覺到戰傳說的存在，而且也猜測他會在某一時刻出手！讓他吃驚的是戰傳說的劍法高明如斯。

戰傳說出擊的速度太快，從出擊到彼此悍然接實，這其中幾乎沒有時間間隔。尤無幾頓覺這是他生平所遇到的最可怕攻擊之一！戰傳說的劍法具有常人根本無法想像的穿透力，讓他人在戰傳說的劍前，會不由自主地感覺到無論以何種方式，都難以改變他洞穿一切的劍勢！

這種感覺足以摧垮不少人的鬥志、心靈；但尤無幾卻是個例外！「昭靈心境」使他縱然在面臨巨大的精神壓力時，心神仍能保持足夠的鎮定！而這一點，在高手對決時，無疑是極為重要的。

震天動地的爆響中，空前強大的橫溢氣勁以迅雷不及掩耳之勢四向疾射，屋子四周幾扇門窗經受不了這覆滅性的摧殘，窗櫺門板立時斷碎！屋內濃煙得以衝出門窗之外，清新空氣也隨之進入，戰傳說因此而能隱約視物。

這時，屋外的侍衛終於自幾個方向同時攻入屋內，甲察縱有三頭六臂，也無法阻攔數十名侍衛的衝擊，何況他的目的本在為尤無幾擊殺殞驚天做掩護，而此時的殞驚天多半已死，故甲察也不再試圖阻攔眾侍衛的進入。

心急如焚的眾侍衛衝入屋內後，頓時驚呆了！屋內濃煙瀰漫，根本難以視物，更難分敵我，若是貿然出手，最後必然陷於一場混戰中，這對人數占優的眾侍衛而言反倒不利。也許如此一來，傷亡於自己人兵器下反比被敵人擊殺的機會更多！

唯有縱橫劍氣與虛空劇烈摩擦形成的驚人嘯聲響徹屋內；但眾侍衛只聞劍擊虛空之聲，卻不曾聽到他們熟悉的「神虛槍」的傲嘯聲！

「難道城主出了什麼意外？真的被刺客所殺？」

眾侍衛不約而同地想到這一點，心念所至，幾個人同時高呼：「城主——屬下護駕來遲！」如此呼喊，其真正用意當然不是向殞驚天請罪，而是要探清城主安危如何。

沒有任何回應！

甲察心中一喜，料定殞驚天已死！這樣一來，他已可毫無顧忌地與尤無幾聯手對付戰傳說，待將戰傳說除去之後，一切都死無對證了！

當下他再不理會闖入的眾乘風宮侍衛，振聲道：「尤兄弟，待你我聯手將此刺客誅殺，爲殞城主報仇！坐忘城的朋友聽著，有我們皇影武士在此，決不會讓兇手活著離開，你們只需緊守四周，以防兇手借機遁走！」

他這一番話的用意，實是歹毒無比！在不知「刺客」究竟是什麼人之時，坐忘城屬眾無疑會因爲尤無幾、甲察的皇影武士身分，而對他們多一分信任，一旦眾人依言退出，那時甲察、尤無幾便可安心對付戰傳說了。戰傳說在兩大皇影武士的圍攻下，絕無生存的機會！

「不可！」一聲斷喝粉碎了甲察的企圖，「城主雖已遇險，但生死未知，若此時我等全部退出，只怕會錯失護駕良機！」是昆吾的聲音！

戰傳說精神爲之一振，劍勢暴漲，尤無幾試圖以氣劍與之一決高下，終爲自己的托大付出代價！

搖光劍倏然穿透重重劍氣之網，如一抹不可抗拒的咒念般自尤無幾腰部閃過，劍過之處，熱血噴灑！

尤無幾痛怒交集，駭然暴退的同時，終於祭出他的最高絕學：昭靈心劍！

尤無幾雙手在腰間一拍倏揚，左右手各有六道奪目紅色光弧疾射而出，縱是煙霧騰騰，竟也遮擋不了十二道赤色光弧！是十二柄寬僅半寸的赤色之劍！

劍長與尋常之劍相若，但劍面奇窄，十二柄劍就如同十二道迎風飛舞的柳絲一般，令人眼花撩亂。

原來，因爲皇影武士的身分獨特，他們常在冥皇身側，若終日佩帶殺氣森然的兵器，實是一件不妙之事，故冥皇所選用的皇影武士所用的兵器大多十分隱秘，平時完全可借衣飾加以掩飾，外人難以洞察其兵器所在。

這樣，即使有皇影武士在身旁，冥皇也不會予人以「草木皆兵，惶惶不可終日」的緊張感；同時，皇影武士除了守護冥皇外，還要辦一些十分隱秘的事，這些事多半是冥皇不願爲外人知悉的，故皇影武士的行蹤因此而備顯神秘，所佩的毫不醒目的兵器則爲他們創立了有利的條件。

皇影武士對普通樂土中人而言，非但極少有遇見的機會，即使見了，他們也是來去如風，極少有人能見到他們出手，而能見到他們出手的人，多半是他們要殺的人——皇影武士要殺的人，又有幾人能逃脫生天?所以，世人對皇影武士武學的瞭解是少之又少；而這正是皇影武士的優勢所在！

尤無幾十二柄特製的軟劍皆薄如絲帛，卻鋒利柔韌！他的腰帶也是特製而成，正好可以讓十二柄軟劍插入其中，而軟劍劍柄處與尋常之劍亦截然不同，並不能以手相握，而是十二個半圓環。這十二個半圓環都露在飾帶之外，正好組成了一個精美的環扣，美輪美奐，不知情者根本不

能猜出尤無幾腰間竟有十二柄軟劍！

軟劍與腰帶皆是尤無幾請能工巧匠費盡心機製成，十二柄軟劍插於腰間，竟不會給尤無幾帶來絲毫不便，而且取劍時亦靈動自如，毫無滯納感。

戰傳說一擊得手後，本待借機擴大戰果，重創尤無幾，以免尤無幾與甲察形成聯手之勢；但他此念卻未能如願付諸於行動，尤無幾反應極快，受傷即退，隨即十二道紅芒暴現，即刻以百變莫測的軌跡向戰傳說席捲而至。

十二柄軟劍的力度、角度、速度全然不同，所取的目標卻各指一點——戰傳說！

戰傳說不敢有絲毫怠慢，揮劍即擋，同時心忖幸虧十二柄軟劍通體泛著赤紅色的光芒，否則在這種環境中將更難應付。

閃念之間，搖光劍已傾灑而出，在虛空中劃過一道道包含天地至理的弧線軌跡，刹那間已閃過驚人的空間，無論襲來的軟劍是疾是緩，角度如何，都盡在戰傳說這一劍式的囊括之中。

錚鳴聲猶如銀珠落玉盤，清晰無比地傳入每個人的耳中，十二柄軟劍赫然已被戰傳說悉數封開；但赤色軟劍極爲柔韌，受戰傳說強橫劍道氣勁的衝擊竟未折斷，而是被震得急速反彈！

因劍身承受了極大的衝擊力，故反彈而出時，赤色軟劍便彎曲至最大限度，猶如十二柄彈向空中的赤弓，蔚爲壯觀！

此時，尤無幾已身在戰傳說直接攻擊的範圍之外！

十二柄軟劍被震開，尤無幾毫不氣餒，因爲他知道對戰傳說真正致命的攻擊才剛剛開始！尤無幾頃刻間將自身內力提升至最高境界，雙掌翻揚遙擊虛空，同時身形飄然橫掠，掌勢與身形相融相通，在莫測變化中，其無形氣勁已在戰傳說身側一丈之內悄然形成縱橫交織的氣虛之網，似虛似實，卻又不可逾越。

十二柄赤色軟劍與氣虛之網一撞之下，竟凌空倒折而回，以更快更刁鑽莫測之勢向戰傳說反噬而至！其快其疾，猶如十二道拖著曳尾的赤色流星向戰傳說奔至！

戰傳說心中一凜，搖光劍吞吐如電，奮力封擋！雖最終再度摧毀了尤無幾的一次攻擊，卻已感到氣息微亂，頗爲吃力；但未容他有絲毫喘息之機，剛剛擋出的十二柄赤劍赫然再度如鬼魅附體般挾驚人殺機飛掣而至！

再次反撲來得如此之快，以至於戰傳說頓生真力難以爲繼之感。

這一次，十二柄赤色軟劍赫然攢劍成簇，所有劍尖聚作一點，而劍身則散如一個錐體，十二柄赤色軟劍的強大殺傷力彙作一點，以洞穿天地萬物之勢向戰傳說狂襲而至！

十二飛劍此次再無更多繁雜莫測的變幻，但其威力卻更大。「劍群」破空而出，竟隱隱挾有風雷之聲，讓人不由頓生不可抑止之感。

屋內眾乘風宮侍衛無法看清尤無幾的舉止，卻目睹了十二柄飛劍驚天地、泣鬼神的完美攻擊，不由爲之瞠目結舌。

戰傳說豁然明白十二飛劍之所以有如此可怕的攻擊力，其力量一部分來自於尤無幾，更有一部分是來自於自己！當飛劍被他震飛時，再經尤無幾氣虛之網反彈而回，每經歷這樣一個過程，十二飛劍上的力量便貯積更多！加上尤無幾對十二飛劍洞悉入微，出神入化的隔空駕馭，其攻擊力實不亞於十二個功力在不斷提升的劍道高手，同時向戰傳說攻擊！

此刻，戰傳說無暇思慮更多，唯有全力應付迫在眉睫的攻擊。尤無幾陰險歹毒的計謀以及他的咄咄逼人此時終於完全激發了戰傳說的戰意，他毫不猶豫地以父親戰曲所傳的「無咎劍道」中的「止觀隨緣滅世道」傾力相迎！

無咎劍道共分六道，謂之爲：止觀隨緣滅世道；悟心無際天羅道；剛柔相摩少過道；八封相蕩無窮道；乾坤無定大易道；天下同歸三極道。其中第一道「滅世道」爲攻式，第二道「天羅道」爲困敵式，第三道「少過道」爲自守式，第四道爲群戰式。至於第五、第六道，則是在更高境界，已完全突破劍式取勝的範疇。

戰曲將「無咎劍道」傳於戰傳說之時，曾對「大易道」、「三極道」亦有所涉及，但因爲戰傳說對劍道的領悟實是不如人意，進展緩慢，而「無咎劍道」則爲天下劍道絕學，僅是前四道中的每一劍道，讓劍道中人領悟一生，也未必有多少人能悟透其中的精髓。因此，此後戰曲只是一心一意地向戰傳說傳授「無咎劍道」的前四劍道，可惜縱是如此，戰傳說先前仍是無法真正地領悟「無咎劍道」的通玄無上之境界。

直到經歷了隱鳳谷的諸多變故，偶遇「涅槃神珠」之後，戰傳說對武道的領悟力突然突飛猛進，進入一個前所未至的境界。

在離開隱鳳谷後的幾次出手中，戰傳說對「無咎劍法」越來越有神靈相通之感，其劍道修為亦不斷提升。

今次面對尤無幾，戰傳說祭出擅於攻勢的「止觀隨緣滅世道」，更是酣暢淋漓，心中劍意空前充盈。

他的心中飛速閃過「止觀隨緣滅世道」的劍訣：「萬象無法，法本寂滅，寂定於心，不昏不昧，萬變隨緣，天地可滅。」對尤無幾凌厲攻擊已視若未見，只知將自己心中的充盈劍意揮灑而出。

「不昏不昧，萬變隨緣」正是「滅世道」之精髓所在，唯有如此，方能真正地超脫於尋常意義的攻守進退範疇之外。

尤無幾憑藉其昭靈心境，在第一時間察覺到戰傳說無比平靜與自信的心理，彷若自己這勢如

改天易地的連續攻擊，在戰傳說眼中不過只是過往雲煙，竟不能在他的心靈中激濺一點漣漪。

尤無幾心中之驚愕難以言喻！他驚愕於戰傳說何以有如此可怕的心靈修爲；同時，他也即刻意識到戰傳說的敏銳反應的可怕程度必然超出他原先想像；但，未待他有任何應對之策，搖光劍已以妙至毫巔的方式與十二飛劍正面相接！轟然爆響聲中，十二柄赤紅飛劍倏然彈開，並繼續以驚人餘勁四向疾射，一舉衝破尤無幾的氣虛之網，沒入牆體之中！

尤無幾縱是已有「昭靈心境」，決不會輕易被驚怒嗔怨等七情六欲所控制心神，但此時亦不由心頭爲之劇震。

憑著「昭靈心劍」，不知多少高手敗於他的手下！其中一個很重要的原因就是他的「昭靈心劍」獨具一格，超出常人想像，故有出奇制勝之效，對手在「昭靈心劍」似乎可以永不歇止地增強的攻勢下，難免會心生驚懼之意，而尤無幾的心道修爲恰恰極爲高明，此消彼長，單單在鬥志與意志上，對手就已遜於尤無幾一籌。

沒想到戰傳說卻成了一個例外，竟將他的「昭靈心劍」破去！

尤無幾生平第一次內心難以平靜！

僅僅是一怔神的剎那間，戰傳說已以快不可言的速度長驅直進，搖光劍縱橫閃掣，交織成網，剎那間已將尤無幾完全籠罩其中！

尤無幾大吃一驚，不明白戰傳說何以如此迅速地判斷出自己所在的方位，同時他更爲戰傳說超強的劍道修爲所驚！他卻不知因爲門窗洞開的時間一久，屋內的煙霧已消淡了不少，而戰傳說因有涅磐神珠的緣故，他的內家修爲甚至還在尤無幾之上。以他的目力，此時已將屋內情形看清了一個大概。

在「悟心無際天羅道」之下，尤無幾赫然發現自己所有的退路已被完全切斷，這種感受實是極不好受。

尤無幾只覺兩腋發涼，但退無可退，唯有硬著頭皮與戰傳說全力一搏！

沒有十二飛劍，尤無幾的武學修爲本就比戰傳說略遜一籌，而此刻的他與先前被戰傳說所傷時更有所不同，不同之處就在於他的心態。先前尤無幾尙有絕對的自信，而此時卻信心大減。如此一來，尤無幾之敗更是難免！

搖光劍與尤無幾氣劍相擊的沉悶聲響中，尤無幾的後背鮮血暴現，赫然已再添一道傷口，深達寸餘，他忍不住痛哼了一聲。

搖光劍毫無頓滯，如影隨形，向受傷疾退的尤無幾直迫過去！

一直在旁掠陣的甲察已不能再袖手旁觀，只見他如鷹隼般倏然掠起，高擎苦悲劍，向戰傳說狠狠劈下！

劍勢似乎平淡無奇，但卻擁有渾厚無比的內勁，迫使戰傳說不得不暫時捨棄尤無幾，採取固若金湯的守勢——「剛柔相摩少過道」！

「剛柔相摩少過道」源自「少過」之卦名。少過卦的卦象下封根山，上封辰雷，構成「山上有雷」的卦象，隱意很少有過錯的人的能享通利貞。「無咎劍道」之「少過道」的劍意正好與此卦卦意暗相吻合，劍勢所運轉的範圍極小，且其角度、方位、手勢的易變也精練無比，但每一點變化都具有無可替代的驚人效果，電光石火間，戰傳說已將甲察的雷霆一擊擋得滴水不漏。

但由此戰傳說亦身陷尤無幾與甲察的聯擊之中！在三人強大氣勁的激蕩下，煙霧四散，屋內情形越發清晰。

這時，激戰雙方都已看清了對方。戰傳說倒也罷了，甲察、尤無幾卻是震動不小！在此之前，他們的確已得知他們要追殺的人正與殞驚天在一起，所以在戰傳說未現身之前，他們就猜知隱伏於左近的人就是他；但當此時這種猜測被完全證實時，他們仍是吃驚不小！

在此之前，他們已知哀將就是被眼前的年輕人所殺，但那時甲察二人雖相信即使這是事實，但那殺了哀將的年輕人所憑藉的也不可能是實力，而多半是憑藉計謀或機緣。而此時與戰傳說一戰，他們才知自己要追殺的年輕人的武學修爲之高，完全在他們想像之上！照此看來，哀將被殺，也許未必不是實力比拚的結果。

當然，他們不會知道戰傳說之所以能殺哀將，的確是機緣巧合加上他的智謀所致。

戰傳說獨戰兩大皇影武士，一時竟未露敗相！

這時，外面已被包圍得裏三層外三層滴水不透，坐忘城四向城門亦嚴加防守，以防有外敵借城中內亂之機進犯。

石敢當、爻意聞訊立即趕至，他們都知道殞驚天約見戰傳說的事，所以乍一聽說這邊出現廝殺，立即想到了戰傳說；但他們只能在離戰傳說尚有一箭之距的地方就被迫止步！因爲貝總管已下令眾侍衛在此組成了嚴密防線，除乘風宮侍衛及貝總管、四大尉將這樣的人物外，外人不得越雷池一步。

畢竟再往裏去，就是坐忘城禁地，若任由他人輕易涉足，誰也無法預料會發生什麼意外。將石敢當、爻意攔阻下來的侍衛對他們二位無不是恭恭敬敬，但卻無論如何也不肯鬆口任他們進入，顯然貝總管已下了死令。

若是強闖，自是難有人能擋下石敢當、爻意二人，但那肯定會傷了和氣。

更重要的是石敢當、爻意與眾侍衛斷斷續續的交談中，得知殞驚天性命堪憂，據說是被刺客所傷，而兩位皇影武士正在與刺客力戰。後來又傳出訊息，說與兩位皇影武士決戰的是曾救過小夭一命的陳公子。

聽到這時，石敢當頓時感到事情的棘手！而此時眾侍衛與他相對時的神情已有些複雜不自然，更使石敢當明白此時若強行闖入，非但於戰傳說無益，反而會使戰傳說陷入更不利的境地！

也許，一切只能看戰傳說造化如何，能否在兩大皇影武士的夾攻中險裏求生！

而石敢當對皇影武士的瞭解，顯然比戰傳說多得多，正因爲如此，他的心情才顯得格外沉重。

他的凝重神色落在爻意眼中，使她也受其感染，心中忐忑不安。

就在石敢當與爻意束手無策之時，小夭卻已自另一個方向不受任何攔阻地接近這場驚天變故的核心地帶，直到那座被圍得水泄不通的獨成一體的樓前，才被貝總管親自出面攔住。

貝總管耐心地勸道：「小姐，眾侍衛已發現了城主所在之處，此刻定已衝入屋內，立刻就可以將城主救出，小姐只需在此稍候，切莫靠得太近，以免再出意外……」

小夭像是失去理智般用力推開貝總管，臉色蒼白地高聲道：「我要見我爹！」

一名乘風宮侍衛剛要攔阻，小夭已狠狠地飛出一腿，猝不及防之下，那人被踢中腹部，痛得他立時彎下腰來。

小夭尖叫道：「你們全是一群廢物！若是我爹有什麼三長兩短，我便將你們全都殺了！」

小夭尚從未對坐忘城戰士及乘風宮侍衛如此蠻橫，但眾人皆知這只是小夭在得知父親恐有生命危險而失去理智的反常舉止。當下又有幾名侍衛冒著被小夭拳打腳踢的危險上前攔阻，果不出他們所料，又有兩名侍衛因爲不敢也不忍還手封擋，被小夭重擊面門一拳，頓時鼻血長流。

就在此時，忽聞近百名乘風宮侍衛幾乎是異口同聲地齊聲呼道：「城主被救出了！」

小夭一呆，像是入定般一動不動。

果見西側圍著的眾侍衛一下子如決堤洪水般呈扇形散開，現出幾個人來，正快步向周邊走出，走在最前面的正是昆吾，此刻他雙手橫抱著城主殞驚天！

殞驚天手腳無力地垂下，渾身浴血，雙眼緊閉，不知是死是活。

小夭腦中「嗡」的一聲，突然變得一片空白，全身每一個毛孔似都在「颼颼」地冒著涼氣，手腳一片冰涼，一個字也吐不出，眼淚卻已奪眶而出。

她的臉上沒有絲毫血色，蒼白得可怕，連嘴唇也是蒼白無比。周圍的乘風宮屬眾見此情形，大爲擔憂，壯著膽子道：「小姐……」

小夭這才如被從噩夢中驚醒般一愣，隨即悲呼一聲：「爹……」向昆吾那邊跌跌撞撞地奔去。

她的雙腳是那麼的無力，讓她幾次幾乎就要跌倒在地。她與昆吾之間不過只有四五丈距離，但她卻感到遙遠無比，她心中有難言的驚懼，懼怕雖只是咫尺之間，卻會成爲他們父女二人之間的天涯之隔！

當屋中煙霧變淡的時候，包括昆吾在內的眾侍衛終於見到了倒在地上的殞驚天！

眾侍衛一時卻頗爲顧忌，因爲城主一動不動，根本沒有任何反抗的力量，若此時上前搶救城主，也許會促使那將城主擊倒之人搶先再補上一劍，到時便是神仙也救不了城主殞驚天了。

可場中正血戰方酣的雙方中，一個是剛被坐忘城待如座上嘉賓的陳籍；另一方則是皇影武士，如此局勢可謂撲朔迷離，即使眾侍衛有心上前插手，也不知當以誰爲敵，以誰爲友。

而昆吾卻隱隱感到皇影武士甲察、尤無幾更可能是兇手，這一半是源於昆吾的直覺，另一半則是根據甲察、尤無幾自出現後的種種舉止推斷！

昆吾能成爲殞驚天的心腹，決非僅因他的刀法出眾！

他想到若說戰傳說是兇手，委實有些牽強，因爲戰傳說是受城主殞驚天之邀而來的，城主還讓他退出以便與戰傳說單獨交談，由此看來，城主對戰傳說頗爲信任；而甲察、尤無幾卻是不請自來，而且可以說是仗勢長驅直入，大有不把城主放在眼裏的味道！

綜合種種跡象，昆吾作出了這種判斷；但無論真正的兇手是誰，至少此人還是希望能隱瞞事實，應不會當著諸多乘風宮侍衛對城主殞驚天再下毒手。

想到這一點，昆吾當機立斷，搶身而入，將殞驚天抱起。

就在他抱起殞驚天時，橫溢劍氣瞬息間在他後背添了數道傷口！但昆吾無暇顧及，微躬身軀護住殞驚天，如無比敏捷的獵豹般飛身掠出。

但昆吾卻毫無喜悅之情，因爲在他將城主殞驚天抱起的那一刹間，他感到殞驚天全身冰涼，根本感覺不到氣息的存在！雖未能細看，但昆吾卻已知城主凶多吉少。

脫離險境之後，昆吾一探殞驚天脈搏，已是無影無蹤！城主殞驚天已——魂歸天國！

昆吾頓時如墜冰窖，悲痛莫名！他的臉頓時扭曲得近乎猙獰，眼中閃著駭人的光芒，似若一頭要撕噬一切的猛獸！但，城主殞驚天已死，他竟不知是誰殺了城主！在這一瞬間，城主待他的種種知遇之恩飛速閃過心頭，使他的心痛至抽搐，痛得失去了往日的冷靜。

就在這時，小夭跌跌撞撞地向他這邊奔來，跑到昆吾身前，只看了其父一眼，悲呼一聲：「爹……」立時暈厥。

小夭的出現，使昆吾本已失去理智的心突然重新恢復了原來的冷靜！

昆吾將城主殞驚天小心翼翼地放下，隨後找來幾個與他私交甚厚的侍衛，對他們低聲吩咐了幾句後，隨即彈身向東向獨成一體的樓閣掠去。

這座殞驚天用以處理坐忘城大小事宜的樓閣名爲「華藏樓」，殞驚天以「華藏」謂之，隱喻極樂之意，亦暗含殞驚天要將坐忘城營建成一座真正的安寧的城池，一片樂土；但他的心意未能實現，就已不幸被殺。而此時這座失去了主人的「華藏樓」中，仍在繼續上演著一場空前殘酷的血戰。

戰傳說以一敵二，雖未落敗，但也應付得頗爲吃力！讓他百感交集的是雖然此時「華藏樓」外必是坐忘城各路好手環伺，但卻無一人挺身而出與他並肩作戰。

但戰傳說亦知這並不能怨坐忘城的人太無情，而是因爲尤無幾、甲察的手段太陰毒，使坐忘城的人竟難以分清敵友。

殞驚天被昆吾救出的情形，戰傳說與甲察、尤無幾皆看在眼裏，正如昆吾所預料的，甲察二人雖然擔心殞驚天是否真的已氣絕身亡，但卻不敢借機再對殞驚天補上一劍！若是他們膽敢這麼做，立時便一切暴露無遺，到時兩人將落得碎屍萬段的悲苦下場！所以，昆吾帶著殞驚天離去之後，甲察、尤無幾與戰傳說一樣緊張萬分，只是甲察、尤無幾所期盼的與戰傳說所期盼的正好相反。

偏偏外面卻遲遲沒有反應，甲察、尤無幾心弦繃得極緊，幾至極限！

驀地，外面傳來一陣歡呼雀躍聲：「城主醒過來了！」

至少有八九個人同時振聲高呼！其聲清晰無比地傳入甲察、尤無幾的耳中，兩人的神經一直繃得極緊，乍聞呼聲，不啻於在他們耳邊突然炸響驚天霹靂，對他們心神之震撼難以言喻。

兩人心中同時想到：最擔心的事竟真的發生了！殞驚天既已醒來，那他們的陰謀毒計就立即暴露無遺。縱是心靈強大如尤無幾者，亦不由神色大變，劍勢爲之一緩！

與之相反，戰傳說聽得外面的呼聲，卻是精神大振，對方神色、心態的變化被他清晰地捕捉到了。空前強烈的求勝欲望迅速充盈了他的整個靈魂！一聲由內心深處迸發的大喝過後，搖光劍以讓人嘆爲觀止的方式倏然穿透尤無幾的嚴密防守，如一抹咒念般飛速吻過尤無幾的頸部！

血光拋灑！連哼都未哼出一聲，尤無幾的頭顱已應劍飛出！而他失去頭顱的身軀尙顯得十分笨拙地向前邁出兩步，隨即如一只布袋般轟然倒下。

熱血噴射了甲察一臉，溫熱而黏稠，甲察淡綠色的眼中不由閃過驚駭與狂怒交織的光芒！

戰傳說一劍劈倒尤無幾後，搖光劍未作任何停滯，順勢劃過一道淒美的弧線，自下而上暴撩甲察前胸！甲察揮動苦悲劍急擋！

駭人聽聞的金鐵交鳴聲中，甲察竟被震得一連倒退三步，心生極度不適之感。

更使他不安的是他隱隱察覺自己難以把握手中的邪兵苦悲劍，若再強戰，恐怕最終會爲苦悲劍反噬！

正思忖著是該抽身而退，還是另謀他策取勝時，驀聞一聲飽含著無窮悲憤的暴喝：

「去死——吧！」凌厲無匹的勁氣自甲察身後狂捲而至！

來勢之狂猛，竟使甲察不及轉身，便倉促橫劍回掃。

「噹……」短促而驚人的兵刃交擊聲未落，一股冷風竟立即撲面而至，讓甲察遍體生寒！

自他身後襲擊的人其修爲顯然不及戰傳說，甚至也不及甲察自己，但不知爲何，他卻感到此人給他的壓力竟不在戰傳說之下。

所幸甲察一身修爲絕對不俗，加上皇影武士直接爲冥皇效忠，這要求他們必須能在任何不利的環境中做出最快捷最有效的反應。甲察一驚之餘，邪兵苦悲劍芒一閃，如浮雲掠影般與撲面而至的刀輕輕一觸。

雖只是輕輕一觸，但因力道把握得妙至毫巔，恰到好處地將迅猛刀勢引至一側，而甲察手中的苦悲劍則以莫可逆違之勢，向前暴進一尺。

雖只是一尺之距，但一尺之外便是對手的心臟！甲察堅信這一劍即使不能立斃襲擊者，亦可迫得此人不得不退；但，僅在極短的刹那間之後，甲察駭然發現自己決不會有偏差的估計竟落空了，對方似乎根本不在乎苦悲劍即將洞穿他的心臟！

他的刀非但沒有撤回，反而利用翻腕沉肘的力量，自甲察右肩向左下方劈下！

這一刀，即使被砍中，也絕難取甲察性命；而這一點，正是讓甲察驚駭欲絕之處，難道對方不知道此時若要傷他，就必須付出自己生命的代價？

「他不是瘋子就是白癡！」甲察心中閃過此念，幾乎是出於本能地略一閃身。

「哧……」兵刃入體的聲音清晰入耳，由苦悲劍傳遞給甲察的感覺也同樣是如此。

同一時刻，他的右臂一痛，肌膚被切割開的錐痛與骨骼被重重砍擊的鈍痛同時向他襲來！劇痛使甲察再難把持手中的苦悲劍，他急忙撒手，極爲狼狽地側身翻滾而出，險險避過戰傳說的一劍，風度盡失。

刀傷甲察右臂者是昆吾！昆吾顯然是捨命相搏，雖傷了甲察，但他卻也中了對方一劍，而且是胸前要害部位！劍插入他的胸口後，赫然已由後背透出。

苦悲劍插在他的體內未曾拔出，其情形甚爲可怖；但在昆吾的臉上卻不見有絲毫的懼意與痛苦，相反，他的神情此刻更顯平靜，讓人感到即使他的軀體瞬間倒下，其靈魂也將巍然屹立不倒。

昆吾乃乘風宮眾侍衛統領，他的出手就等於一種信號。甲察立足未穩，只覺身側人影閃動，頃刻間他已身處十餘名乘風宮侍衛的包圍圈中。

甲察忽然哈哈大笑！他的笑聲極爲獨特，充滿了異乎尋常的誘惑性的魔力，仿若他的笑聲是來自一個虛幻的夢境中。

甲察突然毫無來由地大笑，使眾侍衛爲之一怔神！

這時，甲察的目光出奇平靜地掃視眾人，聲音低緩地道：「我——是不可戰勝的，而且永遠也不應該成爲你們的敵人，快快放下你們手中的兵器吧。」

他的目光與戰傳說的目光相觸的那一剎那，戰傳說心中竟感到一陣迷茫！甲察平靜之極的目光仿若一口無底的深井，一下子將他的戰意吸入其中！戰傳說感到自己的身心忽然鬆懈下來，一種懶洋洋的疲憊感席捲了他的整個身軀，有種微微的暈眩感。

冥冥之中，忽然一股力量使戰傳說由這種暈眩中掙脫出來！雙目倏睜的時候，他聽到了「噹啷」不絕的兵器墜地聲。

包圍著甲察的十餘名乘風宮侍衛相繼拋棄了手中的兵器。同一時刻，兩道紅影自甲察雙袖間驀然標射而出！

戰傳說心知不妙，大呼一聲：「小心！」卻已遲了。

那兩道紅影如幽靈般飛捲而出，紅影所及之處，尚未回過神來的乘風宮侍衛只覺喉頭一甜，喉管已被切斷，鮮血立時如泉噴灑！

血光拋灑，與兩道紅影相輝相映，戰傳說只覺眼前突然變成一片觸目驚心的紅色，暗含無窮殺機的紅色似乎已佔據了整個世界，佔據了所有人的視野。

兩道紅影以快捷絕倫的速度在穿射飛掠！戰傳說揮劍遙遙撲出！

甲察曾是密象國上師級的巫師，方才顯然是在形勢不妙的情況下，對內家修爲相對稍弱的乘風宮侍衛施以某種巫幻術。戰傳說雖不知甲察底細，卻也能猜出十之八九，他被甲察如此邪惡的殺人手段所激怒了，出手便是「無咎劍道」中最具攻擊性的「止觀隨緣滅世道」，且因爲他大熾的殺意而威力倍增！

「砰！」紅影翻揚，發出驚人的聲響，一團如火焰般的紅色倏然間似怒濤般捲至戰傳說身前，其速之快，竟使人心生立即會被這撲天蓋地的紅色完全淹沒的錯覺。

戰傳說一眼看到甲察如一隻蝙蝠般依附在撲天蓋地而至的一片紅色之上，面目可憎，他毫不猶豫地一聲厲喝，搖光劍毫無阻擋地疾刺向甲察的胸膛！

鮮血一下子噴濺在戰傳說的臉上！

熱血使戰傳說心頭一震，忽感異常。

定神一看，他的劍所刺中的根本不是甲察，而是一具已被甲察所殺的乘風宮侍衛的屍體！而甲察早已無影無蹤，十餘名侍衛除因爲中了自己一劍而未倒下者之外，餘者已全部仆身倒地，氣絕身亡。

戰傳說猛然醒悟，自己最終竟還是中了對方邪道巫幻之術。

這時，外面殺聲四起。顯然，外圍的侍衛已知道昆吾等人出手圍殺甲察之情形，甲察雖然在

戰傳說劍下逃脫性命，但此時仍是陷入了坐忘城屬眾的重重包圍之中。

戰傳說正待追出，忽聽身後「咕咚」一聲，是人體倒地的聲音，回首一看，卻是昆吾，此時苦悲劍仍深深地插在他的胸口。

先前若是甲察在最後的那一劍沒有略略傾身，那麼結果就會有所不同，也許甲察會傷得更重，但相應地昆吾也將立斃當場。

只是，甲察決不可能不避，因爲他沒有如昆吾一般的必死之心！

昆吾一直堅持著不肯倒下，他要親眼看到甲察的死亡，可惜，他的這一願望卻沒能實現。

戰傳說急忙將昆吾扶起，伸手一探，尙有微弱的脈搏，心中稍安。

「城主醒過來了」的呼聲也傳到了被擋在外面的爻意、石敢當耳中，兩人暗自鬆了一口氣，心想只要城主殞驚天活著，一切自可水落石出。他們堅信所謂的刺客決不會是戰傳說。

這振奮人心的呼聲讓擋在外面的乘風宮侍衛也不由顯露驚喜之色，但僅過了少頃，裏面便突然一陣騷亂，殺聲四起，很快有人傳出話來，說是兩個皇影武士一死一傷，受傷者在殺了十餘名乘風宮侍衛後，正試圖衝出包圍，要眾人誓死截殺。

石敢當、爻意相視一眼，兩人心領神會，皆知對方都已想到此刻的局勢對戰傳說已十分有利了。既然傳話者未提到戰傳說，說明他多半沒有生命之危；而皇影武士已一死一傷，那傷者若想再逃出坐忘城，實比登天還難。

果不出他們所料，過了一陣子，忽然有震天動地般的怒喝聲響起，猶如半空炸響的驚雷：

「殺了他！爲城主報仇！殺了他!!!」聲如排山倒海，氣勢駭人。

石敢當心頭一震：看來受了傷的皇影武士已經遭擒。

坐忘城外的江名爲八狼江。八狼江江水咆哮，濤聲洶湧，一個接一個的浪頭惡狠狠地砸在江岸的岩石上，隨即在驚天動地的巨響聲中濺起丈餘高的浪花，向虛空拋灑。

低垂的天空佈滿了烏雲，天地之間忽然變得格外壓抑、沉鬱，沒有風，連烏雲的變幻也是那般滯緩，絲毫沒有風捲雲湧的感覺，只是黑沉沉地向坐忘城步步進逼，緩慢卻無法回避，一點一點地吞噬著天地間的亮色。

乘風宮的城徽——那隻振翅欲飛的雄鷹的上空也已爲烏雲所籠罩。

此時，距戰傳說與甲察、尤無幾血戰的清晨不過半日，但清晨的曦日卻早已無影無蹤，讓人不由想到世事的無常。

殞驚天已死了，坐忘城頂天立地的脊樑轟然折斷！

事實上，在昆吾將他自華藏樓中抱出時，殞驚天就已氣絕。後來的高呼聲只是昆吾所設下的一個計謀，是他吩咐與他私交不錯的侍衛這麼做的，而此舉的目的就是要分辨出誰才是真正殺害殞驚天的兇手！對於想掩飾事實的兇手來說，再也沒有比殞驚天傷而未亡更讓他驚懼的了。

昆吾的方法果然奏效，殞驚天被尤無幾刺中一劍時，屋內一片昏暗，甲察也沒能看到具體情形如何。在不知真正的情況時，外面的呼聲使尤無幾與甲察一下子慌了神。

而此時昆吾早已悄然伏在附近，尤無幾與甲察的神色變化清楚地落入了他的眼中！昆吾立即斷定尤無幾高呼「刺客」只是故佈疑陣，他與甲察才是真正的殺害城主殞驚天的兇手！

後來的事實也證明了昆吾的猜測，也正是昆吾的計謀，才使本是撲朔迷離的局面一下子變得明朗了。

甲察雖殺了不少乘風宮侍衛，但終受了傷且寡不敵眾，最後貝總管出手將之擊成重傷，將他擒下！

當時群情激憤，恨不得立即將甲察殺了，但卻被貝總管阻止了。

眾人以為貝總管這麼做是因為皇影武士身分特殊，也許貝總管會將此事奏明冥皇後，再由冥皇發落。雖然大多數人內心深處不願接受這一點，但想到貝總管如此選擇也有其不得已之處，故最終大夥兒都默默地接受了。

沒想到，事實上貝總管根本沒有準備將此事奏明冥皇，再等冥皇發落的意思。貝總管一掌擊得甲察狂噴鮮血、頹然墜地後，立即出手如電，拍向甲察的琵琶骨，「喀嚓」一聲，甲察的琵琶骨應掌而碎！

甲察如垂死之獸般慘叫一聲，聲如鬼哭神泣！他的痛苦不僅在於肉體，更因為從此他的一身武功已蕩然無存。對於武道中人而言，失去武學已同廢人無異，這對甲察的打擊才是最為致命的。

貝總管廢了甲察的武功之後，立即連傳數道命令，先是讓坐忘城的醫道高手全力救治昆吾、小夭及其他幾位受了傷的侍衛；接著又邀請四大尉將共商如何處置甲察，最後才吩咐坐忘城所有人不得走漏兩大皇影武士在坐忘城被殺的消息，一旦誰人走漏風聲，立即格殺勿論！

對於最後一道命令，眾人雖感難以接受，但也明白貝總管的用心是儘量避免冥皇的怪罪。同時也有不少人想到此事恐怕最終仍是掩飾不住的，冥皇不可能不知皇影武士的去向。既然冥皇知道甲察、尤無幾是前來坐忘城，當他們失去蹤影後，冥皇焉能不追查？除非，甲察、尤無幾的舉動是擅自之舉，並非冥皇授意。

眾人認為後一種可能性更大，因為城主殞驚天對冥皇忠心耿耿，冥皇怎可能會如此對待自己的忠心愛將？

坐忘城眾民都在翹首等待貝總管與四大尉將商議的結果。

而這時，戰傳說、石敢當、爻意也回到了他們居住的院落，這一院落雖也同屬乘風宮，但卻處於邊沿地帶，華藏樓一戰對這兒的影響也略小一些。

雖然殞驚天是被甲察、尤無幾所殺已是眾所周知的事實，但畢竟戰傳說是除甲察外，唯一一個親歷殞驚天被殺過程的人，所以表面上坐忘城的人對他更爲尊敬，但戰傳說卻察覺到，在他周圍，其實一直有坐忘城的人暗中留意著他的一舉一動。看來，在貝總管與四大尉將商討的結果公諸於眾之前，戰傳說恐怕難有真正的自由。

不過戰傳說對此並不太在意，他已深切體會到坐忘城戰士對殞驚天的擁戴與崇尊，尤其是昆吾的奮不顧身對他觸動極大，所以，殞驚天不幸遇害後，坐忘城的謹慎並非不可理解。

但當他回到自己所居住的院落時，卻還是被一件讓他意外的事嚇了一跳。

就在他與石敢當、爻意一同返回時，遠遠便見有一侍從裝束的人在門庭外來回踱著步，顯得有些不安。也許聽見了他們的腳步聲，當戰傳說三人走近時，那人停下踱著的步子，抬眼向他們看來。

戰傳說三人正暗感此人舉止蹊蹺時，那人已快步小跑過來，向三人施禮後，不安地道：「石老宗主、陳公子、爻意姑娘，歌舒谷主已……已不知去向。」

戰傳說三人心頭齊齊一震。

回過神來之後，石敢當沉聲道：「待我等去看看！」幾人迅速向歌舒長空所居的房中走去。

屋內一切都安好無損，沒有絲毫打鬥過的跡象——當然，這一點並不能說明太多問題，因爲歌舒長空雙臂盡廢，與尹歡一戰又耗力過甚，以至於功力盡失，就算今日有所恢復，那也是微乎其微。只要是有一定修爲的高手，完全可以在歌舒長空未能做出任何反抗的情況下將他制住。

問題是，怎會有人對歌舒長空這樣已近乎廢人的人感興趣？似乎不太可能。至少，在坐忘城中似乎不應存在這樣的人。雖然南尉將伯頌之子伯貢子一定對歌舒長空仍懷有怨恨之氣，但歌舒長空已傷至如此，伯貢子多半也應已感到十分「解恨」，不會再多費周折對付歌舒長空。而若是歌舒長空的仇家所爲，此人既然可以在神不知鬼不覺的情況下接近歌舒長空，那麼就完全可以就地取了歌舒長空的性命，又何必多此一舉，將他帶走？

除此之外，難道會是歌舒長空自己悄然離開這兒的？

如果僅僅從可能性來看，這種可能也是存在的。歌舒長空在清晨已醒轉過來，而且他的神志也已恢復，不再因哀邪的「三皇咒」的緣故神志混亂，雖然歌舒長空傷得極重，但因爲他在地下冰殿經過了如煉獄般的二十年磨礪，其生命力變得出奇的頑強，恢復的速度也遠比常人快捷，所以當他從暈迷中清醒過來後，若要下床行走，也並非不可能。

正是因爲歌舒長空的情形看起來應該不會再因傷重而亡，石敢當才敢在華藏樓發生變故時，離開歌舒長空。只是他萬萬沒有想到最終歌舒長空身上所發生的竟不是重傷發難再度暈厥，而是

失蹤。

可是歌舒長空雖有出走的能力，但他似乎並沒有理由這麼做！何況即使乘風宮侍衛被華藏樓那邊抽調太多，但以歌舒長空行動之遲緩，總會被人發現的！退一萬步設想，即使他能出乘風宮，甚至出坐忘城，以他殘廢之軀，身邊再無他人，豈非唯有一死？

百思不得其解之餘，石敢當只好對那內侍道：「請小兄弟讓乘風宮的朋友再多加打探，有消息立即告之我一聲。」

那內侍恭聲道：「石老宗主放心便是，我等會全力尋找的。若沒有別的吩咐，我便告退了。」

石敢當拱手道：「有勞了。」

那內侍忙道：「不敢。」言罷退了出去。

當那內侍離去之後，爻意才輕聲道：「歌舒長空一定不是自行離開的。」

石敢當「哦」了一聲，戰傳說也有些意外地看著爻意。

石敢當道：「不知爻意姑娘爲何這麼說？」

「因爲他的靴子尚在。」爻意指了指床榻下道。

石敢當、戰傳說一看，果然如此！不由啞然失笑，心道：「其實只是她比我們心細一些而已，我們還以爲她有何驚人的發現！」

但笑容很快自他們臉上消失，他們想到既然歌舒長空不是自己離開此地的，而且是在未及穿上靴子的情況下，那足以說明歌舒長空多半處境危險。

想到這一點時，他們也明白爻意爲何要在那內侍離開之後才說出這一點，顯然爻意對此事是否會是坐忘城的某個人所爲還有所猜測。而據現實情況來看，爻意的這種懷疑不無道理。

若真的是坐忘城的某一人所爲，那此人爲何要這麼做？此刻歌舒長空是生是死？而且，此刻戰傳說三人根本沒有任何可查此事的線索。

戰傳說忽道：「尹歡與歌舒長空相繼不知所蹤，這兩件事之間會不會有某種聯繫？」

石敢當與爻意相視一眼，卻誰也沒有開口，因爲他們誰也無法確知這一點。

沉默了片刻，石敢當道：「既然一時無從著手查清此事，只好暫且擱下。傳說，皇影武士何以會對殞城主下毒手？」

戰傳說沉吟道：「其中細節我亦不知。大致應是皇影武士讓殞城主追殺一個人，殞城主口頭答應，但因爲覺得此人本不該死，所以暗中護著此人，而且此事背後也許還隱有一個秘密，一個皇影武士不願讓外人知曉的秘密。殞城主的不合作使他們意識到潛在的危險，所以他們要對殞城主施以毒手。」

石敢當皺眉道：「換句話說，皇影武士是爲了殺人滅口？」

「不錯，如果殞城主依他們所傳的命令去做，他們自然不會有這種擔憂，但事實上卻不如他們所願。殞城主既然已不能爲他們所用，便反而成了他們的心頭之患。」戰傳說道。

爻意微微點頭，「卻不知他們要殞城主追殺的人又是誰？」

「十有八九就是我。」戰傳說緩緩地道。

「你?!」爻意、石敢當大吃一驚。

「不錯，他們讓城主追殺的人正是陳公子。」聲音是自門外傳來的，眾人回頭一看，說話的赫然是貝總管！

貝總管步入屋內，他的身後沒有任何隨從。他一邊走入屋內一邊施禮道：「方才貝某聽宮內侍衛稟報說歌舒谷主不知去向，貝某放心不下，亦感未能對歌舒谷主照顧周全，特來賠罪，碰巧聽到了三位言談，忍不住插了一句，實是冒昧。」

寥寥數語，既能使自己的突然插話不顯得失禮，也解釋了來意，足見貝總管心思之縝密。

石敢當忙道：「城中屢遭變故，防不勝防，歌舒長空失蹤之事實是意外，總管不必自責。對了，方才你也說甲察二人要追殺的是……陳籍，不知總管是如何得知這一點的？」

貝總管神色哀然道：「城主是傷重而亡的，受傷之後，或許城主自感有性命之危，便在地上寫了五個血字：『殺我者甲、尤』，故皇影武士殺了城主已是不爭的事實；而我們擒住甲察之後，在他身上搜出兩件東西，其中一件是一幅帛畫，帛畫所繪正是陳公子。」

說到此處，他自懷中取出帛畫，當著戰傳說三人的面將帛畫徐徐展開，帛畫所繪人像果真是戰傳說！

戰傳說乍見帛畫，驚愕之餘，脫口道：「甲察與尤無幾果然與劫域有染！他們定是奉劫域大劫主之命，要爲哀將報仇！」

不料貝總管搖頭道：「皇影武士身分特殊，猶如冥皇影子，若不是冥皇之令，他們決不會遠離冥皇。換而言之，皇影武士的行蹤一定在冥皇的絕對掌握中；而且，即使冥皇在特殊情況下讓皇影武士離開京師，也會將『十方聖令』賜予皇影武士，使他們可以在大冥樂土暢行無阻。」

「莫非貝總管所說的在甲察身上搜到的兩件東西中除了這幅帛畫外，另一件就是『十方聖令』？」戰傳說若有所悟地道。

「不錯，貝某在他身上的確找到了『十方聖令』！有這兩件東西，其實就暗示了一些讓人難以置信的事——甲察、尤無幾確是奉冥皇之命前來追殺陳公子的！」

說著，貝總管已自懷中取出另一件泛著金黃色光澤的東西，此物不知如何鑄成，色澤幽亮，光華內蘊，約有半掌大小，中央如滿月狀。

「滿月」四周共有十個如刃尖的稜角，除了呈「十」字對稱分佈的四個稜角顯得格外長一些外，其餘六個稜角略短，每一個稜角上，皆刻有細如游絲的花紋，紋案肉眼難辨。

這正是在大冥樂土具有無上權威的「十方聖令」！

可惜在戰傳說、爻意二人眼中，卻不至於有這種感覺，倒是石敢當乍見「十方聖令」，神色頓時變得凝重不少。

戰傳說聽貝總管說此事竟與冥皇也有了某種聯繫，不由大皺眉頭。他雖然生活在與世隔絕的桃源中，但「大冥冥皇」這樣的字眼意味著什麼他卻是知道的。在此之前，戰傳說從未想到自己與冥皇之間會有什麼聯繫，無論是哪一種聯繫。

「難道，現在自己竟已成爲冥皇所要追殺的人？」戰傳說惑然不解。他忍不住道：「據我所知，甲察、尤無幾追殺我時，除了以此帛畫爲查尋依據外，還以一件邪兵苦悲劍爲線索，此劍本爲劫域哀將的兵器。」

貝總管道：「對了，陳公子先說甲察、尤無幾定是暗中與劫域有染，要報哀將被殺之仇，現在又提到劫域哀將的兵器，不知陳公子所指究竟是什麼事？」

劫域乃魔境，雖久未與大冥樂土發生衝突，但這並不等於說劫域魔境已不再可怕，恰恰相反，僅僅一個哀將就已十分可怕，何況還有比哀將不知高明多少的大劫主及其麾下萬餘魔兵？戰傳說亦知這一切，更知自己擊殺哀將之事對世人隱瞞得越深越好，但殞驚天的死卻讓他清醒地意識到——唯有讓哀將被殺的真相被更多的人知道，才不會連累無辜！

所以，戰傳說坦言道：「在隱鳳谷中，在下殺了劫域哀將，他的兵器苦悲劍也被在下得到，但當時我已難以將隨哀將一同闖入隱鳳谷的其他劫域屬眾也一併除去。想必劫域大劫主已得知哀將死訊，立即依照返回劫域的倖存部屬的描述繪出我的容貌，再動用劫域的一切力量追殺我，因爲不知我的身分，故要以苦悲劍及這帛畫爲線索及依據。」

貝總管恍然道：「原來將昆吾刺成重傷的劍是劫域哀將的邪兵！我道爲何那件兵器邪氣熾盛如斯！」

戰傳說聽貝總管這麼說，知道在關鍵時刻助自己一臂之力的人沒有死，心中鬆了一口氣。昆吾的神勇給戰傳說留下了十分深刻的印象，對昆吾頓生好感。因爲昆吾的緣故，他未能及時尾隨追趕甲察，當時昆吾被苦悲劍透胸穿過，生死未卜，戰傳說將他扶起時，很快就有其他乘風宮侍衛把昆吾抬走，之後戰傳說再也沒有見到昆吾，心中卻一直爲昆吾的安危擔憂，此刻方才放下心來。

貝總管接著道：「甲察、尤無幾的確是奉冥皇旨意才離開京師來到坐忘城的，而他們的來意又確實是因爲劫域哀將而追殺陳公子。這兩件事聯繫起來，那豈非等於說……冥皇竟爲了劫域而

派出皇影武士追殺陳公子?!」

戰傳說、石敢當二人皆神色劇變，而後者神情尤爲驚愕。

「不僅如此，在城主不肯奉命而行的情況下，冥皇甚至不惜讓甲察、尤無幾對城主施以毒手。」貝總管聲音低沉地道，「若這些推測都成立，那豈非太可怕?太不可思議?」頓了一頓，他像是自言自語般接著道：「但這些推測卻又難以尋出什麼漏洞，顯然無懈可擊。貝某左思右想，仍是無法看出其中的真正玄奧。」

一直未開口的爻意忽然淡然道：「事情一定正如貝總管所推測，是冥皇令皇影武士爲劫域追殺陳公子。」

她的語氣之肯定、果決，讓人大感意外。

貝總管神色微變道：「但冥皇乃大冥九五之尊，受樂土萬眾擁戴，尊貴無比，怎可能……爲劫域所利用?不!決不可能!城主一向忠於冥皇;而冥皇能讓城主肩負捍衛樂土一方的重責，也足見冥皇對城主的信任，無論如何也不可能爲了劫域而對城主不利!」

雖然是貝總管將這一連串之事推溯至冥皇，但他卻絕難對冥皇的聖明起絲毫疑心。

戰傳說心知爻意之所以敢對冥皇也有所懷疑，與她對靈使的懷疑猜測一樣，因爲在她心目中，即使是地位尊崇如神的不二法門元尊、大冥樂土冥皇這樣的人物，也與常人沒有太多區別。

在世人心目中早已根深蒂固的認知，在爻意的心中卻是一片空白。

但這一次，戰傳說對爻意的說法並不認同，他相信正如貝總管所言，無限尊崇的冥皇絕沒有要爲劫域出力的理由。除非，此事對冥皇也有利！故戰傳說道：

「冥皇與追殺我的事一定有關，但同樣肯定的是，這只可能是他自己的旨意；而事實上，冥皇的這一旨意卻與劫域不謀而合，所以才會有甲察、尤無幾在坐忘城出現，只是冥皇與我應毫無瓜葛，休說是冥皇，就是冥皇身邊的任何人，我也從不曾與之結下恩怨，冥皇怎會平白無故地對我恨之入骨？」

他看了看眾人，接道：「這才是最關鍵也是最蹊蹺之處。」

自己的說法被戰傳說所否定，爻意也不再多說什麼。

貝總管嘆了一口氣，「看來只有寄希望於能從甲察口中問出真相了，但皇影武士無不是萬裏挑一者，無論武功、智謀，還是意志力，都非同凡響，要想讓他開口說出真相，實是太難！」

「還有一種可能，那就是甲察並不知道真相。」石敢當補充道。

貝總管沉吟片刻，緩緩點了點頭。

第七章　捍衛一方

殞驚天遇害前就已傳令四大城門守將加強防範，他被害之後，各路人馬更不敢懈怠！此時城中群龍無首，各路人馬只能自行約束，在新的城主未產生之前，誰也不能擔保坐忘城不會發生變故。

坐忘城中人皆知若是冥皇不特意另行委任一名城主，那麼最有可能繼任城主之位的有兩人，一個就是貝總管，另一人則是北城尉重山河。

重山河乃昔日坐忘城城主重春秋的義子，重春秋並無子嗣，故重山河這一義子對重春秋自是格外珍視，也是因爲念及這一點，坐忘城上上下下多認定重春秋最終會將城主之位傳與重山河，沒想到最終重春秋的選擇卻大出眾人意料之外，成了繼他之後新的城主者的竟是殞驚天！

殞驚天與重春秋並無任何直接的密切關係，當時殞驚天僅是乘風宮的侍衛統領，其地位與今日的昆吾相同；而乘風宮侍衛統領一向設有兩位，各自統領一幫人馬，分別謂奇營侍衛、正營侍衛，其中正營侍衛只負責保衛城主安全，人數較少；但更爲精銳的奇營侍衛在一般情況下，是對除城主之外的其餘乘風宮重要人物負有護衛之責。

昆吾就是正營侍衛的統領，而當年的殞驚天也是正營侍衛統領。

重春秋的決定出乎眾人意料，但當重春秋宣布這一決定時，坐忘城中人忽然感到環視坐忘城，的確沒有人比殞驚天更適合成爲新任城主。他的顯赫戰功，他的心計智謀，他的武道修爲無不出類拔萃！而且殞驚天從不居功自傲，這使他與各尉將、統領都關係融洽。

也許是重山河對自己會成爲新任城主太有把握，不會感到任何威脅，所以連他與殞驚天的關係也頗爲密切。

殞驚天被重春秋選定爲繼任者後，包括重山河在內，無一人提出異議，因爲沒有人能找出反對的理由。在重春秋離世之後，重山河竟也沒有尋機對殞驚天有所刁難，而是盡心盡職地履行北尉將之責，對於這一點，讓不少人感到既意外又欽佩。

如今殞驚天一死，因感念重春秋、重山河的無私氣度，也許有不少人會覺得重山河此次應該會得到早在十餘年就應得到的——城主之位。

但若拋開重山河與昔日老城主重春秋的關係，則貝總管顯得比重山河更有實力。貝總管成爲乘風宮總管不過五年，卻將乘風宮打理得井井有條，上下信服，而近些日子的一連串變故中，貝總管更顯示出指揮若定、揮灑自如的強者風範，若要使坐忘城不至於因爲殞驚天的遇害而實力漸衰，也許貝總管才是城主的最好人選。

對於此事，無論是重山河還是貝總管，似都不甚在意，兩人依然一如既往地各司其職。倒是旁人對此卻已再三思慮。

伯頌亦是如此！

伯頌的心情頗爲沉重，其子伯簡子、伯貢子的受傷，城主殞驚天的遭害，這些都足以讓他憂鬱重重；而當歌舒長空突然自乘風宮中消失的消息傳入他耳中時，更使伯頌感到不安。

讓他不安的是，他擔心外人會懷疑此事是南尉府所爲——畢竟在坐忘城曾與歌舒長空發生衝突的只有自己父子三人，而且自己的兩個兒子還是被歌舒長空擊傷的，他人若是懷疑歌舒長空之所以會失蹤，一定是南尉府心有不甘，故借歌舒長空重傷時將之劫走，這也是人之常情。儘管南尉將的權力不能深入乘風宮，但在乘風宮內有與南尉府關係密切的侍衛，卻是再正常不過的事了，而歌舒長空與坐忘城已有隔閡，對他加以保護只是出於情面上的考慮，若是南尉府有意對歌舒長空下手，親疏分明，誰也不會真的全力護衛歌舒長空的。

在外人看來，南尉府既有將歌舒長空劫走的動機，又有成功的可能；但伯頌自感問心無愧，事實上他擔心的倒並不是他人是否會對南尉府起疑，而是擔心這會不會使自己與石敢當之間產生尷尬。儘管他相信自己也相信石敢當，但尷尬之情也許並不會因爲彼此間的信任而完全消除。

同樣困擾他的，還有殞城主被害後，坐忘城當何去何從的問題。雖然尤無幾已死，甲察被擒，但此事最終的決斷顯然不能是將甲察一殺了之。

即使甲察的事能有圓滿解決，接踵而來的又有奉何人爲城主的棘手問題。伯頌身爲坐忘城四大尉將之一，他的態度當然頗爲重要。

心中煩悶，伯頌便帶上幾名親信隨從離開南尉府，前往自己權力所及範圍內的各處巡視，借此暫時忘掉諸多不快。

巡視了幾處，一切正常。不知不覺中，伯頌來到了南門，他棄馬登上了城牆，放眼望去，只見天色陰沉依舊，城牆前江水滔滔，奔湧不息。

伯頌正在想著心事，忽有一個黑點出現在他的視野中，就像是來自於遙遠的天與地相連的地方，正由南向北朝坐忘城這邊接近。過了一陣子，已可看出那是一輛奔馳而來的馬車。

馬車漸漸地與坐忘城越來越近，初時不甚在意的伯頌這時卻已逐漸被這輛馬車所吸引，說不清道不明的感覺告訴他，這輛馬車有些不尋常。

他的目光漸漸地從漫無目的地眺望遠方轉而緊緊追隨於那輛馬車，當馬車與坐忘城南門鐵索

橋對岸橋頭堡只差里許時，伯頌心中忖道：「應該有人上前查問了……」

心念甫起，便見那輛馬車西側的林中有一隊約三十人的人馬疾馳而出，頃刻間已呈弧狀遠遠地形成半個包圍圈。

這些人正是在殞驚天生前就已奉命出城巡查的五百精銳人馬中的一支，如這樣的小股人馬已散佈於坐忘城四周的每一個方向，無論由哪一個方向出現再接近坐忘城的人，都會落於他們的眼中。

伯頌看到這一幕時，心中不由忖道：「不知城主生前究竟意識到了什麼危險，居然如此嚴加防範！」

他卻沒有想到此時那支三十餘人的人馬正遭遇著一件匪夷所思的事！

那輛馬車看上去很普通，駕車的車夫也一眼就可以看出是一個道道地地的勞苦之人，所以這支奉命在這一帶巡視的人馬只是抱著例行公事的心態上前查問，並不真的覺得這輛馬車會給坐忘城帶來什麼威脅。

當三十餘名坐忘城戰士零零散散地圍攏於馬車周圍時，那車夫也知趣地收韁放緩車速，並最終停了下來。

坐忘城戰士當中爲首者以例行公事的口吻向那車夫問道：「車內搭載的是什麼人？爲什麼要

進入坐忘城？」

雖然此處離坐忘城尚有一里之距，但因爲這個方向除了通向坐忘城的大道外，再無其他可以讓馬車通駛的道路，故此人會這麼問。

那車夫顯然未曾見過這種陣勢，面現畏懼之色，張了張口，一時未能說出話來。

也就在這時，馬車內已傳出一個低沉的聲音：「伯頌何在？讓他來見我。」

聲音並不響，但在眾坐忘城戰士聽來卻不啻於一聲驚雷，心中第一反應便是——馬車車廂內的人決不簡單！

車內之人的發話就如同一道命令，本是隨意疏散於四周的坐忘城戰士「呼」地一下迅速圍攏，形成戰鬥出擊前的最佳隊形，更有不少人已悄然將手搭在了自己的兵器上，氣氛一下子變得極爲緊張！

坐忘城戰士之所以有這麼強烈的反應，顯然與坐忘城一連串的變故有關，否則即使真的來者不善，也沒有人會對這區區一駕馬車如此戒備。

那名爲首戰士定了定神，暗吸了一口氣，這才沉聲道：「閣下何人？能否現身一見？」

車廂的門簾低垂，無法看見車內的人。但對方既然直呼南尉將伯頌之名，必然來頭不小，故坐忘城戰士亦不能不小心應付。

只聽得車內的人道：「你們帶此物去見伯頌，讓他即刻前來見我。」不怒自威的氣勢在話語中更顯露無疑。

車外眾坐忘城戰士一呆，旋即怒焰「騰」地一下子升起。但未等眾人有所反應，「嗖」的一聲，一道藍色的光弧自車內疾射而出，「噹」的一聲，一物已深深地插入石板路面中。

眾人先是以爲車內之人以此顯示他的修爲，怒意更甚！但倏聞其中一人失聲驚呼：「乘風令！」

此驚呼聲突如其來，不但硬生生地逼回眾坐忘城戰士的怒喝聲，更使他們人人皆如被施了定身之術，呆立當場！所有的目光一下子集中於插入石板路面內的東西上，每個人的神色都如見鬼魅，驚愕欲絕。

插入石板內的東西是一支令箭，一支藍色的令箭，最醒目的還不是令箭的色澤，而是在其上端鏤刻的那隻雄鷹，栩栩如生，十分逼真，讓人感到只要有一縷清風，牠便可以立即振翅高飛，直入萬里雲霄！

此令赫然是城主殞驚天的「乘風令」！若有此令，便等於城主親臨！

但城主殞驚天已被尤無幾殺害，這「乘風令」又怎會在此出現？車內之人究竟是什麼來頭？是友是敵？他手中怎會有「乘風令」？與城主殞驚天究竟有何淵源？

此時，眾坐忘城戰士心中之驚愕可想而知！刹那間，許許多多的疑問一下子湧上了他們的心頭，過度的吃驚使這些精銳的戰士失去了他們原有的敏銳。

「見此令如見城主親臨，為何還要猶豫?!」車內的神秘人再度催促道。

眾人這才如夢初醒，第一個反應就是立即向兩側散開！既然車中人持有「乘風令」，無論如何，在未知對方真正身分之前，眾坐忘城戰士不可對之不恭。

為首的那名坐忘城戰士趕忙翻身下馬，趨前將那支「乘風令」拔出，也不管車中人能否看到他的舉動，施了一禮，「請朋友稍候片刻。」言罷倒退幾步，這才翻身上馬，狠抽一鞭，坐騎一聲長嘶，向坐忘城南門方向疾馳而去。

與此同時，伯頌站在城牆上一直留意著這邊的情形，雖然兩者因相距較遠，無法將真相看得一清二楚，但卻也不難看出那邊一定發生了非比尋常之事，對於這一點，由那向城內飛馳而來的一騎就可以看出。

想到這裏，伯頌對跟隨在他身邊的幾名親衛低聲道：「走，下去看看究竟發生了什麼事?」

伯頌剛由城樓下來，那名策騎而來向他稟報的戰士已至，乍見南尉將伯頌已在南門，此人立即翻身下馬，半跪於地，雙手將「乘風令」高舉過頂，急切地道：「稟伯尉，城外有一人持有此『乘風令』，要伯尉出城與他相見！」

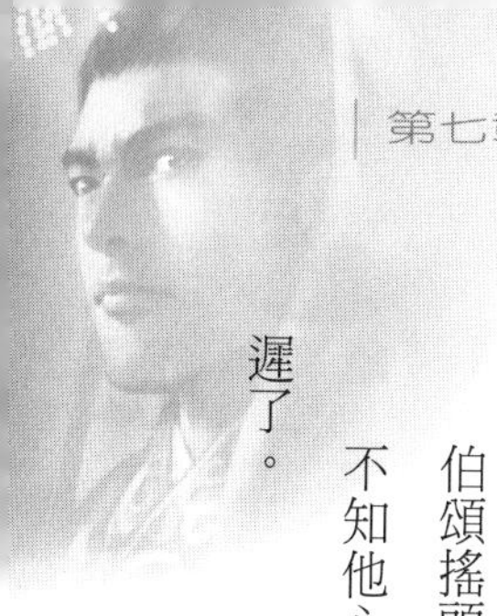

伯頌乍見「乘風令」，神色倏變！

所謂睹物思人，見此「乘風令」，伯頌心中之感慨可想而知，以至於一時間他只知怔立當場，對那坐忘城戰士後面的話恍如未聞！直到他身邊的一名親衛低聲提醒道：「伯尉……」伯頌這才回過神來，上前就要接過「乘風令」，他想看看此令是否爲真正的「乘風令」，抑或只是贋品。

手未觸及「乘風令」，已有一親衛及時勸止：「伯尉還是多加小心，謹防這支令上已做了手腳。」

伯頌頓知這親衛是提醒自己要提防「乘風令」上會不會淬有劇毒。經此提醒，伯頌便未再直接接過此令，而是趨前細看，只看了幾眼，他立即驚呼道：「果真是『乘風令』！」

周圍之人無不色變！

「既然如此，我便出城與他相見！」伯頌當機立斷道。

「對方來歷蹊蹺，是否先與貝總管商議再作決定？」一名親衛提醒道。

伯頌搖頭道：「就算對方來意不善，我們如此處處小心，未免會讓世人小覷了坐忘城。」

不知他心中想到了什麼，竟改變主意，將那支「乘風令」接過，一旁的幾名親衛欲擋阻也已遲了。

伯頌手中握著「乘風令」，就如同握著千斤巨石，感到沉重無比。沉重，不是因爲他心有懼意，而是因爲他隱隱感覺到這支神秘出現的「乘風令」一定會給坐忘城帶來又一次軒然大波，而帶給坐忘城的究竟是禍是福，暫時卻不得而知。

伯頌的幾個親衛一直追隨著他一同出了南門，卻在鐵索橋前被他攔阻喝退了。他心想：在城外已有坐忘城的五百精銳，而對方只是一駕馬車孤身深入，若是自己再帶上大幫隨從，豈不可笑？

漸漸走進那輛馬車時，伯頌感到他所走近的似乎不僅僅是一輛馬車，而是在走近整個坐忘城未來的命運。

當他走至離馬車只有數丈距離時，他站定了。

「伯頌在此，不知閣下有何見教？」伯頌道。

「暫時我的容貌只能讓你一人目睹，請讓其餘的人走開，我可讓你見我的真面目。」馬車內傳來那神秘人物的聲音。

「我爲什麼要依你的話去做？」伯頌道。

「因爲『乘風令』，『乘風令』如同城主親臨，你身爲坐忘城尉將，不會不知這一點吧？」

伯頌沉默了片刻，終於向周圍的坐忘城戰士揮了揮手，「你們全退開。」語氣並不嚴厲，但卻不容違抗。

三十餘人相視之餘，只有策馬退開，並且繞至馬車側後方。

「遇變雖驚，但總算不亂——你們倒未讓我失望。在見我真面目之前，我先問一事，坐忘城城主是否已遭遇不測？」

伯頌細辨對方語氣，感到對方言語中頗有擔憂之情，不由心中一動，暗忖道：「看來此人多半是城主舊友，所以他的手中才會有『乘風令』；而他在聽說坐忘城有重大變故後，才匆匆趕來。」

坐忘城四尉將及貝總管因感到殞城主被害必有重大內幕，所以殞城主遇害後，坐忘城一直試圖將這一消息封鎖，直到所有真相大白時，再解除這一禁令；但現在看來，此事仍是不可避免地傳出坐忘城之外了。

伯頌略作猶豫後，臉帶悲傷地道：「我家城主的確已遭遇不測。」

「唉！」車內之人悲痛萬分地一聲長嘆，聲音低沉地道，「我……來遲了！」

那一聲嘆息中飽含了無限的傷感以及悲慟，絕對是真情的流露。伯頌的傷感頓時也被再度勾起，一時間竟說不出話來。

「我之所以沒有直接露面，並非故弄玄虛，而是有難言之隱。現在，我可以讓你看看我的真面目了。」馬車中的神秘人緩聲道。

其聲低緩，伯頌卻渾身一震，如遭電擊！他極度吃驚地望著馬車的車簾緩緩被掀起，神情複雜至極。

伯頌之所以神色變化如此劇烈，是因爲車中神秘人物的聲音突然變了，變成了一個他極爲熟悉的聲音！同時，也是一個決不應在此時此地出現的聲音！

「我知道無論坐忘城中誰人見了我在此時出現，都會萬分驚愕，所以我才不願過早地讓太多人看見我。我知道你是個心性憨厚之人，所以選擇第一個要見的人就是你。」說著，車內之人終於掀開了車廂前的簾子，顯露出了他的真面目。

伯頌的低聲驚呼如同呻吟一般，他整個人完全僵立當場！

與此同時，奉命退開的三十餘名坐忘城戰士一直對伯頌的安危放心不下，雖奉命退開，但他們仍密切留意著這邊的每一點變化，隨時準備在第一時間作出反應。

由此可見，城主的死已讓坐忘城之人的心中有了難以揮去的陰影，此刻伯頌的驚呼聲及他那驚愕欲絕的神情都被三十餘名坐忘城戰士捕捉到了，當然，伯頌與馬車內的人的對話也隱約落入了他們的耳中，但卻因爲不能聽全，雙方的話意又模糊含蓄、模稜兩可，加上他們心神十分緊張，反倒未能聽出什麼。

眼見伯頌反應異常，有好幾個戰士再也沉不住氣，正待上前，這時卻見伯頌向眾人大聲傳令：「你們再退出十丈！」

眾皆一怔。

頭髮花白的伯頌此刻就像著了魔一般，見眾人一時未依令而行，立即顯得十分急切地道：「依令而行，切勿延誤！」

他的言行舉止與平日的厚道篤實大相徑庭，眾人雖不明所以，但最終仍是依令而行，再退出十丈。

遠遠地可見伯頌繼續與馬車內的神秘人物交談著什麼，他們像是有意壓低了聲音，加上相距更遠了，眾坐忘城戰士再也不能聽到他們交談的內容。只是由伯頌先是驚愕，而後是疑惑，最後越來越顯恭敬的神情來看，可知那神秘人對伯頌、對坐忘城應無惡意，而且此人應頗具身分地位，眾人懸著的心這才漸漸落下。

這時，又有幾隊坐忘城戰士向這邊靠近，大概是因爲見這輛馬車出現後一直停在此地，唯恐有什麼意外，故相繼趕來。

倏聞伯頌向眾坐忘城戰士振聲呼道：「立即打開城門，護送車駕入城！」

此言一出，眾戰士莫不再度大吃一驚。

晏聰終於等到了他想要的東西。

當南許許再度自裏屋出來時，晏聰已在此屋等了一日一夜。所以，當南許許出現時，晏聰大有長吁一口氣之感，他急忙道：「前輩已辦妥了？」說話的同時，他已發現南許許手中握有一畫軸，心中頓時有底了。

果然，南許許點頭道：「我已將死者未易容前的容貌繪出來了。」

奇怪的是，他像是沒有察覺到晏聰迫切欲一睹真相的心情，竟沒有立即將那畫軸交與晏聰，而是顯得有些遲緩地走到那張寬大得出奇的椅子前，將身子深深地埋入椅中，這才道：「死者在世人眼中，曾是什麼身分？你又是如何得到死者的首級的？」

晏聰心頭微微一震，一下子從方才的激動中清醒過來。清醒過來後，他便留意到南許許的神情有些異樣，按理，以南許許對醫術、毒術、易容術等諸多奇術的專注執著，在遇到極爲高明的易容術後，費盡心思將易容者的本來面目設法探查出來時，必有大功告成的喜悅與激動，但此時在南許許的臉上卻難以找到多少喜悅與激動。恰恰相反，南許許的臉色顯得頗爲凝重，神情若有所思。

晏聰心頭暗暗吃驚，飛速轉念之餘，方道：「此人生前在世人眼中是一邪惡者，不過究竟是

正是邪，其實未必就如世人所見到的表面現象一般，這也是家師讓我設法查出此人在易容前的真實身分的原因。」

晏聰想到南許許自己就曾是一個被樂土各族派追殺的人，對正邪的看法顯然會有異於常人，所以他說了這一番話。他的這一番話似乎起了作用，南許許半坐半臥著，沉默了好一陣子，不再對晏聰多加追問。

晏聰忍不住道：「莫非，前輩看出了什麼不尋常之處？」

南許許目光微抬，看了他一眼，復又垂落於地面上，緩聲道：「從一個首級能看出什麼？何況，死者如此年輕，老夫隱身於世人耳目之外時，恐怕世間還未必有他。」

說到這兒，他這才將那幅畫軸遞向晏聰，接道：「你接著吧。不過我想提醒一句，既然是你師父顧浪子讓你辦這件事的，那麼你最好及早地把此畫交與他。」

晏聰很想再問一句：「爲什麼？」但最終他仍是把這個疑問忍下了，而是默不作聲地上前將畫軸接過，定了定神，這才將它小心地展開。

雖然晏聰亦知僅憑一個頭像，一時也不能一眼看出死者的真實身分，即使南許許有再高明的妙手繪出的人像與真實的人如何酷似，但茫茫樂土，要依此人像查出死者的身分，談何容易？不過晏聰的心情仍是有些激動。

小心展開畫軸後，晏聰看到一幅只有頸部以上的肖像，畫像線條靈活流暢，使肖像栩栩如生。這是一個與晏聰年歲相彷的年輕人，五官比晏聰更爲細緻一些，而且略顯偏瘦，眼神有一股陰戾之氣。

晏聰一時分不清自己心中滋味，暗忖道：「看來這就是死者未易容前的真面目了，與他易容後的容貌並不相像，但不知此畫會不會有所偏差？」

他仔細地端詳著這幅畫像，漸漸地，他開始感到畫中人像的面目依稀面熟，似乎曾在什麼地方見過，這使晏聰既喜且驚；但仔細一看，那隱隱約約的相識之感卻又沒有了。

晏聰頗感失望，他不甘心方才的似曾相識之感就此失去，因爲要從茫茫樂土找出一個人實在不易，任何可能存在的線索都應受到百倍珍視。

晏聰復又仔細端詳畫像，不知不覺中，那依稀相識的感覺又再度出現，但同樣也是很快又重新消失了。

如此反覆數次，同樣的一幅頭像，在晏聰眼中忽而完全陌生，忽而又有相識之感——這樣的變幻不定非但沒有使晏聰洩氣失望，反而引起了晏聰極大的興趣。

他苦思冥想：「究竟爲什麼會有這種變幻不定的感覺？是因爲我自身的心理情愫不定，還是因爲此畫像本身的緣故？」

南許許像是猜到了他的心事一般，「僅憑一幅畫像怎能一眼就看出此人的身分？況且我也未必能由死者頭骨將此人真實容貌猜出十成，或許最多也不過八成。」

他像是不願在這件事上再加多說，轉而道：「好像到了這裏之後你還滴水未進、粒米未食，是不是？」

晏聰笑道：「晚輩心中掛念著事，並沒有多大的食欲，再說前輩爲我而辛勞，若我只顧一人享受，豈非太過不尊？」

南許許嘿嘿一笑，「享受？在這窮山僻壤，只怕傾我所有，也夠不上『享受』二字。」頓了一頓，他語意有些模糊地加了一句：「你與你師父的性情畢竟有所不同。」

晏聰道：「晚輩豈敢與家師相提並論。」

南許許微笑不語。

坐忘城。

那輛神秘的馬車駛入坐忘城後，在伯頌親自引領下，馬車直駛南尉府。見是南尉將伯頌親自引領，南尉守衛自是將府門打開，任憑馬車長驅直入。

緊接著，伯頌便緊閉府門，對每一個進出南尉府的人都來回盤查。

更不可思議的是，伯頌在將車內神秘人物引入南尉府最機密的「如意閣」之前，竟讓如意閣內所有守衛全都退出。

這讓南尉府的人大感不解，不由暗自猜度馬車內神秘人物的來歷。能進入「如意閣」的人，無不是伯頌的心腹，而伯頌又本非多疑之人，現在卻如此小心翼翼，實是非比尋常。

伯頌將那神秘人物引入「如意閣」的一間密室中之後，親自在密室外擔負起守衛之責。

此後不久，便有伯頌的親信府衛接伯頌之令，前去其他各尉府及乘風宮邀請在坐忘城有舉足輕重地位的人物前來南尉府「如意閣」。

戰傳說赫然也在被邀之列！只不過在伯頌口中的戰傳說，是以「陳籍陳公子」相稱。

一時間，南尉府內籠罩著一種極為神秘的氣氛。

半個時辰之後，貝總管、鐵風等三大尉將、戰傳說以及乘風宮另一侍衛統領慎獨相繼應邀趕到南尉府。

此前他們當中有人已聽說了伯頌的異常舉止，皆十分納悶，不過眾人皆知伯頌性情篤厚，雖論智謀不及貝總管，論武功不及鐵風，但在坐忘城中卻頗有人緣。故雖覺伯頌的舉止有些不合常理，但眾人仍是依約前來。

「如意閣」四周戒備森嚴，閣內卻只有身為南尉將的伯頌一人守護。隱有神秘人物的密室在

「如意閣」的第二層，此密室外是一個視野開闊的有簷長廊，長廊中有一張梨木椅，此刻伯頌正端坐其上。當貝總管等人出現在「如意閣」前時，伯頌立即站起身來，向眾人拱手道：「恕伯頌未能相迎，諸位樓上請。」

貝總管與其餘的人相視一眼，隨後貝總管第一個舉步向「如意閣」內走去，守衛「如意閣」的人自是不會加以攔阻。

戰傳說隨眾人一同進入「如意閣」內，他暗暗奇怪，看這「如意閣」的陣勢，伯頌似乎對自己屬下都有所戒備，爲何卻又要將不屬於坐忘城的「我」列於邀請之列？

與戰傳說相比，其餘的人顯然心情更爲複雜，只是誰也沒有開口，直到與伯頌相會前，眾人都不約而同地選擇了緘默。

伯頌見了眾人之後，顯得有些高深莫測地道：「伯頌約諸位前來，是想讓諸位見一個人。」

「一個手中有『乘風令』的人，是嗎？」西尉將幸九安接過話頭道。

幸九安在四大尉將中最爲年輕，年紀三十五六。此人身材高而瘦，連五官也是細而瘦，給人的感覺常讓人想到一枚釘子，冰冷而尖硬，還有鋒芒。此人平時話並不多，而且言語間常對他人予以譏諷挖苦，但真正瞭解他的人卻又會感到他的冷而硬只是表象，事實上幸九安頗爲熱腸。

伯頌並不否認，他點頭道：「正是。」言罷，他便轉身按下側牆的一處暗藏機括，密室周邊與牆面表層酷似的門無聲地滑開了，通過一段玄關，便是通往密室的第二道門。

伯頌走至門前，顯得頗爲恭敬地道：「貝總管等都已到了，是否現在就讓他們與你相見？」

伯頌的語氣給戰傳說以極多的想像空間，他越來越感到自己即將要面對的人物顯得十分神秘。

「也好。」密室中傳來一個聲音，回答得極爲簡單；但戰傳說忽然發現僅僅是兩個字的答覆，卻讓貝總管、三大尉將及乘風宮奇營侍衛統領慎獨皆有愕然之色。

通往密室的第二道門也無聲地滑開了，無衣無縫地嵌入牆體之中。伯頌側過身，示意衆人進入密室中。

密室長而窄，長度足足有寬的三倍以上。密室中看起來有些空蕩，因爲其中除了一張同樣長而窄的桌子及與之相配的椅子外，再無他物。

在長桌的那一端，正有一個高大的身影背向衆人，負手而立。

雖然暫時無法看見此人的容顏，但目睹此人高大的身軀以及如雪髮絲，足以讓貝總管等人心神大震，對此人的身分已呼之欲出！

在進入密室看到這個背影的那一刹那間，所有的人都僵立當場，腦海中除了極度的驚愕與疑惑外，再也沒有其他任何東西。

身形高大，髮絲雪白，加上剛才貝總管等人所聽到的極爲熟悉的聲音——與眾人隔著長桌負手而立的人，豈是殞——驚——天?!但殞驚天卻分明已被尤無幾所殺！

這些久經風雨奇變的人物忽然覺得自己有幾近窒息的緊張感。密室的門已悄然合上，但誰也沒有留意到，他們所有的注意力全都集中於與自己隔著一張長桌的神秘人身上。

那人終於緩緩轉過身來，那張臉清晰而真切地出現於眾人的面前——鬚髮皆白，容貌卻只在五旬左右，目光深邃，氣度沉穩。

他，果真是坐忘城城主殞驚天！無論是其身材、容貌，還是氣度，都與他們再熟悉不過的城主完全相同！

若不是殞驚天已死，誰都會相信眼前的人一定是坐忘城城主殞驚天！但殞驚天卻已死了，他的屍體還在華藏樓，由十二名乘風宮侍衛守護著。

在那一瞬間，無論是貝總管、三大尉將，還是愼獨、戰傳說，其面部表情都出現了短暫的凝固，旋即有了各不相同的反應。

東尉將鐵風驚愕之餘，頓現怒色；北尉將重山河神情沉晦，一言不發；西尉將幸九安則眉頭皺擰，若有所思。

貝總管沉聲道：「閣下何人?爲何要假冒我家城主?城主新喪，閣下此舉未免不把坐忘城放在眼裏！」

「貝總管，此刻你所見到的是真正的城主，否則，伯頌又怎會這麼做？」在諸人身後的伯頌解釋道。

貝總管頗爲意外地看了看伯頌。其他幾人也怔立當場，一時不知該如何是好。

「鐵風，你可記得坐忘城武岩坡？」那容貌氣度與殞驚天一模一樣的人的目光掃向東尉將鐵風。

鐵風聞言心頭一震，目光與之相遇，雙方的眼神在無聲之中探詢交流，少頃，鐵風的怒氣已消，代之而起的是迷茫不解，他喃喃道：「你……真……真的是城主?!」聲音很輕，近乎自言自語，但由此足見鐵風的心神已有些動搖。

對方沒有說話，仍只是無聲地望著他。

鐵風神色不斷變化，終於，他突然半跪於地，恭聲道：「屬下雖不知真相內情，但卻知道你一定是真正的城主！」他顯得既驚且喜，而驚詫之情比喜悅更甚。

比鐵風更驚訝的是其餘的人，他們不明白何以簡單的一句話，就可以使鐵風態度急劇逆轉，竟認定對方果真是城主殞驚天！

眾人有所不知，其實「武岩坡」關係著鐵風心中的一個秘密。鐵風年輕時曾有一個情人名爲

戎鸞，兩人感情甚篤；但鐵風癡迷武道，常遊歷樂土，以求武緣。一次，鐵風與戎鸞相別後整整兩年都未回到戎鸞身邊，也沒有鐵風的音訊，戎鸞十分牽掛，便設法四處打聽，無意中聽說鐵風在遊歷樂土各族派之間時，遇上了一個風塵女子，兩人彼此間互生情愫，已結成連理。

乍聞此訊，戎鸞既怒且恨，痛不欲生。這時，她的身邊出現了另一個人，此人乃聖手門的少門主，名爲卜居，尚未妻室。卜居偶遇戎鸞後，便爲戎鸞的美貌所折服，可因爲鐵風的存在，他沒有任何機會。直到這時，他才設法接近戎鸞，並對她百般寬慰呵護，戎鸞本因鐵風的負心而心灰意冷，這時被卜居的殷勤所感動，最後成了卜居的女人。

沒想到半年之後，鐵風竟然返回，重新出現在戎鸞的視野與生活中。得知戎鸞已成了聖手門的少夫人，鐵風心中的痛苦可想而知！心中的美好夢想破碎後，鐵風一下子變得無比消沉，他無法忍受睹景思人的痛苦，毅然離開了故地，遠走他鄉。

後來，他成了坐忘城中的人，並漸漸地升爲東尉將。

因爲戎鸞之故，鐵風再未娶妻成家，他本以爲這段情緣會漸漸地只是作爲回憶存在，而不會再發生什麼。沒想到五年前，鐵風在爲城主殞驚天在外辦事時，竟無意中遇見了已爲人母的戎鸞。

此時的戎鸞，雖猶可見當年的姿色之美，但卻顯得十分憔悴，而且她的身邊不再像當年初爲聖手門少夫人時那樣前呼後擁，而是孤身一人，顯然戎鸞定然有了某種不幸的遭遇。

鐵風乍見戎鸞時，心頭之震撼可想而知，他本想假裝未曾識出便與之錯身而過，他也相信自己能做到這一點；但事實上當他行至戎鸞的身邊時，卻身不由己地站住了，戎鸞也立即認出了鐵風！

一段情緣在中斷了十餘年後，再度續上。

兩人交談之中，鐵風才知道當年戎鸞爲何要嫁與卜居，而且從戎鸞口中，他還得知當年所謂的「鐵風已移情之說」，很可能是卜居有意製造的謠言，而今卜居又另覓了新歡，把戎鸞冷落一旁。

得知這些後，鐵風百感交集，既悔且恨，還有對戎鸞的憐愛，戎鸞知道鐵風一直獨身未娶時，更是百般滋味齊湧心頭。

一對被殘酷命運阻隔開的情人，因爲這次偶遇而再續前緣。十餘年的相思之苦，使他們的情感輕易地戰勝了理智，兩人共度了三日重溫舊夢的時光。爲此，鐵風返回坐忘城的時間比殞驚天預計的要遲了兩天，不過殞驚天並未追問什麼。

而戎鸞心感自己已身爲人母，絕難掙脫一切牽絆與鐵風重聚，雖然鐵風在知道真相後已不再恨她，而且對她情懷依舊，但她自覺已不配再成爲鐵風的女人，於是又返回了聖手門。

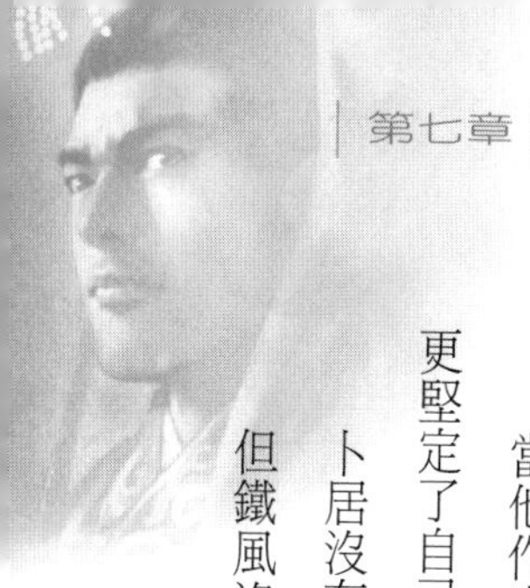

不料，他們的這次意外相逢卻被卜居得知了，雖然卜居已不再珍視戎鸞，但卻並不等於能接受戎鸞與昔日情人相聚的事實，當即暴打戎鸞，百般凌虐。

戎鸞留在聖手門所遭受的是無窮無盡的磨難與凌辱，連她的一對兒女也因父親的唆使而與她疏遠。而卜居更對她看管極嚴，再難有機會見鐵風一面。諸多痛苦的交替折磨，使她的心靈終於再也不堪忍受，在與鐵風相別一月後，自盡而亡。

鐵風回到坐忘城後，對戎鸞念念不忘，久無戎鸞音訊後，他忍不住前往聖手門附近暗中打聽戎鸞的情況，方知戎鸞自盡之事。

這對於鐵風而言，無異於晴天霹靂！自始至終，戎鸞一直是他一生中最重要的也是唯一的女人，竟以這樣的方式結束了生命。鐵風悲憤難耐，他堅信戎鸞一定是在聖手門中承受了非人的折磨，才會作出這種無奈的選擇。

悲憤之餘，鐵風決定與卜居以決戰的方式解決他們之間的仇恨！

當他作出這一決定時，他感到其實應該早在十餘年前就作出這一決定，想到這一點時，鐵風更堅定了自己的決定。

卜居沒有拒絕應戰。他們約定的決戰地點，就是武岩坡！時間則是子夜時分。

但鐵風沒有想到的是，卜居根本不是單獨應戰，而是暗中邀了不少高手，準備借機將他一舉斬殺於武岩坡！

鐵風在突然身陷包圍之中後，倒沒有驚懼，他的心中只有對卜居的無限鄙夷藐視，毫不猶豫地向卜居衝殺過去，猶如一隻衝向狼群的怒虎。

卜居身爲聖手門少門主，其武功本就不低，加上人多勢眾，鐵風雖奮力拚殺，連傷數人，但漸漸地已寡不敵眾，連連受創，已難以支撐。

眼看就要被卜居的人圍殺時，殞驚天突然奇蹟般地出現！

他的修爲遠非卜居等人所能匹敵，加上突然出現大出對方意料之外，尚未等他們回過神來，已有三人亡於殞驚天出神入化的槍下。

鐵風本已決定以死相拚，乍見殞驚天，吃驚之餘，亦精神大振，與殞驚天並肩作戰，最終一舉將卜居及卜居帶來的人全斃殺於武岩坡上，隨後兩人立即離開武岩坡！

鐵風不知城主殞驚天爲何會出現在武岩坡，心中十分不安。雖然他對卜居之死感到這是罪有應得，但畢竟卜居爲聖手門少門主，城主與自己一道殺了這麼多人，實在是冒著與聖手門結下生死血仇的危險！這本只是自己的私人恩怨，若是連累坐忘城樹下一個勁敵，實非鐵風所願。

卜居已死，鐵風自感再也沒有什麼放不下的，他決定領受殞驚天的任何懲罰；但殞驚天卻並沒有對他加以責罰，只是叮囑他不要讓外人知道此事。

卜居固然是品行不端，罪有應得，但其父聖手門門主卜從流卻素有名望，頗具仁俠之心，殞驚天當然不想與聖手門結仇。

鐵風心知城主殞驚天所言不假，而當時也正是因爲顧及卜從流，鐵風才沒有直接闖入聖手門與卜居理論，而只求與卜居公平一戰。對殞驚天的叮囑，鐵風自然完全遵從。

也許卜居因爲擔心父親得知他與鐵風的事後，插手過問，會使他無法如願圍殺鐵風，所以卜從流並不知卜居等人是爲誰所殺。之後，此事就成了僅爲殞驚天、鐵風二人所知的秘密，無論是於私於公，他們都不可能會主動將此事向他人透露。所以，當鐵風聞聽眼前的人提及「武岩坡」時，立即堅信此人就是真正的城主殞驚天！

至於在「華藏樓」中被殺的「殞驚天」是怎麼回事，鐵風則不得而知了。

鐵風的心理當然是外人所不知的，所以對他的舉動皆大爲詫異。

貝總管本待對鐵風說什麼之時，那不知是真是假的「殞驚天」的目光已轉向他這邊，只聽他道：「貝總管，小夭的露天賭局使乘風宮上個月有二百一十七兩銀子去向不明，不知這個月她又會虧空多少？」

貝總管一呆，一向精明的他此時也有些不知所措了，因爲一個月前他向殞驚天彙報財庫數目時，的確提到了有二百一十七兩銀子的賬目無法對上，當時殞驚天便說這一定是小夭所爲。

兩人皆知小夭設下的「露天賭局」，只是因爲她戲鬧之舉，並不會爲坐忘城添什麼亂子，而二百一十七兩銀子對乘風宮來說也算不得什麼，所以兩人提及之後，便一笑置之。

而此人能將此數目準確地說出，自是讓貝總管吃了一驚，按理，除他與城主殞驚天之外，本不會有他人知道得如此清楚。

「難道正如鐵風所言，他真的是城主殞驚天?!」貝總管心中閃念，但他的性情與鐵風有所不同，心中雖有此念，卻不願輕易在臉上顯現出來。

「幸九安，你可記得七天之後是什麼日子?」就在貝總管滿腹心思時，那有些神秘的「殞驚天」已轉向幸九安。

幸九安冷笑一聲道：「你無須故弄玄虛了，七天後是什麼日子?嘿嘿，七日之後正好是你的……」

他本待說「七日之後正好是你的頭七祭日」，但後面的話尚未出口，他猛地記起了什麼，神色一變，倏然跪下，恭聲道：「屬下有眼無珠，請城主恕罪！」

鐵風、幸九安態度逆轉，貝總管雖未承認，但旁人仍可看出他的心思已大爲鬆動。顯然，這決不是巧合，而是因爲他們的確得知了足以讓他們態度發生改變的明確訊息。

在場的人當中，伯頌、幸九安、鐵風皆已承認此人是城主殞驚天，貝總管也近乎默認，剩下的唯有重山河與慎獨、戰傳說不能確知真相，但戰傳說本非坐忘城的人，在這種事情下自是唯有旁觀。

重山河、慎獨相視一眼後，重山河道：「那麼，在華藏樓內被殺的又是誰？」

「是我同胞孿生兄弟，名爲殞孤天。」自稱是殞驚天的人長嘆一聲，「唉……我二弟孤天是因我而遇害。」

「殞孤天?!」除伯頌之外，所有的人都大吃一驚。

鐵風忽然想起了什麼，失聲道：「是了，城主被殺……不對，是城主的兄弟被害之後，曾在地上蘸血寫了一些字，除了說殺人兇手是尤、甲二人之外，最後還有兩個字『爲小……』字跡中斷，其意不明，當時我等都以爲『小』字後面應是『夭』字，是也不是?」

鐵風所問的當然是貝總管、伯頌、幸九安等人。

貝總管等人相繼頷首認同，伯頌道：「我當時也是作此猜想，以爲城主放心不下女兒，本欲對她囑咐什麼，卻沒能將心意寫出……」

鐵風接過他的話頭道：「現在鐵風明白了，『爲小』二字之後，極可能是『弟報仇』，連作一處，就是『爲小弟報仇』！這是他在最後時刻，留給城主的話！」

戰傳說聽到此處，心道：「若華藏樓內的血字中的確有『爲小』二字，那多半不會是叮囑小夭的話，因爲前面既然是指出兇手是誰，後面突然言及小夭，而且以『爲』字相連，語意顯得前後難以銜接。而鐵風的後一種推測顯然更合情合理，只是當時又有誰會想到『殞驚天』眼中閃過悲憤之色這一點？」

讓戰傳說感到奇怪的是，殞驚天既爲坐忘城城主，爲何無人知道殞驚天有一孿生兄弟？顯然，有此疑惑的並不止戰傳說一人，只聽得幸九安疑惑地道：「爲何先前我等從不知城主有一個孿生兄弟？」

面對西城尉將幸九安的疑問，殞驚天道：「之所以城中人不知我有同胞兄弟，並非我們兄弟二人有意故弄玄虛，而是因爲我與他皆來自一個獨特而神秘的師門『二儀門』，我們兄弟二人的做法，是源自師門門規所限。」

幸九安道：「據我所知，世人對二儀門多少有所瞭解，似乎二儀門並無什麼神秘之處。」

殞驚天道：「表面看來的確如此，但事實上，二儀門與其他所有族派有一個最大的不同之處，就是二儀門中的每一個人，無論是歷任門主還是普通弟子，都有一個孿生同胞！只是他們之間只有一人是爲外人所知的，而另一人則爲二儀門的隱秘弟子。所以，二儀門弟子的數目事實上恰好是外人所知道的兩倍。二儀門弟子分爲『顯堂弟子』與『隱堂弟子』，顯堂弟子與其他各族派弟子並無不同，而隱堂弟子卻注定一輩子都要隱名隱身，有如與之相應的顯堂弟子的化身。從他步入二儀門的那一天起，他就將成爲一個近乎虛無之人，除非到了某一天，他的雙生兄弟死了，而且此事還無外人得知，那麼此人將會以他已死去的雙生兄弟的面目出現於世人面前。」

衆人聞言面面相覷，大爲錯愕，正如幸九安所言，在世人眼中，二儀門的確並無什麼神秘可言，沒想到在其背後還有如此不可思議的秘密！

幸九安道：「莫非……莫非城主是二儀門顯堂弟子，而二城主則是隱堂弟子？」

鐵風心道：「就算被尤無幾殺害的人是城主的二弟，但他一直不在坐忘城，稱其爲『二城主』，恐有不妥。」不過他也想不出有什麼更合適的稱呼。

殞驚天頷首道：「正是，依我師門規矩，既然我爲顯堂弟子，那麼我二弟殞孤天就應畢生在暗中輔佐我。我與他一直以師門獨特的方式保持聯絡，彼此幾乎可謂是渾如一體。從某種意義上說，在城主之位上爲坐忘城大小事宜操勞的並不是只有我一人！雖然絕大多數時間你們所見到的城主就是我，但也有偶爾的例外。」

聽到這兒，衆人心情難免有些複雜，只聽得貝總管道：「屬下今日才明白，『何陰陽之難測，唯二儀之玄闊』此言的意思，兩位城主一顯一隱，一明一暗，在緊要關頭，必會有出奇制勝的功效！」

貝總管此言便等於他也已承認眼前之人是真正的城主殞驚天了。

這時，重山河道：「二儀門的這一門規可謂匪夷所思，莫非這之中另有緣故？」

殞驚天緩聲道：「的確如此，二儀門之所以立下這獨特的門規，是因為當年開創二儀門者，是一對極為特殊的雙生兄弟，本師門雙祖因年幼時的曲折經歷而立下此規。」

殞驚天聲音低緩地向眾人敘說了一件往事……

二儀門創於八十年前，世人所知的二儀門先師祖為離左。誰也不知事實上創下二儀門的是一對雙生兄弟，他們出身於武道豪門，出生時，他們竟自腋下至腰部，左右皮肉相連為一體。

正因雙嬰奇特，其母產後即因失血過多而亡，加上雙嬰連作一體，致使其容貌醜陋，其父更是不喜，視若家門災禍。

雙嬰是連體而出，所以也就無所謂孰兄孰弟，此豪門為離姓，其父便順口以「離左、離右」稱呼二子。

儘管離家對他們十分冷落，僅靠一些米湯，他們竟仍活了下來，並漸漸長大，這實是出乎其父的意料之外。其父感到如此醜怪嬰兒定會損及他們離家的名聲，所以在雙嬰出生後，他已嚴令家人僕從不可將此事傳出，而且不許將離左、離右帶出家門之外，以免被外人發現。

其實雙嬰如此醜怪，無須離左、離右之父吩咐，本就無人願與他們多接近，唯有在離家馬房中餵養馬匹的一名爲平伯的老漢可憐這一對奇嬰，有機會常暗中照顧他們二人。離家上上下下心照不宣，本想有意疏於照應離左、離右，讓他們自生自滅，結果卻不如他們所願。

後來，離左、離右之父得知平伯常照顧離左、離右，心中十分惱怒，便將平伯驅出離家。

平伯被驅出離家時，離左、離右尚未滿四歲。平伯深知兄弟倆一旦失去自己的暗中照應，定將凶多吉少，他雖有心向離家要求將兩個幼小的孩子交與他撫養，但心知離家即使有心棄雙子於不顧，也不會公然將他們送與外人。

左思右想，平伯終是放心不下，決定暗中將離左、離右雙子偷偷帶出離家。

平伯在離家生活了十幾年，對離家宅院內的情形以及離家人的生活習性再熟悉不過了，加上離家對離左、離右二子本就毫不在意，身邊根本無人看管，平伯便如願以償地在一個深夜中進入了離家，並找到了離左、離右。

離左、離右似乎知道平伯的來意，也知道世情的冷暖，平伯出現時，他們既不哭鬧也不掙扎，任憑平伯將他們裹縛背上。他們的平靜以及眼中天真無邪的信賴，使平伯深感自己的決定是多麼的必要，原先他還有些擔驚受怕，但見了離氏雙子之後，他忽然一下子變得鎮靜無比。

最終，平伯順利地將離氏雙子救出，然後攜帶雙子悄然遠避離家，擇一僻遠深山莽林，茫茫林海方圓數十里也只有他們老少三人，唯有如此，才能使離氏雙子不會生活於他人詫異、鄙視的目光之下。

平伯靠在山林中採些草藥山果到大山外換些維持三人的生活用品，但隨著離氏雙子的長大，平伯年事漸高，而離左、離右雙子雖然從平伯那兒學了不少識別藥草的方法，但他們兄弟二人連作一體，行動不便，所以根本難以幫上什麼忙。

在他們十四歲那年，平伯忽患重疾，臥床不起，老少三人的生活頓時陷入困境，連拮据的生活也無法維持了。

因擔心離左、離右無法應付山中的猛獸，所以平伯一直不許他們進入大山深處，而今事已至此，在離左、離右的苦求下，平伯終於允許他們入山採藥。

兄弟兩人雖然付出了極為艱辛的努力，但一連數日，他們的收穫都微乎其微，只要山岩略為陡峭，他們就無力攀登，而這種地方又往往是最可能找到珍藥奇草之處。

有一次，他們無意中被一群獵戶撞見，遠遠地看見他們如此奇異的模樣，竟將他們當做異獸，立即向他們圍攏，飛鏢與箭矢嗖嗖地從他們頭上身邊飛過，呼喊聲使雙子心慌意亂，他們急忙奔逃，但其行動之速如何與終日在山中穿行敏捷如山獸的獵人相比？

眼看就要被追上，即使不會有生命危險也要遭受一番羞辱之時，兄弟兩人只好一狠心，抱作

一團，沿著山坡直滾下去。兩人越滾越快，樹枝灌木雜草被他們的身體壓斷了，耳邊是駭人的呼呼風響，直到他們頭腦轟的一聲，一下子暈死過去爲止。

當他們醒過來時，發現自己正躺在一片狹窄的草地上，仰首向著天空——他們所能看到的天空已只有一小塊了，因爲此時他們已在一處幽谷谷底，對峙聳立的山岩加上參天古木把天空遮去了大半。此刻，他們看到的天空是淡紅色的，但看不到太陽，也分不清方向，所以他們不能確定現在是黃昏，還是清晨。

清醒之後，兩人驚訝地發現除了全身處處疼痛，衣裳破爛不能遮體之外，並沒有受什麼重傷。他們攜帶著的藥簍子也隨著他們滾到了這谷地中，就在他們身前兩三丈遠的地方，放在簍中用來開路或對付山獸的一把刀及挖草藥用的小钁子都從藥簍子裏彈了出來，分散在他們身側，他們可謂是命不該絕。

但離左、離右並無劫後餘生的喜悅，相反，這次遇險使他們對自己的無能痛恨不已，想到平伯含辛茹苦撫養了他們十餘年，而一旦平伯臥病在床，他們卻連十日都無法照應，兩人的心就如刀割一般痛苦。

這種心態如揮之不去的噩夢般難以掙脫，他們奇異的軀體決定了即使他們有再堅強的毅力，也是於事無補。

殘酷的現實使兩少年的心沉重無比，他們懷著同樣的心思，靜靜地躺在草地上，看著天色一點一點地變化。兩人竟都久久沒有說話，一幕幕往事不約而同地浮上了他們的心頭。

往事中，除了平伯外，他們未再感受到其他任何溫馨與幸福，雖然只有十四歲，但他們已深深地體會到「苦海無邊」的真正意味，更可怕的是，痛苦必將會繼續延續下去！

如果沒有平伯，他們早已絕望。或者說，也許雖然年幼的他們的確已絕望，但為了平伯，他們也不願把這種絕望表現出來。而這一次的經歷使他們更清晰地意識到，如果不與殘酷的命運奮起抗爭，那麼也許他們將連對平伯報恩的機會都沒有，他們將眼睜睜地看著平伯病亡！

這是他們絕對不能接受的。

不知從什麼時候起，兄弟兩人的目光皆落在了不遠處那柄明晃晃的刀上，刀刃的寒光就如同一隻妖異的眼睛，在悄然地向他們傳遞暗示著什麼。

離右忽然對離左道：「今天我們採來的藥有幾樣是可以止血的是不是？」

對這樣的問題，離左竟沉默了許久，方開口道：「你是想讓我們分——開，是嗎？」

「不——錯！」離右的聲音忽然輕了，顯得有些沉重。

「但誰也不知道將我們的身體分開後，會不會兩人立即一起死去，若是這樣，那誰來照顧平伯？」離左並沒有反對離右的提議，而且聽得出很可能他也想到了這事。

「我有一種辦法，一定可以使我們兩者之間至少有一個人可以活下來，照顧平伯。」離右顯然很有信心地道。

「你說說看。」離左將信將疑地道。

「很簡單，在分開我們的身體時，只需將切剖開的位置向一側偏移，那麼，另一個人能活下來的機會很大！」離右的語氣顯得很輕鬆。

離左長長地嘆了一口氣，「但剩下的另一人則幾乎不可能有活下來的機會了。」

「但這總比你我還有平伯三人都遭遇不幸要強，犧牲一人，卻可以保下另外兩個人，值得！何況，也許我們兩個人都能活下來也未可知！只要我們有足夠止血的藥草！」離右儘量使自己的聲音顯得平靜。

「太……冒險了。」離左道，與其說他是要借此打消兄弟的念頭，倒不如說是希望離左能找出更多更好的這麼做的理由。

「我們必須賭一賭！既然若不改變現狀，最終我們與平伯都將難以倖存下去，爲什麼不試著賭一把?!自從我們出生那一天起，我們所面對的都一直是不公平的，如果真的存在著一個上天，如果人真的有命運，那麼我們也該成功一回了！否則，即使死了，我的鬼魂也要詛咒上天的不公！」

離左被兄弟的話所深深地感染了，他只覺軀體中有一股熱血在奔湧，似乎全身的血液都在燃燒起來。

「好！我們就賭一回！」他的聲音因激動而顯得有些扭曲，「我們必須今夜就完成這件事，因爲一旦回去見了平伯，平伯見我們摔成這模樣，一定不會讓我們再進山的，而有平伯看著，我們就不會有機會這麼做了。」

「不錯！」離右道，靜了靜心情，他竟笑了笑，接道：「若是平伯突然看到我們一前一後走回家中，他一定很高興，也許，他的病會立即好了一半也未爲可知。」

「不，平伯一高興，他的病一定會全好的！那時，我們就再也不用平伯爲我們操心了。」

兩個少年知道他們將要做的事其實危險至極，可以說死亡也許只是旦夕之事，所以他們不能不以憧憬美好結局的方式給予對方勇氣。

他們卻不知道，此時此刻，在離他們十幾丈遠的地方，正有一雙眼睛在注視著他們的一舉一動，那眼神無限深邃也無限冷漠，這種冷漠不是因自私而萌生的，而是在經歷了無數的大愛大恨、大喜大悲之後，近乎大徹大悟的冷漠。

這幾乎已不可能是屬於人類的目光，因爲即使在面對離左、離右作出如此驚人的選擇時，那眼神的冷漠竟沒有改變一絲一毫。甚至，那雙眼睛的眼神中還增添了嘲諷與輕藐之意。

擁有這雙無限深邃也無限冷漠的眼睛的人，被掩於密密層層、重重疊疊的枝枝葉葉組成的陰影之後，彷彿他的眼睛就是那團陰影的眼睛。

只是，陰影是沒有思想的，而掩映於陰影中的人卻有。只是，他的思想、靈魂一定是如同陰影一般，陰暗、神秘、深不可測。

否則，他決不會在目睹眼前的一幕時，還能無動於衷地漠視。

那雙眼睛靜靜地注視著離左、離右的一舉一動。他看到了兄弟二人慢慢地爬近那把跌落地上的刀，拾起刀的人是離左。

刀握在離左手中，兄弟二人卻有了小小的爭執，因爲他們兩人都欲執刀完成最後的舉措——用刀將兄弟二人的身體劈開！

無論如何，這也稱得上是一驚心動魄的舉措，尤其是要完成此事的是兩個少年！但，那雙冷漠的眼睛竟未因此而有所改變！尤其是當離左、離右爲由誰執刀而發生小小爭執時，那冷漠的眼神中隱含的譏嘲之意更甚。

而此時離左、離右在經歷小小的爭執之後，以他們一貫常用的方式——抽籤，結束了這次爭執。

刀落在了離右手中，若要儘量減少痛苦，就必須爭取一刀就將雙方成功劈開。而兩人軀體相連的部位自腋部以下到腰部，相連的那團贅肉正好被兩人兩隻緊挨著的手臂擋住，如此一來，無論最終二人生死如何，至少有一人的一隻胳膊必廢無疑。

離右將手中的刀握得很緊，他的指關節已泛白，離左將可以止血的草藥或以鐵鑿子砸碎，或嚼爛，等他做完這一切之後，他這才對離右道：「開始吧！」

離右左手與離左的右手緊緊地握了握，然後分開了。

離右長長地吸了一口氣後，刀光倏揚，劃過一道驚人的弧度後，向兩人之間全力劈下。

聽殞驚天說到此處，伯頌忍不住驚呼一聲，臉現不安之色。其餘的人也是屏息凝氣，大氣不出，心靈皆被一種無形的東西所深深震撼。

殞驚天看了伯頌一眼，「你放心，最終我師門兩位先師祖都活了下來。」

伯頌長吁了一口氣。

戰傳說心道：「若是他們這一次仍是失敗，那可真是蒼天無情了。」

殞驚天道：「我師門先祖的那一刀重重砍在了自己的臂上，長劈而下，一刀將相接了十四年的兄弟二人的身軀分開了，但離右先師祖卻傷得太重，那一刀，他分明是要犧牲自己，成全自己的兄弟，所以那一刀向他自己這邊偏了很多，而且是又快又重，他是不想給自己兄弟有攔阻後悔

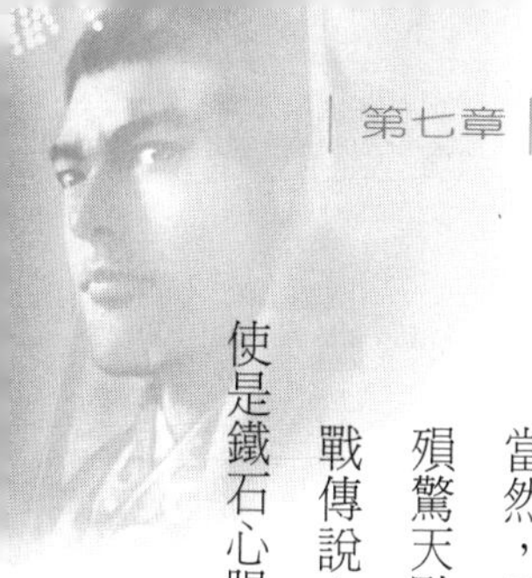

的機會！」

說到這兒，殞驚天的雙眼有些濕潤了，眼中有晶瑩的光芒在閃爍。

密室裏一片沉寂，落針可聞。

戰傳說心靈受到了極大的震撼，震撼其心靈的，除了離左、離右二人隱藏在醜怪軀體下無私而崇高的靈魂外，也爲殞驚天眼中的淚光所震撼。

此時，他已完全相信眼前的人就是真正的殞驚天。

而殞驚天的悲傷，既是因他師門先師祖，更是爲他的兄弟殞孤天。

最後，還是殞驚天自己打破了沉默，他接著道：「其實他們傷口之可怕，那些備下的止血草藥根本毫無用處，先師祖離右幾乎是一下子失去了小半個身子，立時暈厥過去，而他的兄弟傷口的鮮血也洶湧而出，根本無法止住。」

「是在那陰影中的人救了他們的性命，對嗎？」鐵風忍不住道。

當然，不僅是鐵風，密室內其他的人也是作如此猜想。

殞驚天點了點頭，「正是如此。」

戰傳說心道：「其實，從某種意義上說，更是他們自己救了自己，以他們的勇氣與無私，即使是鐵石心腸的人也會被打動。」

殞驚天繼續道：「兩位先師祖不但獲救，而且還由此與武道結緣，成爲擁有不凡槍法的宗師級高手，並最終創立了二儀門。不過，那一刀使先師祖離右形狀殘缺得驚人，若是被世人見到，必會驚駭，所以他老人家一直隱於二儀門之後，暗中輔佐兄弟。如今，世人只知二儀門的先祖師離左，卻不知他老人家的兄弟，而他們二老念念不忘手足之情，爲此，二老定下門規，規定二儀門只可招雙生兄弟爲門中弟子，而且分顯堂弟子與隱堂弟子。」

至此，眾人對二儀門的來龍去脈已大致瞭解，也明白何以坐忘城中人只知有殞驚天，而不知有殞孤天。但眾人的心緒卻並未因此而寧靜下來，每個人心頭都泛起一個疑問：那救了離左、離右的卻是何人？以離左、離右殘缺之體，他竟能使他們成爲開宗立派的宗師級人物，可想而知此人的自身修爲該是何等的驚世駭俗。

殞驚天當然不會不知眾人的心思，他道：「有關二儀門內分顯堂、隱堂的事，依二儀門的門規，本不許外傳，今日我已破例。至於將我師門創門師祖救下的前輩的身分，也許連兩位創門師祖也不知，也許他們雖然知道，但對後輩守口如瓶，所以如今二儀門的人無一知道那位前輩異人的身分。」

頓了一頓，他又接道：「也許雙生兄弟之間因爲在懷胎時血脈的相通，所以分體之後，彼此間常有神秘感應，即使相距甚遠，對方有什麼巨變，都會讓自己心緒不寧。前幾日，我因有重要事宜必須離開坐忘城，途中忽感心神不定，故立即火速返回坐忘城，孰料終是來遲了。非到萬不得已，我們不願讓外人知道真相，所以在沒有確知二弟被害之前，我不能拋頭露面，以免引起城中混亂。如今，我已自伯頌口中知曉我離開坐忘城後的種種變故，此次將諸位邀來，就是要與諸位共商大計。」

說到這兒，他一擺手，「入座吧。」

眾人入座後，鐵風疑惑地道：「如今我等連城主先前是何時離開坐忘城的，也無法確知了。」

殞驚天道：「自南尉府圍殺黑衣人一戰後，我就已離開了坐忘城，此後你們見到的『城主』實是孤天。」

說到這兒，他向戰傳說拱手施禮道：「陳公子，方才因諸位對我真假莫辨，故殞某也不便向陳公子謝過救我女兒之恩，請陳公子恕我失禮。」

戰傳說忙還禮道：「不必客氣。對了，在下有一疑惑，不知能否相問？」

「陳公子但說無妨。」殞驚天道。

「請問殞城主，當日劫擄了城主愛女小夭的人究竟是誰？」戰傳說道。

殞驚天略作沉默後，「是殞某自己。」

戰傳說微微頷首，「在華藏樓中，殞二城主曾告訴在下劫擄小夭姑娘的是他自己，當然，當時他的身分還是坐忘城城主，所以，殞二城主與殞城主的話是不謀而合，完全一致。若非如此，恐怕在下還會懷疑你是不是真正的城主。」

借此問最後確定對方身分的真假，正是戰傳說的目的所在。如果此殞驚天有詐，那麼他就決不會知道這一點。

而戰傳說與殞驚天的這一番話，讓貝總管及四大尉將大吃一驚！此事定是殞驚天在離開坐忘城後，設法告知殞孤天的，他們一直暗中聯絡，要做到這一點並不難。而之後殞孤天就受了傷進入坐忘城，此事他連貝總管及四大尉將也未告知，只是在「華藏樓」中對戰傳說提過，難怪其他人這麼吃驚了。誰會想到當時弄得滿城風雨的人，竟會是城主殞驚天自己所為？

戰傳說想到了自己若說出此事，恐怕有揭密之嫌，也許會使殞驚天與他的部屬不睦，但殞驚天的出現又太出人意料，若不以這種方式試一試，戰傳說終歸有些不放心。此時見伯頌、鐵風、幸九安、慎獨、貝總管無不是錯愕不已，戰傳說頗感不安。

殞驚天也沒有再對幾人隱瞞下去之意，當下他就將此事的前因後果說了一遍，最後道：「當時我這麼做，是既不能輕易與皇影武士的提議相悖，又不能隨隨便便地就對陳公子下手，才出此下策。後來我所看到的情形，以及眾位在華藏樓一戰後所查到的事實都足以證明，應該被殺的人

是尤無幾、甲察二賊，而不是陳公子！」

提及尤無幾、甲察時，殞驚天又想到殞孤天的死，怒焰頓熾，聲音也不由提高了些。

略略平靜了心緒，殞驚天接著道：「殞某之所以把陳公子請來，一則是爲了向陳公子致謝救我女兒之恩，二則殞某聽伯頌說，你對貝總管提過自己之所以被甲察、尤無幾追殺，是與劫域有關，故想向陳公子問個仔細：陳公子究竟是如何與劫域結仇的？並非殞某有意刨根問底，而是需得如此，殞某才能決定坐忘城該何去何從。」

戰傳說道：「若不是爲掩護在下，也許尤無幾、甲察未必會對二城主下毒手，在下也急盼能查明真相，使二城主九泉之下能瞑目。在下但有所知，必言無不盡！」眉目之間頗有慨然之色。

殞驚天口中未說什麼，心裏卻暗自點頭，忖道：「此子如此，也不枉我二弟爲了護你而亡。」

歌舒長空、尹歡在乘風宮的一戰，使戰傳說已沒有爲他們隱瞞什麼的必要了。不過在隱鳳谷中發生的事太多太複雜，其中不少事的背後都隱有驚人的秘密，或是與爻意有關，所以戰傳說只揀與劫域哀將有關的事敘說一遍。

第八章　樂士司殺

聽完戰傳說的敘說，眾人對他能殺了哀將都既驚訝又佩服，不過想到他在華藏樓中也曾擊敗兩大皇影武士的聯手攻擊，便佩服多於驚訝了。

其實戰傳說能在華藏樓中保全性命，也可說是僥倖至極。論及真正的武學修爲，與尤無幾、甲察聯手的威力相比，戰傳說必有不及，但當時甲察、尤無幾所要顧及的不僅僅是殺戰傳說，還要設法將此事掩飾，所以最初甲察一直沒有出手。

殞驚天沉吟道：「哀將被殺，劫域的人要爲之報仇，當然是可想而知的事。問題在於出手的人是皇影武士，而且他們手中又有『十方聖令』！皇影武士是冥皇的貼身心腹，若說他們是劫域安插於冥皇身邊的，可能性很小，就算萬一有這種可能，劫域必將他們視作珍寶，不到萬不得已不會輕易動用，怎可能爲了追殺陳公子而動這一奇兵？加上皇影武士若非冥皇親准，幾乎沒有離開冥皇太遠的可能，由此推算，這種可能就不存在了。」

說到這裏，他環視了眾人一眼，聲音低沉地接道：「冥皇因爲陳公子殺了劫域的哀將而派出皇影武士追殺，之後又對爲他鎮守一方的城主殺人滅口，這——究竟是可嘆還是可恨?!」

他的眼神深處有驚人寒芒閃過，冰寒而明亮，就如同他的「虛神槍」槍尖的寒芒！

貝總管道：「逆賊甲察被我等擒而未殺，請城主定奪。」

殞驚天低沉而有力地道：「對於此人，本城主是必殺無疑！只是我要知道冥皇是什麼態度。貝總管，你即刻啓用靈鴿向冥皇稟明此事，請冥皇以擅離京師、勾結邪魔、殘殺無辜之罪名下令將甲察誅殺！」

靈鴿是大冥樂土爲快速傳訊訓練出的鴿鷹，遍佈樂土各地，共有三十六隻，其中六大要塞就各有四隻。靈鴿無論飛行速度還是生存能力，都非信鴿所能匹比，而靈鴿也頗受厚遇，有專人看養，輕易不會動用。

貝總管擔憂地道：「若是冥皇不准……」

殞驚天斬釘截鐵地道：「冥皇不准，我也照殺不誤！那時，我將以兄弟之情爲孤天報仇，至於城主之位，嘿嘿，冥皇若如此是非黑白不分，忠奸不明，殞某又何必再爲城主?」

眾人聞言面面相覷，一時不知當說什麼好。

倒是殞驚天自己先開了口：「今日我對你們提及的事，暫且先莫傳出，也不要讓他人知道我還活著，一切等到冥皇回話後再公之於眾。」

貝總管道：「城主，還有一事：二城主尚未安葬，是否早日入土爲安？」

殞驚天沉默了片刻，聲音沉重地道：「今夜你們安排一下，我要秘密拜祭我二弟孤天，孤天在被害之前曾受了重傷，我也想查清是什麼人所爲，但願孤天在天之靈能助我早知真相。」

這時，密室一角忽然有急促的鈴聲響起，眾人循聲望去，卻並未見有鈴鐺，原來警鈴是設在夾牆內的。

伯頌起身向殞驚天道：「城主，是下面的人有要事稟報，是否由屬下去看一看？」

殞驚天點了點頭。

伯頌離開密室後不久便返回了，他神情有些異樣，向殞驚天稟告道：「城主，地四司之司殺領二百司殺驃騎已進入了坐忘城中！」

殞驚天目光一跳，冷冷地道：「司殺？來得好快！」

大冥樂土冥皇駕前有雙相八司，雙相爲無惑大相、法應大相，八司則名爲天四司及地四司。天四司分爲司命、司祿、司殺、司危。其中司命之職乃起草頒佈各種律令；司祿掌握財源，以本招才；司殺專責執掌法刑，有對雙相八司以下者先斬後奏之權力，人人對之畏忌三分；司危則專責大小戰事，乃冥皇賴以保全樂土平安之砥柱。

與天四司相對應的地四司亦是名為司命、司祿、司殺、司危。天四司與地四司權責不同之處在於天四司主掌京師，而地四司則手握京師之外數千里疆土的重權。

今日，地司殺突然駕臨坐忘城，決非偶然，因為他是在尤無幾被殺、甲察被擒、「坐忘城城主」遇害的情況下來到坐忘城的，而且來得十分突然，使坐忘城上上下下大感措手不及。

雖然坐忘城早已加強防務，嚴格限制可疑之人的出入。但面對地司殺及其二百司殺驃騎，又有誰能將他們攔阻？

不知地司殺是否為救甲察而來？

地司殺及其麾下二百司殺驃騎進入坐忘城後，繼續策馬而進，直至乘風宮前。司殺驃騎乃精銳之師，人人皆身著絳色勁甲，頭戴掩口戰盔，只有一雙雙銳如鷹隼的眼睛露於戰盔之外，顯得剽悍無比。

二百司殺驃騎所持兵器一律為薄而窄的長刀，刃利背厚，略帶恰到好處的弧度，極利於實戰，而刀背的厚實使長刀在揮灑自如的同時，也具備重砍猛劈的效果。

司殺驃騎的兵器一律出自京師乾坤兵庫，刀身比尋常兵器略重，而其鋒利堅韌卻是尋常兵器的數倍，以一斑而窺全貌。由此可見，天四司、地四司以他們擁有的實力，實是冥皇最爲倚重的力量。

貝總管、慎獨已前往南尉府，昆吾受了重傷，乘風宮內可謂是群龍無首。在地司殺到達乘風宮之前，早有消息傳到乘風宮，宮內眾人惴惴不安，不知掌握著生殺大權的司殺突然到達乘風宮是禍是福，但他們除了將地司殺及二百司殺驃騎迎入宮中外，別無他策。

地司殺年約四旬，膚似玄鐵，身形高碩，鼻如鷂鷹，配以冷酷雙眼，顯得高深莫測，強橫之氣讓人心寒，背負他的成名兵器九誅刀，刀未出鞘，卻已殺氣森然。

地司殺率先昂首步入乘風宮中，緊隨其後的是他的三大刑使，其中兩人皆爲三旬左右的男子，面無表情，仿若人之七情六欲、喜怒哀樂與他們毫無關係，分別爲左刑使盛極，右刑使車向；而三大刑使中的中刑使卻是一美豔少婦，年紀二十四五，嫵媚豔冶，體態被一襲貼身軟甲勾勒得曲線畢露，動人心弦。

中刑使名爲香小幽，若非知情者，誰會想到如此嬌豔女子會是追隨於地司殺身邊，執行刑殺令的刑使？

地司殺及三刑使步入乘風宮後，二百司殺驃騎亦隨之而入。他們顯得訓練有素，進入乘風宮秩序井然，並每隔一段距離便有一組人馬留下，把住路口，一旦有事，各組人馬便可以遙相呼

應。

乘風宮侍衛懾於地司殺的凌然氣勢，竟只能任憑二百司殺驃騎長驅直入。

地司殺所取方向是設在乘風宮內關押甲察的黑木堂，這更隱隱顯示出他的確是爲甲察而來的。地司殺在乘風宮穿行顯得目標明確，毫不猶豫，實是頗有些出人意料，仿若他對乘風宮的情形瞭若指掌。

有幾名乘風宮侍衛意識到有些不對勁，鼓足勇氣上前試探道：「司殺大人，不知此行是爲何而來？司殺大人要辦什麼事，吩咐我們去辦即可，怎敢讓司殺大人親勞？」

地司殺一把將說話的侍衛撥開，繼續向黑木堂方向走去，邊走邊冷冷地道：「本司殺的事，還輪不到你們插手！」

那名侍衛猶有不甘，壯膽又道：「司殺大人是否容我等先向宮中總管通報……」

後面的話尚未出口，只見地司殺回首看了他一眼，其冷酷無比的目光使這侍衛後面的話再也沒有勇氣說出，只覺全身一片冰涼僵硬。

魂飛魄散之間，只聽得一個冰寒的聲音傳入他的耳中：「誰再多言一字，殺無赦！」

剎那間，偌大的乘風宮內只聽得沙沙的腳步聲，除此之外，一片肅殺。

在由地司殺通向黑木堂的沿途，聚攏的乘風宮侍衛越來越多，但地司殺一至，無不爲地司殺空前強大的氣勢所懾，身不由已地無聲退開。

地司殺冷酷的眼中更添絕對的自負！

坐忘城縱有數萬戰士，而此刻地司殺的感覺仍是如入無人之境，他所掌握的重權，他驚世駭俗的武道修爲，以及他的冷酷，共同揉合組成了他無人敢挫其鋒芒的超然霸氣！

「沙……沙……沙……」前方忽然傳來緩慢得出人意料的腳步聲，聲音並不甚響，卻足以讓地司殺爲之一怔。

因爲原本他所聽到的腳步聲無不是十分急促，無論是乘風宮侍衛的，還是自己麾下的司殺驃騎。前者在急促中顯出緊張與慌亂，而後者則顯得咄咄逼人。唯有這緩慢的腳步聲顯得那麼的與眾不同，在緩慢的節奏中竟顯示出非比尋常的冷靜。

地司殺目光投向前方！他看到了站在通道另一端一個臉色極爲蒼白的年輕人。他的神色非常疲倦虛弱，身上的衣衫比任何一個乘風宮侍衛都要厚實，似乎在這樣的秋日，他就已感到寒意難擋。

他的腰間佩著一把刀，刀無鞘，色澤並不明亮，與他的衣衫顏色相近，讓人感到他的刀與他的軀體已融作一體。

地司殺的目光與那年輕人的目光在空中相遇，作著無聲的較量。年輕人的神情除了依舊顯得十分疲倦之外，竟無其他任何變化！

地司殺心頭掠過異樣的感覺，這時，年輕人緩緩地道：「司殺大人，前面是坐忘城禁押重地，請大人止步。」他說得那麼緩慢，就像是生怕會說錯任何一個字似的。儘管緩慢，卻是冷靜無比，彷佛他不知道自己所面對的是手握生殺奪命大權的地司殺，彷若他不是孤身一人，而是有千軍萬馬在他身後一般。

地司殺竟沒有依自己所說的那樣不容分說地出手，年輕人的冷靜使他大感驚訝。

地司殺一步步地向前走去，沉聲道：「你知不知道本司殺有先斬後奏的權力？任何一個禁押著的人，本司殺都可以立即誅殺，所以你根本沒有必要阻攔本司殺。」

「小的只知自己是乘風宮統領，若無城主或乘風宮總管的命令，決不敢擅離職守。」年輕人很緩慢但也很堅決地道。

地司殺繼續迫近對方，他沉聲道：「若本司殺定要叫你讓路，你又能如何？」

「小的自知擋不住司殺大人，不過，司殺大人要由此通過，就請踏著小的屍體過去！」

此時，地司殺與他已只有二丈距離，僅憑地司殺的凌然霸氣，已足以讓任何對手為之膽寒，何況，在他的身後還有三刑使及數十名司殺驃騎；但那年輕人卻依舊不屈地站立著，讓人不得不相信除了死亡，沒有其他任何力量可以使他讓路！

地司殺終於站定了，他的目光久久地落在對方的身上，神情莫測。

這時，那年輕人的胸前漸漸地有血跡印出衣衫，並越來越清晰醒目；而他的臉色則越來越蒼白，蒼白得如同一張毫無生命的白紙。唯有他雙目中的冷靜與無畏的光芒，讓人感到他的生命不僅存在，而且無比堅強。

「他……好像受了傷……」緊隨於地司殺身後的香小幽忽然顯得很驚訝地輕聲道。

地司殺的臉上出現了罕見的笑意──即使是一直追隨他的三大刑使也極少見到這種笑意──地司殺的聲音似乎不再如先前那麼冷酷了，他道：「你是乘風宮侍衛？」

「乘風宮正營侍衛統領昆吾。」此刻，他的聲音顯示出他每吐一個字都要付出極大的努力。

他胸口的血跡不斷擴大，到後來，他的整個前胸都已變成了觸目驚心的血紅色！

「昆吾？」

地司殺低聲將他的名字重複了一遍，隨即自言自語般道：「坐忘城此行，總算因爲你而不會讓本司殺太失望，可惜，你傷得太重了。」

話音甫落，昆吾低聲悶哼一聲，身子向前踉蹌了二步，搖搖欲墜，但最後他竟再度強自站定。

這時，在昆吾的身後閃現不少乘風宮侍衛，他們雖沒有更多的舉動，但其眼神讓地司殺及其

部屬明白，他們再也不可能如先前那般一退再退！

而他們這種改變，無疑是因爲昆吾之故。

地司殺眼中精光暴閃！他的手緩緩地握在身後的「九誅刀」的刀柄上，直視昆吾，「儘管你只是一個小小的統領，卻已配死在我的九誅刀下！」

不知爲何，香小幽聞言神色竟有微變。

未等地司殺拔刀出鞘，昆吾重傷之軀的生命力已消耗至極限，他只覺眼前一黑，頹然撲倒。

昆吾承受甲察那一劍後，離死亡只有一紙之隔，能活下來足可稱得上是僥倖萬分，誰會想到在緊要關頭能止住地司殺長驅直入之勢的人竟會是他！

地司殺輕哼一聲，正待舉步前行之際，只聽得前方眾侍衛齊聲道：「請司殺大人止步！」

地司殺不屑地一笑，沉聲道：「今日皇影武士本司殺是要定了，誰敢攔阻本司殺執行冥皇之令?!」

回答他的是一串密集的鋃鐺刀劍出鞘聲。

地司殺神色微微一變，眼中泛現出肅殺之氣。

他身後的司殺驃騎與他們主人之間像是有著感應一般，紛紛將手搭在刀上，只要地司殺一聲令下，立即可爲他殺開一條血路。

「不得對司殺大人無禮！」

在喝止聲中，眾侍衛的身後出現了貝總管、慎獨、鐵風、伯頌、戰傳說五人的身影——他們終於及時趕至！對於在乘風宮穿行，他們是輕車熟路，自可輕易繞過地司殺，抄近路搶先接近黑木堂。

眾乘風宮侍衛見此五人出現，心中繃緊的弦頓時放鬆不少，喝止他們的是貝總管，眾乘風宮侍衛依言收回兵器，並為五人閃開一條通道。

貝總管等五人看到倒在地上的昆吾，都暗吃了一驚。貝總管對乘風宮侍衛吩咐道：「快將昆吾統領送去救治！」

兩名乘風宮侍衛趕忙上前將昆吾抬離此地，也許地司殺並不想在不清楚坐忘城上層人物的態度前與坐忘城弄僵，對乘風宮侍衛救治昆吾之舉，他並沒有加以阻撓。

戰傳說曾親眼目睹昆吾被甲察重創一劍時的情形，昆吾能活下來已是奇蹟，而此時出現在這兒更是讓戰傳說十分意外，只是此刻即使他有滿腔疑惑，也是無暇詢問了。

貝總管等人相繼向地司殺施禮，地司殺自恃身分高貴，並未還禮，不過神色卻略見和緩。

貝總管顯得很欣慰地道：「司殺大人駕臨坐忘城，實乃坐忘城萬民之一幸。近幾日坐忘城屢有動盪，有逆賊借機作亂，殺害我城主，有司殺大人到來，坐忘城必將撥雲見日。」

戰傳說暗忖道：「貝總管這一番話十分高明，看似對地司殺信任有加，對其頗顯尊崇，其實卻借此先發制人，假作不知地司殺來意不善，使地司殺不能輕易翻臉，可謂是綿裏藏針，立使局面有了少許變化，使坐忘城處於更主動的有利位置。地司殺身負要職，乃冥皇重臣，貝總管既然提出『城主被害』一事，他就不能置若未聞，不加過問。」

果然，地司殺已不能不對「坐忘城城主被殺」一事有所表示，而在此之前，無論他是真不知此事還是假裝不知，反正他一直都未提及此事。

地司殺道：「本司殺正是聽說此事，才趕赴坐忘城的。」

「有勞司殺大人操勞，坐忘城萬民定當銘記於心。」貝總管在恭敬之語中又悄然迫進，「殺害城主的人非但是我坐忘城生死仇敵，亦是整個大冥樂土的敵人，因爲此二賊竟假傳冥皇旨意，借皇影武士之名，行大逆不道之惡舉，離間君臣！」

若再認同貝總管的這番話，那麼地司殺就將處於徹底的被動了。地司殺豈是等閒之輩？他立即道：「皇影武士皆是冥皇親選的心腹武士，你指責皇影武士，豈非等於詆毀冥皇，說冥皇用人不察?!」

貝總管冷靜地道：「人心叵測，而冥皇又日理萬機，有時難免會使逆賊有機可趁。殺害我家城主的兩個逆賊中有一人已被擒，如今是人證物證俱在，足以證明他們就是兇手。我等相信他們應是瞞著冥皇犯下這彌天大罪，但奇怪的是他們身上有『十方聖令』！坐忘城上下也不願相信他們是奉冥皇之令來取我家城主的性命，但又難以找到合適的理由解釋『十方聖令』的存在。司殺大人來自京師，深明冥皇聖意，我等相信司殺大人的到來，必能解開最終的謎底。既然司殺大人認為他們不是違背冥皇旨意的人，莫非就等於說殺我城主是冥皇的旨意?!」

地司殺如何不知殞驚天在坐忘城甚是民心擁戴？此時他一旦承認這是冥皇的旨意，就極可能使整個坐忘城與冥皇決裂！但若是他不承認這一點，就等於否定了自己方才所謂「皇影武士決不會背叛冥皇」的說法。

以地司殺的身分，怎願在這種情形下讓自己前後矛盾，出爾反爾？

貝總管話鋒著實犀利，一下子把地司殺逼至不得不另擇他途的地步。

「你們真能確定殺害你們城主的人是皇影武士？」地司殺悄然轉移話題道。

「司殺大人的意思是不是說，只要我等能證明這一點，就可以確定這兩個皇影武士是背著冥皇犯下了滔天之罪？」

地司殺目光掃過貝總管、戰傳說等後，沉聲道：「背著冥皇殺害冥皇的重臣大將，自是滔天大罪！不過——無中生有，誹謗皇影武士，其罪也絕對不輕！」

貝總管與戰傳說、伯頌等人相互交換了一個眼神，五人同時看出了一點：地司殺匆匆趕至坐忘城，不是爲保全甲察性命而來的，因爲他應當知道要證明甲察是兇手並不困難！

但他直奔黑木堂說明他的來意是與甲察有關，那麼，其目的莫非不是救甲察，而是要設法讓甲察速死，以掩飾什麼？

貝總管試探著道：「坐忘城上下對殺害我城主的兇手恨之入骨，大有取其性命爲城主報仇之心，只是因爲他們是冥皇身邊的人，我們擔心取其性命後，冥皇不知內情而會怪罪下來。現在有司殺大人在此，自可與司殺大人一道向甲察當面查清真相，日後還要仰仗司殺大人在冥皇面前作個明證。」

地司殺面無表情地道：「本司殺不會偏袒任何人，只要能證實此事，你們當然可爲坐忘城城主討回一個公道。」

貝總管深深一揖，「如此多謝司殺大人！」

無論是貝總管還是戰傳說等人，心中都已有數，知道地司殺比他們更希望即刻誅殺甲察！

甲察的武功雖然被貝總管所廢，但他仍處於被嚴密看守的狀態中，坐忘城之所以仍然如此戒備，顯然已非針對甲察自身。

當甲察在黑木堂中見到地司殺時，本已因不抱生存希望而顯得空洞漠然的眼神倏然閃過一抹亮色。雖然未讓他跪下，也未將他綁起，但他的身側有四名乘風宮侍衛，其階下囚的身分與往日皇影武士的風光形成了一個鮮明的反差。

貝總管看了甲察一眼，「即使沒有殺害我坐忘城城主的事，你也罪已至死！其一，你未經冥皇許可，擅自離開京師；其二，你盜取了『十方聖令』，兩罪並一，足以讓你死無葬身之地！司殺大人，在下所言是否有誤？」

地司殺為之一驚！

他沒有料到貝總管竟並不急於證實甲察是殺害殞驚天的兇手，反而提及這兩件事！他若承認甲察有這兩項罪名，便等於甲察在坐忘城的所作所為都是瞞著冥皇進行的，那麼正如貝總管所言，甲察的確罪已至死，不論他是否真的殺了殞驚天！

若是否認甲察有這兩項罪名，那便等於認定甲察的舉動是奉冥皇之命而行的，一旦坐忘城真的能證實甲察是兇手，那豈非十分棘手？

地司殺對貝總管處處設下圈套既驚且怒，他飛速在腦中權衡了利弊得失，又看了看甲察因武功被廢又受傷而顯得十分虛弱的身子，心中終有了決定。

只聽得地司殺沉聲道：「不錯，他們二人離開京師，冥皇知悉後，立令本司殺將他們追回定罪，至於『十方聖令』的事，本司殺尚未聽冥皇提及。」

他這一番話無異於將甲察與冥皇之間的一切聯繫完全切斷了。

甲察顯然沒有料到會出現這種局面，神色爲之劇變！他頓時明白地司殺並非爲救他而來，而是要對他落井下石！

甲察自己當然知道是如何離開京師的，決非所謂的擅離京師，更未盜取「十方聖令」！地司殺能說無中生有的話，而且針對的還是皇影武士，由此可推知地司殺是已在事先得到冥皇的授意，否則他地位再尊崇，也不敢捏造與冥皇有關的假象！

甲察的神色變得極爲陰戾複雜。

最讓他無法忍受的並非死亡迫在眉睫，事實上在被擒的那一刻，甲察就已斷絕了活命的念頭！爲冥皇而死，是皇影武士引以爲豪的事；但他沒有料到自己對冥皇的無限忠誠，換來的卻是冥皇對他的棄如敝屣。甲察心頭的失落、不甘、震驚之情可想而知，一時間，他一句話也說不出來。

甲察的反應落入了戰傳說等人的眼中，頓知殘殺殞驚天的最後謀劃者十有八九就是冥皇，否則甲察不會有這樣的反應。

顯然在南尉府中，衆人就已有了這一推測，但當此時得到進一步證實時，衆人還是深感震撼。

甲察怒視地司殺，嘶聲道：「你真的是奉冥皇之令而來？」

地司殺既然已決定要儘快將甲察除去，以絕後患，當然也不再對甲察皇影武士的身分有任何顧忌，只聽他冷笑一聲道：「你背叛冥皇，已是將死之人，憑什麼向本司殺發問？」

地司殺無意中犯了一個錯誤，他低估了甲察對冥皇親疏的重視程度，只聽得甲察嘶聲怪笑道：「我本已做好為冥皇獻出生命的準備，我也認定這是身為皇影武士的榮耀！沒想到在我失去可利用價值之後，他竟無情地將我捨棄，而且還將背叛之名強加於我頭上。呵呵呵，他既如此絕情，那我也只好無義！其實讓我與尤無幾前來坐忘城暗殺殞驚天的正是冥皇本人，為此，冥皇還將『十方聖令』交與我們二人，否則，就算我與尤無幾有通天本事，也無法得到『十方聖令』！」

甲察的情緒在幾起幾落之後終於徹底絕望，憤怒時已顯得有些失控，他指著貝總管冷笑道：「可笑殞驚天是死在冥皇手中，你們還要受冥皇驅使，將來下場定與我甲察一般。」

地司殺神色倏變，對身後的刑使低喝道：「對冥皇大不敬者，殺無赦！」

話音未落，在地司殺身後左側的司殺刑使車向已如電射出，身形甫動的同時取下腰間一對短斧，向甲察揮斧攔腰疾斬而下！

無須貝總管下令，守候在甲察身側的四名乘風宮侍衛立即有兩人搶身攔阻，而另外兩名侍衛則一左一右挾制著甲察向後退卻。

車向的修爲遠在乘風宮侍衛之上，出手快捷狠辣，眼見兩名乘風宮侍衛擋在身前，沒有任何猶豫，揮斧即斬，招式並無繁雜變化，但力道迅猛無匹，氣勢凌然，迫使兩名乘風宮侍衛不得不正面強拚。幾件兵器悍然接實！

驚人的金鐵撞擊聲中，兩名乘風宮侍衛只覺虎口劇痛，再也無法把握手中的兵器，驚呼聲中，兵器齊齊脫手而飛，雙手已是鮮血淋漓。

車向並未借機對他們施以殺手，而是趁他們驚愕之際，如一抹冷風般自他們之間閃身而過，向甲察追殺過去。

「殺甲察之事，坐忘城豈能假他人之手？」貝總管朗聲喝道，以卓絕身法飄然掠出，頃刻間迫近車向，右手徑直向對方的肩頭拍去，口中道：「不敢勞朋友之手！」

其從容不迫不能不讓人心驚，仿若他根本沒有看到車向舉手投足間很快挫敗兩名乘風宮侍衛，顯得那麼胸有成竹。

車向對貝總管頓時有些忌憚，不得不捨棄甲察，雙斧刃芒暴閃，徑劈貝總管，勁氣洶湧如狂濤巨浪，聲勢駭人！看來車向欲一舉迫退貝總管。

貝總管面對車向這等久歷生死的高手也不敢過於托大，立即抽身而退，倒掠出丈許開外。雖然僅是一進一退，並未真正出手，但貝總管的收發自如、遊刃有餘，仍是讓人深感其修爲的深不可測。

未等車向有更多的反應，只聽得轟隆一聲，甲察在兩名乘風宮侍衛的挾制掩護下，已及時退入黑木堂正堂一側的重囚室中，並及時封閉了鐵閘門。

閘門開啓閉合的機括靈敏異常，只需一觸機括，厚重的鐵門立時落下。看來，坐忘城顯然早有準備，所以能及時作出反應，而且彼此間配合無間，竟使車向無功而返！

車向追隨地司殺多年，奉他之命不知殺過多少人，罕有失手，不料今天卻受此重挫，而且還受挫得有些不明不白，雙方尚未有實質性的交戰，坐忘城已憑藉先人一籌的部署佔有了主動權。

車向又驚又怒！

就在此時，他突然發現地司殺神色平靜，並無怒色，不由心中一動，暗忖自己的主人一定有了萬全之策，想到這一點時，他的心情才稍爲平靜。

地司殺環視貝總管、戰傳說等人一眼後，方悠然道：「本司殺已說過，對冥皇大不敬者，殺無赦！而至今日爲止，本司殺想殺的人，還沒有一個能活命的，甲察當然也不例外！」

他的神情是那麼的自信，以至於讓人難以對他的說法有所懷疑。

雖然貝總管、伯頌、鐵風、慎獨對黑木堂的嚴密很有信心，既然甲察已被及時帶入重囚室中，生死大權應當是牢牢地掌握在坐忘城的手中，但不知爲何，地司殺的這一番話仍是讓四人心頭生出不安之情。

一時間，大堂中出現了短暫的相互僵持的局面，誰也沒有出聲。

倏地，剛剛封閉鐵閘門的那間重囚室裏面響起了鐵鏈鐵鑿絞動的聲音，本是密封得嚴嚴實實的鐵門下方出現了一道縫隙，並且鐵門在眾人的目光注視下仍在不斷地上升，所洞開的範圍也越來越大。

無論是坐忘城的人，還是地司殺的屬下，都因這出人意料的一幕而吃驚非小。唯有地司殺對此絲毫不意外，他的眼中有著極度的自信與傲然，讓人感到一切都已在他的運籌之中。

鐵門在短暫的緊閉之後，再度豁然洞開，其中的情形一覽無餘：甲察赫然已無聲無息地撲身倒在地上！

那兩名乘風宮侍衛驚悸未定地向貝總管大聲稟報道：「總管，不知爲何，在鐵閘封閉之後，甲察突然倒地，屬下趕緊查看，發現他竟已氣絕身亡！屬下守護不力，讓兇手有了畏罪自盡的機會。」

貝總管神色凝重地擺了擺手，阻止侍衛繼續說下去，他道：「甲察並非自盡而亡。」說話時，他將目光投向了地司殺。

地司殺哈哈一笑，「不錯，取甲察性命的人正是本司殺，本司殺早已說過，我要殺的人，沒有人能夠保全性命！」

得知甲察竟是亡於地司殺之手，在場大多數人都顯得極爲驚愕！

甲察從與地司殺相見到退入重囚室，再到突然死亡的過程全都在衆目睽睽之下，根本不曾見地司殺出手，何以甲察在短暫地消失於鐵閘門後復又重現時，就已由一個大活人變成了一具屍體?!

戰傳說與衆人一樣，也是對甲察的突然死亡大惑不解，他心中忖道：「地司殺是何時出手、如何出手，爲何我竟一無所知?照此看來，地司殺的武功豈非高至不可思議之境?」

貝總管眉頭緊皺，沉吟少頃，復而眉頭舒展開來，以讚嘆的語氣道：「司殺大人的地煞氣訣能在彈指間殺人於無形，堪稱神乎其技，讓人嘆爲觀止。更兼在視線被阻時，仍能洞如明燭，地煞氣訣借地傳出，準確出擊而不曾誤傷他人，更是讓我等佩服之至！」

一語提醒了伯頌、鐵風、慎獨等人，三人這才想起地司殺除了他的九誅刀傲視樂土刀道群雄，罕有對手外，還有另一絕世神技便是地煞氣訣！地司殺的地煞氣訣與天司殺的天羅剛氣一陰一陽，一柔一剛，相輔相成，互爲裨益，名揚江湖。

不過地司殺更爲世人所知的還是他的九誅刀法，而不是地煞氣訣。加上此次地司殺祭起地煞氣訣時不著聲色，而地煞氣訣之氣勁又是沿遁地下直取目標甲察，所以外人一時根本難以將甲察

的死與他的地煞氣訣聯繫在一起。

經貝總管一語提醒，眾人的目光齊齊投向地司殺與甲察之間的地面，留神細看時，眾人發現了先前未曾留意到的線狀裂痕，由地司殺腳下斷斷續續地向甲察所在的方向延伸。

看來，地司殺的地煞氣訣尚未真正地做到殺人於無形，只是甲察死亡得太突然，使他人震愕之餘，心神一時難以集中。

但饒是如此，仍足以顯示出地司殺武道修爲之驚世駭俗。甲察一死，便死無對證，坐忘城豈非再難讓真相公諸於眾？誰會料到在重重守護下，地司殺仍能深入坐忘城腹地斃殺甲察？

地司殺對這一結局顯然十分滿意，他的臉上顯現出罕見的笑意，這是勝利者的笑容，含義意味深長。

地司殺顯得寬宏大量而且推心置腹地道：「本司殺知道爾等對殺害殞城主的兇手懷有刻骨銘心之恨，所以也不追究你們方才攔阻本司殺誅殺甲察一事，因爲本司殺明白你們希望能手刃甲察。如今，甲察已死，殞城主大仇得報，本司殺也完成了冥皇誅殺叛逆者之令，可謂是皆大歡喜，各得其所。」

貝總管倏而大笑道：「你若以爲殺了甲察就可以一了百了就大錯特錯了。誰都能想到甲察、尤無幾與我們城主本無夙仇，他們怎會無故殺害我家城主？你是個聰明人，不會想不到此事必有內幕。但事實上你卻對此根本不加追究，一心只想殺了甲察滅口，這反而更讓你的險惡用心暴露無遺！」

乘風宮眾侍衛對南尉府中曾發生的事一無所知，見貝總管突然對權重位高的地司殺如此說話，無不大吃一驚。

地司殺雖然早已感覺到來自坐忘城各方面的敵意，但萬萬沒有料到貝總管竟在此刻便將敵視與矛盾表面化。

地司殺的三大刑使同時怒喝道：「大膽！竟敢對司殺大人以下犯上！」

貝總管沉聲道：「甲察死不足惜，但有人比甲察更該死！我家城主一向忠於大冥樂土，冥皇卻無故要取其性命，而後爲了掩飾此事，又將對他一向忠心不二的皇影武士殺之滅口，如此昏庸歹毒之主，坐忘城若再盲目追隨，便是愚昧至極，可悲可嘆了！」

地司殺縱是城府再深，乍聞貝總管之言，也不由勃然色變。

在進入坐忘城之前，地司殺設想了事態發展的種種可能，堪稱面面俱到，唯獨沒有料到坐忘城會正面指責冥皇的不是！

地司殺在短暫的震愕之後，迅速恢復了冷靜，他直視貝總管，幾乎是一字一頓地道：「莫非，你想借坐忘城動盪之際，離間坐忘城與冥皇的關係，造謠滋事？」

地司殺之所以這麼說，其意圖自是欲將對立面範圍盡可能縮小，否則一旦事態不可收拾，坐忘城真的走上與冥皇決裂之路，只怕連他也要擔負其責！所以地司殺試圖將貝總管自身意願與坐忘城整體區別分割開來。

三刑使雖對此時的風雲突變感到難以置信，但多年追隨地司殺的生涯使他們十分清楚此刻自己該做什麼，當下三人已悄然向貝總管包抄過來，意圖對貝總管形成合圍之勢。

地司殺已感覺到貝總管的過人智謀，亦感到貝總管是在殞驚天死後掌握坐忘城的人物，既然貝總管已對他有了威脅，地司殺當然要作出相應的反應。

三大刑使的舉動立時引起連鎖反應，乘風宮眾侍衛神經立時繃緊，隨時準備出擊。

在黑木堂中，自是坐忘城的人數占優，但在黑木堂外圍，因爲司殺驃騎比乘風宮侍衛更精悍更擅於把握地勢之利，若是黑木堂中發生衝突，極可能反而是司殺驃騎能更快趕至加以援手。

在更大範圍內，則顯然是坐忘城以數萬人馬佔據了絕對的優勢。但外圍的人數優勢未必能對局勢起到決定性影響，對於地司殺這樣在整個樂土境內都足以躋身有數高手之列的人物來說，決定勝負所需要的恐怕只是極短的時間！一旦地司殺在黑木堂中取得勝利，以他在大冥樂土的地位、權勢、威望，加上普通坐忘城戰士對真相並不知悉，一場毀滅性的動盪在所難免。

黑木堂內，對峙的雙方各有忌憚，一時誰也不敢輕舉妄動。

由伯頌、鐵風、慎獨、戰傳說的反應，地司殺看出貝總管方才所說的那番話並非是他個人的看法，而是早已得到了其他坐忘城重要人物的默認。

地司殺從這一點作出判斷：整個坐忘城已有與冥皇決裂之心，所以自己若想孤立貝總管一人，是根本無法實現的。

身為地司殺，豈能坐視樂土六大要塞之一即將走向與冥皇決裂之路而視若未睹，置若罔聞？

飛速轉念間，自信的地司殺心中終於有了決定——他要憑藉自身的強大力量，誅滅將把坐忘城引向與冥皇決裂之路的人！

心有定數，地司殺悄然發難，地煞氣訣瞬間提升至極高境界，並透過地層向四周迅速蔓延、擴展。

數名乘風宮侍衛倏覺腳下一痛，與此同時，一股強大的氣勁自下而上狂襲而至，其角度刁鑽霸道，讓人防不勝防。

詭異獨特的攻擊方式在修為略低的乘風宮侍衛身上取得了立竿見影的效果，同時有六名乘風宮侍衛五臟六腑突受重創，狂噴鮮血，跌飛而出。

六名乘風宮侍衛在毫無徵兆的情況下突然同時身受重傷，無疑對他人有極大的震懾力。眾皆愕然失色之際，地司殺沖天掠起，驚心動魄的利刀出鞘聲中，蟄伏鞘中的九誅刀赫然已

執於地司殺手中。

「背叛冥皇者，殺無赦！」

聲如驚雷，滾滾而出，傳遍了乘風宮的每一個角落。

與此同時，地司殺已高擎九誅刀，以奔雷驚電之勢狂劈而下。在空前強大的刀氣的牽扯之下，黑木堂屋宇頓時被生生扯開一道縱貫南北方向的裂痕，而斷碎的瓦椽並未直接墜落於地，而是在刀勢的吸扯下，順著刀勢疾射向同一個方向，其聲勢著實駭人。

地司殺攻擊的目標竟非貝總管，而是——南尉將伯頌！

地司殺甫一出手，便祭出「九誅刀法」中極具殺傷力的「天誅地滅」，而他所攻擊的對象卻不是一直被他視作最棘手的對手的貝總管，顯然他是欲一擊得手，使自己不必面對太多的勁敵。

伯頌根本無暇考慮更多，立即舉起暗雪鐧相迎。

地司殺無堅不摧的氣勢使伯頌深感自己決非其敵，故心中只求自保。

九誅刀來勢之迅猛不容伯頌有更多的念頭，瞬息間刀鐧已悍然相接！

驚人的兵刃斷折聲中，伯頌的暗雪鐧赫然被九誅刀一刀斬斷。

刀勢未盡，繼續長劈而下，「喀嚓」一聲，伯頌的右臂竟被一刀斬下。

「啊……」痛呼聲撕心裂肺，鮮血從斷開的傷口處如泉噴湧。

地司殺一擊得手，卻並未就此甘休，九誅刀一轉，劃過一道驚人的弧度後，再度向伯頌攔腰斬至。

伯頌戰鬥力已失，絕無避過這一刀的能力！

這時，一道身影如鬼魅般向地司殺射至，身法之快，已至無形，一股暗蘊無匹殺機的冷風向地司殺撲面而至。

此人無論身法，還是出手速度，都快捷絕倫，強如地司殺，也不由爲之一凜，不得已之下，九誅刀棄了伯頌，暫求自保。

密如驟雨般的金鐵交鳴聲倏然響起，就在眾人腦海中回蕩之時，攻襲地司殺之人已帶著伯頌向後飄然掠出二丈之外。

出手者是坐忘城四大尉將中武學修爲最高的鐵風，鐵風不但武功在四大尉將中是最高的，而且他的身法亦是卓決不凡，在這方面，連殞驚天也難以逾越。

戰傳說自忖雖然自己也能迫使地司殺撤招，但憑自己的身法，也許未必比鐵風高明，加上他所在位置與伯頌的距離比鐵風更遠，所以恐怕未等他趕至，伯頌已遭到了不測。

此時見鐵風已將伯頌帶離險境，戰傳說不敢怠慢，立即掠身而出，擋在地司殺與鐵風之間。

這時，黑木堂外響起了金鐵交鳴的廝殺聲，想必地司殺的斷喝聲已使司殺驃騎聞聲而動，與乘風宮眾侍衛戰作一處了。

果然，地司殺重創伯頌的同時，他的三大刑使亦已向貝總管出手，除車向是以雙斧為兵器外，盛極、香小幽皆是用劍，盛極的劍短而寬，香小幽的劍長而瘦，論劍的長度，香小幽的劍恐怕比盛極的兵器長了三倍，但看香小幽揮動時卻絲毫不顯得累贅笨拙，而盛極的劍更是凶險。

兩人的兵器一長一短，遠攻近守，配合默契，極具威力，輔以車向雙斧的剛猛兇悍，三人甫一聯手便顯現出所向披靡的攻擊力。

地司殺視三大刑使為左膀右臂，大冥樂土高手如雲，能人輩出，地司殺能成功執掌大冥法刑，罕有紕漏，三大刑使功不可沒。

最先攻到的竟非香小幽的長劍，而是盛極的短劍。

盛極揮劍的手勢極為獨特，竟是雙手運劍，力道自是悍猛異常，兼且是循著奇異玄妙的線路吞吐，更是予人以不可抵禦之感。

貝總管身處三大高手的連袂攻擊中，依舊神色從容，面對盛極殺機凌然的短劍，他以驚人的耐心等候短劍逼近至一個極度危險、可立判生死的距離時，方雙掌交錯如剪，向盛極的劍徑直迎去。

盛極大驚之餘，不知自己是應該稱幸還是應該憤怒。貝總管如此托大，竟以血肉之軀與他的利刃相抗衡，必將陷於萬劫不復之境。

因為貝總管是在最後那一剎那出手，所以盛極的出擊幾乎已沒有任何更改的餘地——何況，形勢對他十分有利，他也無須再變招。

短劍挾懾人冷風，直斬貝總管雙手。

眼看貝總管雙手即將與軀體分離的那一剎那，盛極倏覺眼前有金光驀然閃現，貝總管雙臂衣袖中突然彈出十數柄弧形曲刃，金光閃動，組成了與其雙臂相連的堅刃鋒銳的一對異形利爪，錚的一聲，盛極的劍赫然被異形利爪鉗制，再難前進分毫。

驚變突如其來，盛極未曾回過神來，貝總管右爪已急速沿著劍身滑過，利爪與短劍相摩擦，耀眼奪目的火星四濺。

盛極心知不妙，想要棄劍之時，卻已遲了！只聽得「喀嚓」一聲，他的右手已齊腕而斷，斷腕之痛痛徹心脾。盛極的心臟因劇痛而不由自主地抽搐，內家真氣亦因此而有些渙散。

但他久經生死血戰，在這關鍵時刻還能保持神志的一點清明，他急忙鬆開殘存的左手，同時再也顧不得體面，向一側急速痛跌而去。

身軀在倒跌出去的同時，盛極感到左手手腕處又是一痛，待到落地時一看，見左腕只是多了一道傷口。顯而易見，方才只要他的反應慢上半拍，恐怕已落得雙腕齊斷的下場。

千百年來，樂土千里疆域時分時合，戰亂頻繁，能有今日樂土這樣的局面，也只是近些年來的事，冥皇所統領的除了京師周圍四向八百里馳道所能及的地域十分穩固外，其餘的樂土領地與大冥王朝及帝室的關係都十分微妙，坐忘城就屬於此列。

因爲與王朝屢分屢合，彼此之間都有戒心，冥皇心知若是自己的親信直接統領各邊陲重地，非但不能達到預期的效果，反而會引起敵對情緒。冥皇所能做的只有在較長的時間內慢慢地加強對各邊陲重地的影響、滲透，直到最終使之成爲大冥王朝無法割裂的一部分。

在這一點上，今日大冥冥皇顯然做得頗爲成功，大冥的地域、勢力所及也達到了前所未有的範圍，而且域內大大小小的族派皆臣服冥皇。自九極神教被剿滅之後，樂土已久無大亂，各邊陲重地擁有重權者，漸漸地淡忘了他們的先輩與大冥王朝曾有過的種種仇隙。

相對而言，坐忘城是各邊陲重地中較早完全歸順大冥王朝的城池，而大冥冥皇對坐忘城也顯得頗爲信任，除了每年天祭之日會例行讓坐忘城城主進京師隨冥皇一道進行天祭大典外，平時則極少插手坐忘城的事，君臣之間似乎各無猜忌，頗爲融洽。冥皇對於城主以下諸如四尉將、侍衛統領，乃至乘風宮總管的選用提免，亦不多加過問。

沒想到這一舉措雖然博得坐忘城的好感，但卻使冥皇對坐忘城城主以下的頭面人物瞭解甚少，雙相八司亦是如此。

而這一點直接導致今日盛極的受挫，若非對貝總管的底細一無所知，以盛極的武學修爲，決不會這麼快便落敗。而貝總管也是利用了這一點，在最後關頭才驟然出手，立時收到奇效。

貝總管堪堪挫敗盛極，香小幽的長劍已如一抹可怕的咒念般直取他的頸部，利用劍身異乎尋常的長度，香小幽將內力貫於劍身，再以妙至毫巔的運力方式，使劍尖以劍身爲中心，劃出幅度很小卻不可捉摸的弧形曲線，每一道劍尖寒光弧線所掠過的弧形軌跡都蘊涵著驚人的殺機，讓人心中不由感到無論自己如何攻守，香小幽的長劍都能在最短的時間內作出準確而致命的反應，使自己的一切努力化爲烏有！

與此同時，車向的雙斧掀起了一陣駭人聽聞的斧浪，層層疊疊，向貝總管身後席捲而至。其招式並無太多詭變莫測之處，卻因其出擊之迅猛，讓人感到貝總管即將被如驚濤駭浪般捲至的攻擊所完全淹沒，被斬作千萬碎片。

貝總管忽然朝在自己正前方的香小幽所在的方向跨進一步！

這是毫無徵兆，同時似乎也毫無理由的一步，讓人感到他這麼做，竟像是要把自己的頸部要害向對方的利劍主動湊過去。

此舉足以讓任何對手爲之大震，香小幽亦是如此。

而片刻前，盛極的慘烈一幕還深深地映於香小幽的腦海中，使她不由對貝總管的冷靜以及不

循常規的出擊方式有了忌憚之心，此時貝總管再度有了出人意料之舉，不能不讓她暗忖對方是否將故技重演。

更兼貝總管的反應、舉措顯得水到渠成，極爲自然，因此顯示出了空前強大的自信心，讓人頓覺他這麼做看似突兀，卻一定是有著必勝的信念。

在高手生死決戰之時，雙方信心的強弱盛衰極爲關鍵，而且在敵我之間是一消一長，有時信心的比拚甚至比武道修爲的高低更爲重要。

長劍與貝總管的頸部要害在以非言語所能描述的速度接近，眼看如不出意外，貝總管將血濺當場之際，香小幽手中的長劍忽然一顫，劍尖倏沉，直奔對方胸口！這一手劍法之變化可謂精妙絕倫。

但在此刻卻是因爲這一變化，香小幽錯失了重創貝總管的最佳時機。

貝總管及時側身，同時右手上以七條弧形刀刃組成的利爪外向橫掃，只聞一聲暴響，長劍已被貝總管震開；而他出人意料地閃身而進，使其身後的車向攻勢落空。

貝總管左爪自前而後疾掃，車向因招勢落空而雙斧攻勢爲之一帶之際，利爪已閃電般連鉤帶劈，直取他的前胸！

車向大喝一聲，雙斧在他手中猶如輕羽，由靜而動僅在電閃石火的剎那間完成，雙斧已一左一右截取利爪。

其驚人的速度加上拿捏得恰到好處的出擊時機，使雙斧一左一右同時準確地劈斬於貝總管的左臂利爪上，爆濺出的金鐵交鳴聲竟有如悶雷！

金色利爪並沒有如車向想像中那樣被砍得潰散失形，錚的一聲，七柄弧形刀刃突然急速彈飛，分別射向七個不同的方向，其中五柄同時扎入車向的軀體中，車向痛呼出聲！而七柄弧形刀刃後，仍有長鏈與手臂相連，貝總管在撞開香小幽的長劍後，借著反震之力，整個身軀猶如在冰面上滑行般橫向標射。

「哧哧」數聲，車向肩上、腿部、腹部等五處同時鮮血泉湧而出，血肉模糊！

最觸目驚心的是他臉頰上的創口，弧形刀刃扎入他的臉部後，立即反向拉扯，車向幾乎因此而被揭去天靈蓋！此時雖免一死，但臉頸部被生生切開的傷口仍是十分可怕，頓時血流滿面，連視線也因鮮血濺到眼中而被阻擋。

僅在一個照面間，地司殺座下的三大刑使已有兩人受創，尤其是車向幾乎已失去了戰鬥力！貝總管獨自面對三大刑使，竟佔據了絕對的主動；而貝總管之所以取得這樣的戰績，可謂全是憑藉自身的機智以及獨門兵刃的防不勝防。

表面看來，因爲貝總管是取巧而勝，並不能說明他的修爲真的遠在香小幽三人之上，但換一個角度而言，這同時也等於在己方已有兩人受傷後，三大刑使竟還沒能摸清對方的底細，不知貝總管的真正修爲到底如何？

七柄弧形刀刃重創車向後，貝總管一振腕，弧形刀刃已倒飛而出，數聲輕響，頃刻間重新組成了與他的左臂連作一處的金色利爪，凝神以待。

車向抹了一把臉上的血污，對身上的傷口毫不理會，向香小幽大吼一聲：「殺！」再度揮起雙斧徑取貝總管！

香小幽一咬貝齒，長劍「嗡」地一聲顫鳴，幻現漫天劍影，向貝總管風捲殘雲般殺至。向來罕遭挫敗的三大刑使在受挫之後，殺機大熾，他們兇猛的攻擊使貝總管已難抽身。

地司殺本沒有把戰傳說放在心上，他只是將戰傳說當做是坐忘城中的一位統領，而決不相信在坐忘城中會有與自己相抗衡的高手，就是殞驚天「復生」。地司殺也決不會將其視作平等的對手，而地司殺也顯然有如此想法的實力。

戰傳說之所以會與貝總管、伯頌、慎獨、鐵風一起出現在地司殺的眼前，是因爲殞驚天要看一看地司殺在見到戰傳說時會有怎樣的反應。若地司殺的反應十分異常，即可斷定地司殺也知道王朝追殺戰傳說一事，由此更能確定要殺戰傳說的人是冥皇。

不過地司殺在見到戰傳說時，並未對戰傳說格外關注。看來，對冥皇讓甲察、尤無幾追殺戰傳說的事，連地司殺也不知情，至少對內幕瞭解不多。他之所以趕赴坐忘城，只是奉冥皇之命或是將甲察救走，或是將其立即誅殺。

在京師，地司殺的地位比皇影武士高，但論及受冥皇的信任程度，卻又有所不及。只是，在最關鍵的時刻，即使是最倚重的皇影武士，也可能會被冥皇無情地捨棄！

冥皇若是讓地司殺除去某一個人，是不必向地司殺作詳細解釋的。

在地司殺眼中，戰傳說只是坐忘城一介年輕統領級人物，所以他更多的注意力放在三大刑使與貝總管的一戰。地司殺對三大刑使頗有信心，自忖能勝過三大刑使聯手一擊的人絕對不多，就算貝總管修爲再高，一時半刻也休想從三大刑使身上討得便宜，沒想到事實完全出乎他的意料之外。

車向、盛極的受傷使地司殺又悔又恨又怒，他本是盤算著先由三大刑使與貝總管纏戰，就算不能取勝，至少也可以讓他有時間將黑木堂中其餘的人逐一誅殺，之後貝總管孤掌難鳴，難逃慘敗！孰料他的計畫卻完全落空了。

此刻，廝殺聲四起，一場血戰已在乘風宮內展開，乘風宮侍衛人數占優，但卻並不能占得上風，雙方相持不下，不斷有人傷亡。

乘風宮外的坐忘城戰士在二百司殺驃騎長驅直入乘風宮時就已提高了警惕，宮內一場廝殺剛

開始，坐忘城戰士立即聞風而動，一面向全城傳警，一面飛速朝留在乘風宮外的北尉將重山河、西尉將幸九安稟報，重山河親率三千人馬急速趕至，將乘風宮圍得水泄不通。

就在重山河將乘風宮圍住時，宮內幾個方位同時起火，先是有濃煙升起，很快濃煙滾滾，火光沖天，火焰吞吐聲與慘烈的廝殺聲混作一處，驚心動魄！

重山河見此情形心頭大怒！他知道乘風宮內幾個方位同時起火，必定是有人故意點燃的；而在乘風宮放火的只會是地司殺帶來的人，他們這麼做的目的，就是要讓對手的力量不得不爲救火而分散！

乘風宮乃坐忘城重地，城內的人誰也不願它就此付之一炬，而對司殺驃騎人馬來說，卻不會對乘風宮有所惋惜；而乘風宮對重山河而言，又有著格外重要的意義，因爲乘風宮是重山河義父重春秋爲城主時主持建成的。

重春秋當年決定結束與大冥樂土時分時合的境況，說服坐忘城上上下下親自奔赴京師，將鎮城之寶——八狼聖杖呈獻冥皇，以示永遠效忠之心，並且在返回坐忘城後，立即率坐忘城戰士日夜修建乘風宮，取代先前簡陋但靈便利於輾轉作戰的氈帳，同時還修建了四大尉府，以此表明永不向大冥樂土舉刀相向之心。

重春秋這麼做的確爲坐忘城換來了數十年安寧，坐忘城也因此更爲強大，同時也爲大冥樂土擔負起駐守南方的職責，雙方可謂各得其所。沒想到今日一旦反目，地司殺的人竟毫不手軟地將乘風宮引燃。而地司殺與坐忘城之所以會有血腥衝突，顯然是因冥皇而起。

重山河望著滾滾濃煙，仿若看到了義父的心血與赤誠正在被無情蹂躪。怒焰「騰」地由心頭猛地躥起，重山河臉部肌肉突突地跳動，雙目充血。

「嗖！」他猛地抽出背後的雙矛，嘶聲道：「殺入宮中，將狗娘養的放火殺人者給老子碎屍萬段！」

早已憋足了勁的坐忘城戰士聽令，立即由乘風宮幾處入口同時向裏攻去！

重山河自己亦由乘風宮正門直入，一眼看見一司殺驃騎正與兩名乘風宮侍衛殺得難解難分，他大喝一聲，疾衝過去，雙矛齊出！

那司殺驃騎被重山河大喝之聲所驚，不由自主地想要回頭來看，但未等他轉過身來，兩股冷風已以驚人之速掠至！

大駭之下，此人剛要揮刀封擋，「噗噗」二聲，重山河的雙矛已自後向前一下子把他的身軀洞穿了兩個窟窿。

未等此人痛呼出聲，重山河雙臂一掄，一下子將他的身軀掄起，甩出老遠後，重重撞在一根石柱上，一時腦漿四濺！那未來得及出口的痛呼也永遠地留在那人的喉中了。

左近幾名司殺驃騎見重山河如此悍勇，心驚之餘，幾人不約而同地向重山河圍殺而至！看得出這些司殺驃騎都極懂戰術，他們知道若是不能在重山河及其所率人馬剛衝入宮中、立足未穩時就立即予以重創，那麼一旦他們站穩腳跟，己方在人數上的劣勢將會更大限度地顯現出來。

重山河見有幾個司殺驃騎同時衝向自己這邊，毫不退縮，揮矛迎去。

重山河的性情平時並不顯得如何易衝動，而在今日這種場合中，卻清楚地顯露出來了。所謂「知子莫若父」，想必當年其父重春秋也是已看出義子重山河這一性情，不易擔當大任，所以最終沒有把城主之位傳與他，而是傳給了殞驚天。

此時此刻，在南尉府中，殞驚天正在憑窗眺望乘風宮這邊的情形。當滾滾濃煙自乘風宮中升起時，殞驚天的神色變得格外凝重了。

他心知那邊情形的發展，已將他逼到一條他本不想走，而今卻不得不走的路。

就在坐忘城面臨血與火的考驗時，歌舒長空的生命也正面臨著生或死的最緊要關頭。

歌舒長空的神志的確已恢復，但即使是這樣，他也分辨不出此刻自己具體所在的方位。在坐忘城乘風宮療傷時，正躺在床上的他忽然感到一陣疲倦的暈眩掠過他的心頭，很快就不省人事了，等他醒過來時，他已遠離了坐忘城。

睜開眼來，他發現自己竟是盤膝坐在一片草地上，在暈迷中竟能盤膝坐著而不倒下，這讓歌舒長空感到有些不解。

他本能地想要環顧四周時，才發現自己的頸部不能轉動，只能依靠目光的移動掃視有限的空間範圍，而且身子也動彈不了。

他看出自己是身處深山幽谷中，兩側及身前不遠處就是高山，因古木參天，交織如蓋，儘管此時是在白天，但歌舒長空仍是置身於一片陰暗的氛圍中，也無法看出山勢究竟高峻如何。

除了陣陣林濤聲外，四周甚至連鳥鳴蟲啾的聲音也沒有，仿若天地之間只剩下歌舒長空一人。

歌舒長空雙臂皆斷，幾近廢人，對於他來說，已沒有什麼可以畏懼的，只見他大聲呼道：「是什麼人將我歌舒長空帶到這地方來的？」

呼聲在深山密林中回蕩了一陣，歸於寂靜，沒有任何聲音回應。

歌舒長空感到自己受了戲弄，對一個曾是一方強者的人來說，身不由己地被置於一個無人理會的境地，而全身又無法動彈，這種滋味決不比死亡好受。

歌舒長空心頭有氣，又加大了聲音：「何方鼠輩如此鬼鬼祟祟?!」僅是大喝一聲，竟引得身體傷弱的他一陣胸悶氣短，兩臂的傷口也隱隱作痛，不由心頭一陣悲哀。

他寧可即刻死去，也不願受這種輕藐的屈辱——其實到現在爲止，他並不知道將他從坐忘城帶到這裏的人的目的是什麼，是友是敵，但由強者到毫無力量的弱者的轉變，使歌舒長空變得十分敏感多疑。

又是一陣難以忍受的靜寂，歌舒長空的臉色漸漸發白。

終於有一個聲音打破了靜寂。

聲音是從他正前方的密林中傳出的，其聲有若金屬撞擊的鳴響，過耳難忘：「尹歡，歌舒長空我已爲你帶來了，你可以用任何方式取其性命。」

請續看《玄武天下》之四　玄兵驚現

蒼穹變 ③九極神教 （原名：玄武天下）

作者：龍人
發行人：陳曉林
出版所：風雲時代出版股份有限公司
地址：105台北市民生東路五段178號7樓之3
風雲書網：http://www.eastbooks.com.tw
官方部落格：http://eastbooks.pixnet.net/blog
Facebook：http://www.facebook.com/h7560949
信箱：h7560949@ms15.hinet.net
郵撥帳號：12043291
服務專線：(02)27560949
傳真專線：(02)27653799
執行主編：朱墨菲
美術編輯：許惠芳

法律顧問：永然法律事務所 李永然律師
　　　　　北辰著作權事務所 蕭雄淋律師
版權授權：蔡雷平
初版換封：2016年6月

ISBN：978-986-352-314-7

總 經 銷：成信文化事業股份有限公司
地　　址：新北市新店區中正路四維巷二弄2號4樓
電　　話：(02)2219-2080

行政院新聞局局版台業字第3595號 營利事業統一編號22759935

定價：280元　特價：199元

國家圖書館出版品預行編目資料

蒼穹變／龍人著. -- 初版-- 臺北市：風雲時代，
2016.03 -- 冊；公分

ISBN 978-986-352-314-7（第3冊；平裝）

857.7　　105002427